LA LIBRERÍA CAFÉ
DE LOS GATOS

MAEVA apuesta para frenar la crisis climática y desea contribuir
al esfuerzo colectivo y permanente de proteger y preservar el medio
ambiente y nuestros bosques con el compromiso de producir nuestros
libros con materiales sostenibles.

Charlie Jonas

LA LIBRERÍA CAFÉ DE LOS GATOS

Libros y gatos bienvenidos

Traducción:
Noemi Risco Mateo

MAEVA

Título original:
  Das Katzencafé

© Thiele Verlag, 2020. Todos los derechos reservados y controlados
  por Thiele Verlag
  Publicado mediante acuerdo con Thiele Verlag y SalmaiaLit
© de la traducción: Noemi Risco Mateo, 2022

© MAEVA EDICIONES, 2022
  Benito Castro, 6
  28028 MADRID
  www.maeva.es

1.ª edición: septiembre de 2022
2.ª edición: noviembre de 2022

ISBN: 978-84-19110-49-7
Depósito legal: M-16363-2022

Diseño de cubierta: © Anders Timrén | Islington Design sobre imágenes
de Arcangel Images y Shutterstock

Preimpresión: MCF Textos, S.A.
Impreso por Gráficas Muriel
Impreso en España / Printed in Spain

Un gato es un auténtico lujo… La chispa de esos ojos te recuerda todo el exotismo escondido en el amigo que tienes al lado, en ese animalito que maúlla de placer cuando lo acaricias.

DORIS LESSING

1

Llovía desde hacía horas. Susann Siebenschön estaba junto a la ventana contemplando los altos árboles verdes de la calle Eichendorff, que en ese caprichoso día de abril no le proporcionaban ningún consuelo. A su lado estaba Mimi, que, sentada en el alféizar de la ventana —blanca como la nieve y erguida como una esfinge—, observaba fijamente la cortina gris plateada plagada de incontables gotitas.

—Qué mal tiempo hace —dijo Susann.

Mimi no contestó. Era una gata y, como todos sabemos, los gatos no son especialmente habladores.

—Puede que sea cierto que Colonia es la ciudad más bonita del mundo —continuó Susann—, pero sin duda aquí llueve demasiado. Bertold decía siempre que esto es un viejo foco de lluvia.

Suspiró afligida. Por supuesto, no se trataba solo del tiempo. La había dejado preocupada la conversación con el doctor Kugelmann, el cariñoso traumatólogo rubicundo con un apretón de manos firme que la había visitado aquella mañana.

—Bueno, señora Siebenschön —le había dicho mientras retiraba la radiografía del panel de luz y se dejaba caer en su silla—. Tarde o temprano va a necesitar una cadera nueva. Si empeoran las molestias, yo no esperaría demasiado. Moverse desde luego ayuda, qué quiere que le diga… Cuanto menos peso en las caderas, mejor, ¿no?

Se la quedó mirando, sonrió con complicidad y se apoyó las manos un instante en el vientre, que se curvaba bajo la bata blanca de médico. Susann lo miró sintiéndose un poco culpable, consciente de pronto de los diez kilos que había ganado en los últimos años. Se colocó bien el pañuelo de flores y se propuso comer menos pasteles a partir de ese momento.

El médico se recostó en su asiento y juntó las manos en un gesto benévolo.

—Hay que reconocer que el clima en la región de Colonia no le sienta nada bien a nuestros huesos débiles. En una zona más cálida se encontraría mucho mejor, pero eso no siempre puede escogerse, ¿verdad?

La mujer negó con la cabeza apesadumbrada.

—¿Qué edad tiene usted ahora? —Le echó un vistazo al ordenador—. ¿Setenta y tres? Bueno, todavía le queda vida por delante... por así decirlo. —Se rio para animarla mientras Susann cada vez se hundía más en la butaca de enfrente—. Venga, señora Siebenschön, no se desanime tanto. Una operación de cadera ya no es nada del otro mundo. En unos meses volverá a saltar por ahí como una alegre cervatilla.

Y mientras el doctor Kugelmann ensalzaba las ventajas de una articulación de titanio con los ojos iluminados —los ortopedas eran ortopedas—, Susann caía en un profundo abatimiento.

—En realidad, se puede considerar incluso operar las dos caderas, porque la mayoría de las veces la artrosis no deja las cosas a medias —continuó el doctor—. Hemos obtenido muy buenos resultados con ese método. Espere... —Tecleó entusiasmado y giró el monitor en dirección a Susann—. ¡Mire este vídeo de tres minutos, le sorprenderá!

Ella se puso pálida y se negó a verlo con un gesto de la mano. De algún modo la conversación estaba tomando un camino que no le gustaba.

—Tal vez pida una segunda opinión... —susurró.

—¡Claro, hágalo! —respondió Kugelmann alegre mientras depositaba sobre el escritorio un folleto informativo que la mujer se metió en el bolso—. Deje que la cabeza lo procese. No tiene que ser la semana que viene —dijo para despedirse mientras le espachurraba la mano y sus ojos azules brillaban vivarachos tras las gafas—. En todo caso, aquí estaré esperándola. —Y, al darse cuenta de su vacilación, añadió—: Pero será mejor que usted vaya haciéndose a la idea. Al final tendrá que aceptarlo.

Susann Siebenschön huyó de la consulta. En un arranque de terquedad, dejó el ascensor que había a la izquierda y bajó las escaleras. «Aún funcionan», pensó, y notó que no tenía ninguna gana de hacerse a la idea de que le clavaran un tornillo de titanio en el fémur. Así que decidió pasar por la panadería Schneider a comprarse un buen trozo de pastel de mantequilla.

Cuando llegó a casa un poco más tarde, después de quitarse el chubasquero mojado y dejar en el vestíbulo el paraguas desplegado para que se secara, le sobrevino el impulso de descolgar el teléfono y llamar a su mejor amiga Lo. Ella le habría dicho que los traumatólogos siempre querían operar enseguida —«¡Ya se sabe, son carniceros!»— y después se habría sacado de la manga un ejemplo de un amigo de un amigo que, con el mismo diagnóstico, se había apuntado a un grupo de senderismo y ahora trotaba la mar de contento con sus propias caderas por el bosque.

—Tú no te rindas —le decía siempre Lo en broma a la vez que la señalaba con el dedo índice—. De la infelicidad nadie sale feliz.

Y tenía razón. No servía de nada, y menos a una misma, trasladar esa desgracia a su mejor amiga. Con una sonrisa, absorta en sus pensamientos, Susann se puso a acariciar el pelaje de Mimi. Y mientras el ruido de la lluvia se mezclaba con el suave ronroneo de la gata, pensó que Lo tenía el don especial de hacer reír a la gente. De hacerles la vida más fácil. Su amiga también había sido quien había estado a su lado tras la muerte repentina de Bertold hacía cinco años.

Susann Siebenschön suspiró profundamente al volver a pensar en aquel año aciago, en el que como cada mayo había ido con su marido a Ischia para disfrutar del esplendor de las flores de la isla volcánica en el mar Mediterráneo, de la buena comida y el poder curativo de las cálidas aguas termales. Era un viaje que esa vez debería hacer sola, pues el excursionista de Bertold, que era ocho años mayor que su mujer, en aquellas vacaciones exhaló el último suspiro tan tranquilamente en la cumbre del monte Epomeo, con una copa de vino tinto y un plato de sabrosa *bruschetta*.

Susann se acordaba muy bien de aquel instante, cuando Bertold retiró su plato, se recostó con un suspiro de satisfacción y dijo:

—No hay unos *pomodori* como estos en el mundo. —Dejó vagar la mirada por el hermoso paisaje verde, que se extendía hasta el mar que los esperaba abajo, a lo lejos—. Mira lo bonito que es todo esto, Susannita. ¿No es como un paraíso?

Con aquellas palabras cerró los ojos para echarse una siesta al sol. O eso pensó ella. Tras un cuarto de hora, a Susann le quedó claro que esas habían sido sus últimas palabras. Y cuando regresaron a Alemania —ella en un vuelo de Alitalia y Bertold en un ataúd—, y tras pasar unos días terribles, Susann se juró a sí misma no volver a poner el pie en la isla donde había pasado tantas vacaciones maravillosas con su marido. Al menos Bertold, que trabajó como agente de seguros durante muchos años, había sido lo bastante prudente como para contratar un seguro de viaje que contemplaba el transporte del cuerpo en caso de fallecimiento, una suerte en una situación tan triste. Y, a pesar de su dolor, ella había quedado profundamente impresionada por la competencia y la amabilidad con que la tripulación se había ocupado de ella y de los restos mortales de su marido.

—¡Madre mía, un ataque al corazón en el Epomeo, menuda pesadilla! —dijeron sus amigas cuando se enteraron de la mala noticia y fueron corriendo a consolar a Susann—. Pero, por otro lado, se fue en un momento feliz. ¡Qué muerte más bonita! Todos desearíamos algo así. —Después añadieron—: Estarás mejor con el tiempo. La vida sigue adelante…

Y la verdad es que la vida siguió adelante o, mejor dicho, simplemente siguió, pues para Susann era bastante triste; a menudo también se sentía muy sola, conforme pasaban los días, las semanas y los meses sin su fiel marido, que había estado con ella siempre, en los buenos y en los malos momentos. A veces también se enfadaba un poco con Bertold por haberse largado y haberla dejado abandonada. No habían tenido hijos debido a que ella, cuando era joven, había cometido la irresponsabilidad de salir a pasear con un vestidito fino en una noche bastante fría de principios de verano, lo que le ocasionó una fuerte inflamación del bajo vientre. Pero el amor que sentía Bertold por su mujer no había disminuido ni un ápice por ello.

—Nos tenemos el uno al otro y eso es lo importante —decía siempre.

Pero ese era el problema ahora, que ella ya no le tenía a él. Ya no existía un «nosotros»; Bertold ya no estaba, y ya no la llamaba Susannita ni le señalaba partes divertidas o noticias destacadas del periódico.

Su amiga Lo la había ayudado mucho durante todo ese tiempo; ella era alguien que arreglaba las cosas, y Susann estaba segura de que la habría aconsejado bien sobre sus caderas doloridas.

Pero Lo tampoco estaba allí. Se había «ido», como decía la gente cuando alguien moría pasados los sesenta. Como si las personas solo cambiaran de lugar.

Por supuesto, todavía le quedaban otras amigas y conocidos. Eso siempre suele ser así si se vive en una ciudad como Colonia, en un barrio donde la gente se habla por la calle y en el que la panadera te pregunta por la mañana: «¿Cómo está hoy, señora Siebenschön, va todo bien?», y lo dice de corazón.

Pero Lo, con su risa contagiosa, siempre había sido la preferida de Susann. «Mañana será otro día», decía cuando asomaban nubes negras en el horizonte y la vida no era tan fácil. «Mañana será otro día» era la fórmula mágica de Lo que había tomado prestada de Scarlett O'Hara, la heroína intrépida de *Lo que el viento se llevó*. Y sí, en teoría cada día que pasaba en la Tierra sucedía algo sorprendente y también bonito. Como aquella tarde, pocas semanas después de la muerte de su amiga, en la que una gatita blanca con los ojos verdes tornasolados maulló de repente, como caída del cielo, ante la puerta de su azotea y pasó caminando contra el cristal. No parecía pertenecer a nadie, así que Susann primero dejó entrar a la invitada sorpresa a su salón y luego a su vida. Aquel había sido un buen día.

Desde hacía un año aproximadamente, Mimi le hacía compañía y se tumbaba por las noches a los pies de la cama de matrimonio que siempre se le hacía demasiado grande. Desde luego que una gata no era un marido, ni tampoco podía sustituir a su mejor amiga, pero Mimi llenaba el piso de vida, y a veces Susann tenía la impresión de que aquella gata blanca no había ido a parar allí por accidente, sino que se la había enviado un alma caritativa con una risa muy contagiosa.

Mientras estaba junto a la ventana de su piso en aquel edificio antiguo, contemplando la lluvia torrencial y meditando sobre la vida, Susann se preguntó en qué momento había empezado a dividir los días en buenos y malos. Hace unos años jamás se le habría pasado por la cabeza decidir, ya lista para dormir, cuando dejaba a un lado su libro, apagaba la lámpara de la mesilla de noche y le daba un beso a Bertold, si aquel había sido un buen día, ni tampoco si se había tratado de todo lo contrario. ¿Era la edad la que le hacía pensar así? ¿Las pérdidas que se le amontonaban? ¿El hecho de que por la noche cada vez dormía peor y que por la mañana, cuando se despertaba, le dolían los huesos con mayor frecuencia? También notaba que se había vuelto un poco llorona. Le dolían las caderas y el pronóstico del doctor Kugelmann era preocupante. Y cuando uno está preocupado, se cree que todo va a salir mal. Susann se retiró de la ventana y estiró los hombros.

Mimi giró la cabeza y la miró inquisitivamente.

—¿Sabes qué, Mimi? Primero vamos a prepararnos un café y luego veremos si todavía este puede ser un buen día.

La gata maulló y saltó del alféizar.

—No hay que rendirse, ¿no? —murmuró cuando al poco el café comenzó a borbotar en la máquina e inundó la cocina con un fuerte aroma reconfortante—. Pero, ahora en serio, ¿qué voy a hacer, Lo?

Se dirigió al salón con el café y el pastel de mantequilla, dejó la bandeja en la mesa de centro y se sentó en su sofá floreado. Mimi se colocó a su lado y se la quedó mirando expectante. Fuera no había dejado de llover, y mientras Susann sorbía el café caliente con cuidado, su mirada se posó en la foto con el marco de plata que había encima del mueble, donde aparecían Bertold y ella en un pequeño restaurante de la pintoresca bahía Ischia Porto. Adivinó el semicírculo de casitas coloridas que se acurrucaban junto al puerto, la buganvilla de color fresa y las clemátides de un azul aterciopelado que trepaban exuberantes por la mampostería, y también las bonitas mesas dispuestas a la sombra. Casi le parecía oler el particular aroma de las flores, del mar y de la parrilla con el que siempre te encontrabas en aquel lugar.

Y de pronto fue consciente de su deseo de estar en la isla. No se trataba de un viaje mental, si no que de verdad quería volver a viajar a Ischia y alojarse otra vez en el Hotel Paradiso, donde siempre la habían tratado tan bien cuando llegaba con Bertold después de su travesía desde Nápoles. Recorrer de nuevo los viejos caminos, beber un Aperol Sour en el puerto de Forio, deambular de Ischia Porto por la lujosa Via Roma hacia Ischia Ponte, pasar por la heladería y las bonitas tiendas hasta llegar al

Castillo Aragonés por un estrecho puente y, una vez allí, tomarse un capuchino en una de las terrazas ubicadas a la sombra de los olivos mientras disfrutaba de las impresionantes vistas al mar, que se extendía hasta el Vesubio...

Por tercera vez aquel día, Susann suspiró profundamente, pero en esa ocasión era debido a unos recuerdos bonitos y felices, con una mezcla de cierta melancolía y una gran nostalgia. Y cuanto más se perdía en los recuerdos, más le gustaba la idea de romper su juramento sagrado y regresar de nuevo, por última vez, a Ischia. A su isla preferida, donde el sol calentaba en primavera y el tiempo era suave y seco.

—Quizá sea la última vez que pueda viajar a alguna parte —murmuró—. *Carpe diem*, Susann. Mientras sea posible.

Miró a su lado, donde la gata estaba felizmente enroscada.

«Pero ¿qué haré con Mimi?».

Susann, pensativa, se llevó el último trozo de pastel de mantequilla a la boca. Desde luego no era fácil encontrar un lugar en el que dejar a la gata. Los perros se podían llevar a una guardería canina o podían viajar contigo, sin embargo, que ella supiera no existían guarderías felinas, y ni se planteaba confiar a Mimi a uno de los cuidadores de gatos que se anunciaban por internet. Tenía que ser una persona de confianza, alguien a quien ella conociera personalmente. Pensó en distintas posibilidades, pero fue descartando una tras otra hasta que de repente le vino a la cabeza la cara de una mujer morena con una boina colocada de forma atrevida. ¡Cómo no se le había ocurrido antes! Leonie Beaumarchais, una profesora que vivía desde hacía un tiempo unas casas más allá, en la calle Otto. Era la candidata ideal. No es que fuera su amiga, pues había mucha diferencia de edad entre ambas, pero Leonie había sido simpática con ella desde el principio y había habido algunos momentos en los que se habían acercado y descubierto que tenían unas cuantas cosas en común.

Al principio se habían topado un par de veces en la calle, en la carnicería de la calle Landmann o en la floristería, y Susann se había fijado enseguida en la joven que siempre iba vestida de forma tan particular. La nueva vecina tenía esa cualidad especial, mucho encanto, y su sonrisa era un poco más fina que la de la mayoría de las personas. Se saludaban con cordialidad cuando se encontraban, intercambiaban trivialidades como suelen hacer los vecinos, y, cuando coincidían en la pequeña tienda de quesos y vinos al final de la calle Eichendorff, donde a las dos les gustaba comprar porque sabían apreciar un buen emmental y un agradable vino tinto, mantenían una conversación sobre si el Comté envejecido veinticuatro meses iba mejor con el pan de ajo silvestre casero o si era preferible un Brie de Meaux.

—¿Beaumarchais? ¿Es un apellido francés? —le había preguntado Susann con gran interés cuando Leonie se presentó a la salida de la tienda, donde se quedaron un rato charlando.

Resultaba que la joven de la boina en realidad era medio francesa y había pasado su infancia en París. Su padre, natural de Lyon, trabajaba en el Ministerio de Asuntos Exteriores, pero gracias a su madre alemana, Leonie se sentía como en casa con los dos idiomas. De hecho, hablaba la lengua materna sin ningún acento, y daba clases desde hacía dos años en un colegio en Neuehrenfeld tanto en alemán como en francés. A los dieciocho años, Leonie se había mudado de nuevo con su madre a Düsseldorf, donde había hecho la selectividad y más tarde había terminado la carrera. Respecto a qué había sido del padre, no mencionó ni una palabra en aquella tarde de sábado soleada. Entonces se había producido una breve pausa curiosa y Susann, por supuesto, no había preguntado nada. Al fin y al cabo, era una señora discreta.

—Bueno, que tenga un buen día. Me ha encantado conocerla.

—Lo mismo digo.

Cogieron sus bolsas y se fijaron que iban en la misma dirección.

—¿No le resultó difícil mudarse de París a… Düsseldorf?

¡Precisamente a Düsseldorf! Como la mayoría de coloneses, Susann tenía un gran prejuicio respecto a la capital del Estado federal y sus habitantes.

Leonie Beaumarchais había negado con la cabeza al cruzar el cinturón Ehrenfeld y continuó caminando por la zona más tranquila de la calle Eichendorff.

—¡Qué va! Aparte de todo lo demás, fue bastante bien. —Leonie levantó las cejas—. ¿Sabe lo que dicen en Düsseldorf? Que es como un pequeño París —dijo, y Susann tuvo la ligera sospecha de que *mademoiselle* Beaumarchais, con su naricita respingona, estaba claramente orgullosa de venir de la «elegante» Düsseldorf.

—¿Sabe usted lo que dicen en Colonia?

Leonie inclinó la cabeza a un lado, mirándola de manera inquisitiva.

—No. ¿Qué dicen en Colonia? —había preguntado con inocencia.

Era evidente que ignoraba la perpetua rivalidad entre las dos ciudades del Rin.

—Colonia es un sentimiento —había respondido Susann sin poder ocultar del todo el orgullo en su voz.

—¡Oh! —Leonie se rio alegre—. Sí, de eso también me he dado cuenta. ¿Sabe, señora Siebenschön? La verdad es que estoy contenta de que me hayan dado la plaza en Colonia y no en Düsseldorf. Pero no se lo diga a mi madre. —Le guiñó el ojo con complicidad—. Colonia tiene tanta vida, y aquí las personas son abiertas y tolerantes. Y también hay barrios, igual que en París. A veces me recuerda a nuestro Barrio Latino, por el que me gustaba ir de adolescente. Todas esas tiendecitas y esa actividad… Se vive de manera muy relajada. Y aunque algunas partes de la ciudad no estén tan limpias y bonitas como deberían, Colonia tiene su propio encanto.

Susann Siebenschön asintió con la cabeza, entusiasmada. Le encantaba oír aquello, claro. *Mademoiselle* Beaumarchais le gustaba cada vez más, y mientras paseaba a su lado con aquel vestido fino de verano y los zapatos rojos con hebilla, le pareció ver en aquella mujer grácil de ojos oscuros una versión más joven de sí misma. Y resultó que a Colonia y París les unía mucho más de lo que al principio había pensado. ¿Quién, sino los coloneses, dominaba el tan alabado *Savoir-Vivre*? ¿Y a decir verdad, cuál era la diferencia entre *C'est la vie* y «Las cosas son como son» que se decía en colonés, o entre *Chacun à son goût* y «Para gustos, los colores»? ¡Y luego estaba la catedral de Colonia! Que era tan magnífica como la de Notre Dame y que, por desgracia, también había estado a punto de quemarse hacía poco. Pero allí seguía imperturbable junto al Rin, velando por la ciudad.

Estaba perdida en aquellos pensamientos tan agradables cuando había oído a Leonie Beaumarchais preguntar:

—¿Y usted? ¿Hace mucho que vive en Colonia?

—Yo he nacido aquí —contestó Susann—. *Home is where my catedral is.*

Al cabo de un tiempo, las dos mujeres se encontraron una tarde en Pane e Cioccolata, un pequeño restaurante italiano en la calle Otto, donde servían platos sencillos pero sabrosos.

—¡Anda, mira qué bien! —exclamó Susann con alegría al ver a Leonie aparecer por la puerta—. ¿Qué hace en mi italiano preferido?

—También es el mío —respondió Leonie—. El Pane e Cioccolata es, por así decirlo, como una ampliación de mi cocina. Vivo justo enfrente.

Señaló un edificio antiguo al otro lado de la calle.

Susann le había hecho un gesto a su nueva conocida medio francesa para que se acercara a ella.

—¿Quiere sentarse conmigo? ¿O ha quedado a comer con alguien?

—No. —Leonie negó con la cabeza y se retiró el pelo hacia atrás—. Estoy bastante sola aquí. —Tomó asiento y sonrió avergonzada—. No me gusta cocinar, ¿sabe? Pero me encanta la buena comida.

—A mí me pasa lo mismo —había dicho la señora Siebenschön mientras se le iluminaba la cara—. ¡Brindemos por eso!

Le hizo una seña al camarero para que llevara una segunda copa a la mesa y sirviera a Leonie.

—¡Por las buenas vecinas y la buena comida! —brindó Susann.

—*A votre santé* —dijo Leonie.

En aquella tarde de finales de verano, que se había alargado hasta la medianoche y le trajo a Susann Siebenschön buenos recuerdos, le había contado a la joven que era viuda desde hacía unos años y desde entonces había ido perdiendo las ganas de cocinar. Y la hermosa Leonie le había confiado que prefería leer libros a pasar horas en la cocina, y, además, después de un par de malas experiencias amorosas, estaba harta de los hombres en general, y de los franceses en particular.

—¡Es increíble lo mentirosos que son! Se te meten en el bolsillo y te susurran *chérie* al oído cuando la siguiente mujer ya les está calentando la cama —había dicho muy indignada mientras ambas comían de postre un tiramisú—. Prefiero quedarme sola. —Rebañó lo que quedaba de mascarpone en su plato—. Para mí los hombres se han acabado.

Susann tomó la mano de Leonie por instinto.

—Tonterías, cariño. ¿Cómo puede decir algo así? Pues claro que habrá más hombres en su vida. Es muy joven aún y no todos son unos mentirosos, también hay unos cuantos buenos ejemplares; créame.

Pensó en Bertold y suspiró melancólica.

—Pero está claro que no para mí —dijo Leonie, que también suspiró.

Permanecieron un rato calladas, cada una sumida en sus propios pensamientos.

—Por lo menos tengo a mi gatita… Mimi… Así no estoy tan sola en mi piso —había comentado Susann al final, mientras Leonie asentía de manera comprensiva.

—¡Eso es maravilloso, los gatitos son monísimos!

—Quizá le vendría bien también tener un animalito.

—Sí… Quizá.

—Pero un perro no, dan demasiado trabajo.

—¡Por Dios santo, no! —Leonie se rio—. Desde luego un perro no. ¿Tengo pinta de sacar tres veces al día de paseo a un perro? Me gusta dormir hasta tarde los fines de semana.

Susann pensó en todo eso mientras estaba sentada en su sofá de flores y Mimi ronroneaba suavemente a su lado. Había dejado de llover y el corazón comenzó a latirle deprisa invadido por la ilusión, pues de pronto lo veía todo claro como el agua. Invitaría a la profesora a comer a Pane e Cioccolata y le pediría que cuidara de Mimi durante dos… No, mejor tres semanas, para poder pasar sus últimas vacaciones en Ischia, las que tal vez serían las últimas de su vida. Si era necesario, lloriquearía un poco y le ofrecería su «punto de vista enternecedor», ese que Bertold siempre decía que cuando alguien lo presenciaba no podía decir que no.

Estaba segura de que Leonie Beaumarchais no le negaría su deseo. Aquella joven le iba que ni pintada: no vivía lejos, estaba sola y le gustaban los gatos.

Y además era una persona sumamente encantadora. A Mimi le iba a gustar.

2

La persona sumamente encantadora cruzó con su bicicleta la calle Subbelrather hecha un basilisco.

—No lo creo —gritó enfadada al móvil mientras sostenía el aparato al oído y sujetaba la cartera que amenazaba con caérsele del hombro. Con la otra mano llevaba la bicicleta haciendo peligrosos equilibrios por la acera—. ¿Cómo te atreves a llamarme y preguntarme eso? ¿Después de todo lo que ha pasado? ¿Cómo se puede ser tan sinvergüenza? Desaparece de una vez de mi vida, tío…

Soltó un par de calificativos nada cariñosos que podrían usarse para un hombre —*conard* y *salaud* fueron los más suaves—, y que Leonie Beaumarchais se dejara llevar por la ira en francés no mejoró las cosas.

Un joven con unos inocentes ojos castaños y unos pantalones de chándal entró en un Döner, se cruzó de brazos y miró, curioso, a la joven con la boina azul.

—*Wallah*, sí que estás enfadada, *habibi* —dijo—. Menuda bronca, ¿eh? Cuando termines con él, avísame.

Sonrió y Leonie le lanzó una mirada asesina. Los hombres a veces eran… simplemente terribles en su autocomplacencia.

—¿*Chérie*? ¿Sigues ahí? —se oyó por el teléfono.

—Sí, sigo aquí, pero voy a colgar ya. Se acabó.

—Si cuelgas, me subo al próximo tren a Colonia.

Leonie respiró hondo antes de contestar. El muy imbécil era capaz de presentarse en su casa.

—¡Ni se te ocurra!

Intentó mantener la calma.

—Leonie —la aduló—, no seas tan dura. Sé que la cagué, pero estabas lejos y Élodie estaba… Bueno, estaba en París, y yo me sentía solo.

Se creía las tonterías que se decía a sí mismo.

—Jean-Philippe, me estuviste engañando un año con esa mujer, y si no os hubiera descubierto por casualidad, no me habrías dicho nada nunca. Yo también me sentía sola. Estaba en mi cuartucho de Düsseldorf, pero al contrario que tú, estudiaba día y noche. Hice las prácticas y enseñé a los alumnos gramática francesa.

Leonie recordó con las mejillas ardiendo aquel momento desagradable de su vida, cuando llegó a París antes de lo que había anunciado, llena de ilusión por pasar un fin de semana largo con Jean-Philippe. Iba a ser una sorpresa. Su novio por aquel entonces trabajaba como periodista autónomo para una revista semanal con un horario bastante flexible, pero que le solía tener ocupado hasta tarde. Aquello tendría que haberle hecho desconfiar. Y después resultó que tenía a una rubia en la cama, Élodie —¡qué clase de nombre era ese!—, mirándola con unos ojos enormes, sorprendida.

—¿Qué haces tú en la cama de mi novio? —preguntó Leonie con mordacidad.

—¿Qué haces tú en el piso de mi novio? —replicó Élodie.

Y justo en el instante en que giró la llave en la cerradura y entró por la puerta Jean-Philippe con una botella de vino tinto gritando alegre por el piso «¡*Chérie*, ya voy, prepárate para el señor de la grandeza!», se lio a lo grande, y la relación entre Leonie y Jean-Philippe enseguida pasó a la historia.

Élodie, por el contrario, se quedó, al menos durante un rato, lo que enfureció a Leonie.

—¡Pero, *chérie*! No puedes estar enfadada conmigo en serio. Eso fue ya hace mucho —le susurró Jean-Philippe al oído.

—Sí, hace ochocientos veinticuatro días, para ser exactos.

—Lo que yo he dicho.

—¡Y no me llames *chérie*!

—Lo que tú quieras, *ma princesse*. Pero ¿no puedo quedarme en tu casa esos tres días? Es imposible encontrar una habitación en Colonia por esa maldita feria. De verdad que no hay nada. Y tú eres la única que conozco allí, y sería muy importante para mí. Ni siquiera te enterarás de que estoy ahí.

Leonie resolló enfurecida, lo que Jean-Philippe interpretó como una señal de que la había convencido.

—A todo esto, ¿de dónde has sacado mi número nuevo de teléfono?

—Me lo ha dado tu padre.

Qué típico de papá.

—Cada vez es más ridículo.

—¿Por qué? Tú padre y yo siempre nos hemos entendido bien.

—¿Por qué eso no me sorprende?

Leonie apretó los labios. Su padre también era un guapo zalamero que había engañado más de una vez a su mujer, porque no podía resistirse a un par de ojos bonitos. Leonie no comprendía por qué su madre siempre lo acababa perdonando. Incluso cuando dejó definitivamente a su madre y formó una nueva familia con su nueva esposa, la había llamado por teléfono, por los viejos tiempos.

—No todo era malo, Leonie, y tu padre, a pesar de todo, tenía un gran corazón. Por los viejos tiempos, ¿no? —continuó Jean-Philippe, y a Leonie le entraron unas ligeras ganas de vomitar—. Y quién sabe —siguió fantaseando por teléfono—, a lo mejor podríamos revivir los viejos tiempos. Pienso a menudo en ti y a veces sueño contigo por la noche. Tu bonita boca, tu piel sedosa… Eso no se olvida tan fácilmente. —Suspiró, extasiado por sus propias palabras—. Siempre tendrás un lugar en mi corazón, *chérie*; ya lo sabes. Y por supuesto también en mi cama, si quieres.

—En mi cama, en todo caso. Pero eso no va a pasar, porque ya está ocupada.

—Ah… ¿sí? —Jean-Philippe parecía desconcertado, lo que alegraba enormemente a Leonie. Con eso no había contado el sinvergüenza—. ¿Y quién es el afortunado?

—Un abogado de Colonia —mintió ella sin vacilar—. Vamos a casarnos pronto.

—¿Cómo? Pero si tu padre me dijo…

—Mi padre no tiene ni idea de mi vida —replicó Leonie. Y al menos esa afirmación no era mentira—. Me temo que tendrás que buscarte otro lugar donde dormir, Jean-Philippe. Pero seguro que lo consigues. ¿Me harías un favor?

—Todos los que quieras, *chérie* —contestó esperanzado.

—No vuelvas a llamarme jamás.

Colgó y guardó el teléfono. Al pasar con la bicicleta por la puerta de la verja y después de atarla a la valla que rodeaba el jardín delantero del edificio en el que vivía —dos habitaciones, sin balcón; no podía permitirse más en esos momentos, pues, como todas las grandes ciudades, Colonia también se había vuelto muy cara—, se preguntó por qué no tenía de verdad un abogado agradable en su cama. Un hombre bueno y respetable, que no mintiera cada vez que abriese la boca. ¿Por qué todos los hombres que conocía terminaban engañándola tarde o temprano? ¿Era por culpa de su padre? ¿Haber estado expuesta desde muy temprana edad a hombres mentirosos hacía que los siguiera como los sonámbulos a la luna? Guapos aduladores como Jean-Philippe. Como Marcel, que vivía separado de su esposa y la sedujo cuando, de estudiante, acudió a un cumpleaños relevante de su padre por insistencia de su madre. No hace falta decir que Marcel seguía enamorado de su mujer y no podía decidirse, y cuando Leonie lo puso entre la espada y la pared, eligió, por supuesto, a su ex. Incluso el dulce Maximilien, su primer gran amor —un chico con cara de ángel—, la traicionó, y cuando lo vio con otra chica de la clase en un banco del parque levantándole la falda al anochecer mientras la besaba apasionadamente, su corazón de dieciséis años se rompió por primera vez, y lo que quedaron fueron un montón de escombros. «Los hombres alemanes no son mejores», pensó Leonie mientras buscaba de mal humor las llaves de casa. Tal vez eran un poco más torpes a la hora de mentir. A Leonard, un estudiante con el pelo rubio y rizado y una sonrisa impresionante, que repartía su número de móvil como si fuera confeti, lo caló bastante rápido.

—No tenía ni idea de que eras tan estrecha —había murmurado como despedida—. Creía que estábamos en un punto más físico.

Leonie sonrió con amargura. Estaba claro que su destino era que la abandonaran, algo que había experimentado de niña por primera vez en un Monoprix de París. Le pareció una eternidad el tiempo que pasó sollozando por los pasillos de la sección de alimentos de la tienda, antes de que a una simpática cajera se le ocurriera llamar a su padre por megafonía. Aquel cuarto de hora sola entre las enormes estanterías del supermercado había traumatizado a Leonie. Tal vez ese también era uno de los motivos por los que hoy en día aún albergaba un profundo rechazo hacia los supermercados y prefería comprar en las tiendas pequeñas. Su padre pensaría que era debido a su herencia francesa —¡a ningún francés le gusta ir al supermercado!—, al igual que su predilección por la buena vida y la pasión por los zapatos bonitos.

—Estoy encantado. En ti hay una auténtica francesa —le dijo su padre una vez cuando ella fue a visitarlo a París, apartando con disimulo a su hija de él para mirarla entusiasmado—. Tienes más de mí de lo que tú te crees.

—Espero que no —había contestado Leonie en tono mordaz, pues la relación con su padre era, por las razones ya señaladas, bastante ambivalente.

Pero cuando se miraba al espejo, reconocía sus ojos castaños aterciopelados y los pequeños hoyuelos que se le marcaban al reír.

Leonie cogió su cartera y entró al vestíbulo. De repente sintió un gran cansancio. Aún sin la descarada pretensión de Jean-Philippe, el día había sido bastante duro. Los pequeños de 5.º B se le habían echado encima en cuanto había entrado al aula para contarle todo tipo de cosas. Tras el fin de semana siempre era especialmente difícil. Dos niños se habían chocado de cabeza mientras jugaban a la pelota en el patio, lo que produjo sendas heridas de las que se ocuparon en el ambulatorio: una conmoción cerebral por la que tuvieron que llamar a sus padres. Para mantener la calma y el orden entre niños de diez a trece años se necesitaba mucho temple.

Cuando volvió a sonar el teléfono móvil en el bolsillo de su impermeable, sintió que la adrenalina le recorría de nuevo las venas. Ese tío agobiaba más que cien de sus alumnos juntos.

—¡Madre mía! ¿Y ahora qué? —gruñó—. ¿No te he dicho ya que no quiero que vuelvas a llamarme?

Un silencio inesperado inundó la línea.

—¿Leonie? ¿Es usted? —preguntó dudando Susann Siebenschön—. ¿La molesto?

—¡Ah, es usted, señora Siebenschön! No, no, de ninguna manera.

Leonie se controló.

—Oh, muy bien, mi querida Leonie, porque tengo que anunciarle algo. —La señora Siebenschön se rio tímidamente—. ¿Tendría tiempo para cenar conmigo mañana en Pane e Cioccolata? Me gustaría invitarla. ¿Qué le parece a las siete y media?

—Sí, claro. ¿Por qué no? —Leonie sonrió por la enrevesada forma de expresarse de aquella mujer. Cómo iba a saber ella que lo que tenía que anunciarle su vecina iba más allá de una simple invitación a comer—. Qué idea más buena; iré encantada —respondió sin saber que, al hacerlo, daba paso a una nueva etapa en su vida.

3

Susann Siebenschön colgó el auricular con las manos temblorosas. Lo había hecho, lo había hecho de verdad. Después de la llamada a Leonie Beaumarchais estaba tan animada que había sacado su vieja agenda para buscar el número de teléfono del Hotel Paradiso. Por primera vez en cinco años.

—Hotel Paradiso, *buongiorno* —contestó una voz sonora masculina, que enseguida le resultó familiar.

—Sí, hola… Soy Susann Siebenschön, de Colonia —añadió por si acaso—. En la recepción del Hotel Paradiso hablaban alemán, lo que siempre había considerado muy conveniente—. ¿Se acuerda usted de mí?

Se produjo una breve pausa antes de que la voz al otro lado de la línea cayera en éxtasis.

—¡Nooooo! ¡La *signora* Siebenschön! —gritó Massimo al auricular—. Claro, claro que nos acordamos de usted. ¿Cómo está, *signora*? Hace mucho tiempo que no sabemos nada de usted, desde que… su pobre marido… ¡*Mamma mia*, qué desgracia! —Massimo bajó un instante la voz por respeto—. ¿Cuánto hace ya?

—Cinco años —contestó Susann, y recordó la felicitación de Navidad del hotel que recibía todos los años.

—Ay, Dios mío, ¡cinco años ya! Siempre nos preguntamos qué estará haciendo y cómo le irá en la fría Alemania… Es la *signora* Siebenschön —se interrumpió a sí mismo un momento, entusiasmado, y de fondo se oyeron unas voces de alegría—. ¿Cómo se encuentra, *signora*?

Susann estaba bastante conmovida.

—Ay… Ahora que hablo con usted, mucho mejor —dijo con sinceridad—. Me preocupan mis caderas y estaba pensando en ir de nuevo a Ischia, aunque sea sin Bertold…

—Sí, el pobre Bertoldo… —Massimo suspiró con compasión—. ¡Pero, claro, venga usted, *signora*, nos alegrará mucho! Y para el mal de cadera tenemos un tratamiento con barro, puede nadar en nuestras aguas termales y por las noches tomar una copita de vino tinto. Todo irá bien, ya lo verá.

A Susann le sonó estupendo todo aquello.

—¿Tienen entonces una habitación libre?

—¿Cuándo le gustaría venir, *signora* Siebenschön? ¿Cuándo?

—¿A finales de mayo? ¿Durante… tres semanas?

—*Maggio*… Deje que mire, deje que mire…

Massimo, que tenía la costumbre de repetir cada frase cuando estaba eufórico, calló concentrado y se oyó el suave clic en un ratón de ordenador.

—Hmmm… Hmmm… —dijo inquieto—. Me temo que no pinta muy bien… —Guardó de nuevo silencio, y entonces—: *Ecco*, tenemos suerte; le puedo ofrecer una habitación para tres semanas desde el tres de mayo, más tarde sería complicado, por desgracia no hay nada más hasta septiembre… Pero si viene a principios de mes, tenemos una libre para esas fechas: nuestra última habitación doble. La 225… Es una estancia que hace esquina, especialmente bonita, con vistas al mar, en el primer piso.

Susann recordó la habitación desde la que no solo se veía el mar, sino también la piscina con las palmeras reales.

—¿Se la reservo, *signora*? ¿Quiere que también me ocupe de los vuelos? ¿Con el traslado desde el aeropuerto de Nápoles hasta el puerto y con la recogida de nuestro chófer en Ischia Porto, como siempre?

Susann Siebenschön tragó saliva. Eso era solo dentro de dos semanas y todavía no le había preguntado a Leonie si podía hacerse cargo de Mimi. Pero lo pensaba hacer al día siguiente durante la cena. En septiembre quizá ya estarían operándola. Aquello era, en cierto modo, un caso de emergencia, y estaba segura de que Leonie lo entendería. En mayo no había días de fiesta, por lo que una profesora tendría de todas formas que quedarse en casa. Y tampoco era tanto esfuerzo ir dos veces al día a un piso a darle de comer a una gatita y jugar con ella un poco. Naturalmente le daría algo a cambio a Leonie, eso por descontado. Susann contuvo la respiración y decidió seguir adelante. «Cuando tomas una decisión —solía decir Bertold— las cosas van solas.»

—Como siempre —contestó resuelta—. Me quedo con la habitación.

Durante todo el día siguiente, Susann Siebenschön estuvo bastante nerviosa. Después del desayuno, que cada mañana consistía en un bollo con pasas untado en mantequilla y un bocadillo de queso, sacó del armario del dormitorio un par de vestidos ligeros y se los probó delante del espejo. Había ido a la peluquería para teñirse las raíces y ahora le caían los sedosos rizos morenos de nuevo sobre los hombros. Susann siempre había estado orgullosa de su pelo tupido. A diferencia de muchas mujeres de su edad, se había negado a teñírselo de caoba o a llevarlo corto. No terminaba de comprender que muchas de sus conocidas lo encontraran tan práctico y les ahorrara tanto tiempo. Al estar jubiladas, tenían tiempo suficiente para ocuparse de ese tipo de cosas. Mucho más tiempo que antes. Desde luego se hacía todo de una manera algo más lenta. Era asombroso que, a pesar de tener menos obligaciones, los días estuvieran tan ocupados. Susann también se había acostumbrado a echarse una siestecita en el sofá después de almorzar. En cuanto se tumbaba allí, Mimi siempre corría a subirse encima de ella. Después de mullirle durante un rato el pecho con las patas, preferentemente en la parte blanda, por debajo de las costillas, se estiraba contenta y su cuerpecito comenzaba a subir y bajar al ritmo de la respiración de Susann, como si fuera en barco. Así dormían muchas veces juntas, y cuando Susann se despertaba, siempre había tiempo para una taza de café, que no era raro que fuese acompañada de un trozo de pastel, y para Mimi también había algo rico. Pero ese día a Susann no le apetecía una siesta.

Decidió que aquella tarde aprovecharía para hacer unas llamadas. Solía hablar con un puñado de conocidos; a algunos todavía les gustaba viajar, mientras que otros preferían andar quejándose del tiempo o de sus enfermedades. Marlene Kürten se había caído la semana anterior de la bicicleta eléctrica y se había roto el brazo. Y al marido de Petra le había pasado el cortacésped por encima del pie. ¡Caramba! Se alegraba de no tener ni bicicleta eléctrica ni jardín. Pero también había buenas noticias: la hija de Marianne Freimann había dado a luz a su segundo hijo. Era una niña que había llegado al mundo gracias a una cesárea de emergencia, pero por suerte todo había salido a pedir de boca, y tanto la madre como la hija estaban sanas y salvas.

Susann lo escuchó todo con paciencia, pero a decir verdad solo estaba matando el tiempo hasta que llegara la hora de la cena. A las seis se cambió de ropa, se pintó los labios y se puso colorete. Se pasó las manos otra vez por el pelo, se colocó bien el pañuelo de flores y asintió satisfecha mientras se echaba otro vistazo en el espejo de la entrada. Ya podía marcharse. Subió al ascensor y se encontró en las escaleras con el señor Franzen, su vecino, un viejo soltero que vivía en la planta baja, y que estaba mirando con mal genio un anuncio de la administración de fincas.

—Buenas tardes, señor Franzen —lo saludó Susann de buen humor alzando la voz, porque el hombre estaba un poco sordo.

—Ahora quieren restaurar la fachada y las ventanas en mayo —gruñó como respuesta—. Creía que lo iban a hacer en agosto. Menudo ruido que van a hacer y cómo lo van a ensuciar todo. Odio las obras.

Parecía enfadado.

—¿Cómo… la fachada?

Susann se colocó a su lado y leyó con detenimiento el aviso de la administración de fincas. Aquello no le gustaba nada. Recordaba vagamente que en la última reunión de propietarios habían decidido restaurar la fachada del edificio en algún momento del año. Pero ¿por qué justo ahora?

—¡Ay, Dios mío! —exclamó y vio que su bonito sueño de Ischia desaparecía como una pompa de jabón.

Mimi no podía quedarse en el piso si los obreros andaban entrando y saliendo y colocaban un andamio por delante, donde estarían trabajando desde bien temprano hasta muy tarde, dando golpes, martilleando y enyesando, por no mencionar que las ventanas tendrían que estar abiertas si iban a pintarlas. Susann Siebenschön estaba a punto de desmayarse.

—Pero… esto es horrible —susurró.

Y el señor Franzen, que parecía haber oído sus palabras, asintió con una sonrisa rabiosa de inesperado consuelo.

—Lo que yo digo, estos administradores hacen lo que les da la gana.

4

—Por lo visto, a partir de la semana que viene tendré una nueva compañera de piso —dijo Leonie.

Estaba recostada sobre la cama, con el móvil pegado a la oreja, pintándose las uñas con su laca preferida de Chanel: Rouge Noir 18, un clásico que siempre quedaba bien.

—¿Y eso? ¿Subarriendas ahora una habitación para costear tu colección de zapatos? —se burló Maxie.

Leonie sonrió irónicamente. Maxie, o mejor dicho Maximiliane Sommer, era su mejor amiga. Una amiga con los pies en la tierra, campechana, un tanto irascible, muy distinta a ella. Sencilla, deportista, bocazas y con una risa encantadora. Una chica con la que se podía contar. Maxie era de Colonia, pero con aquel pelo tan rubio que casi parecía blanco y que llevaba la mayoría de las veces recogido en un moño informal en la nuca, podría haber sido una de esas niñas de Bullerbyn que aparecen en las novelas de Astrid Lindgren. Si no se hubieran sentado hacía tres años en el mismo tren, el Thalys de las seis a París, sus caminos jamás se habrían cruzado, aunque vivieran en el mismo barrio. Y eso hubiera sido una lástima, porque a pesar de todas las diferencias que había entre las dos, Leonie estaba muy contenta de tener una amiga como Maxie. Tenía un corazón de oro, aunque no supiera nunca qué era un Rouge Noir 18. A ella no le iban esas cosas, era demasiado impaciente. La colección de pintaúñas de Chanel que Leonie tenía en su diminuto cuarto de baño a Maxie le parecía cuando menos curiosa. La primera vez que estuvo en el piso de Leonie, pasó un buen rato desconcertada en el vestíbulo ante la estantería para zapatos que llegaba hasta el techo.

—¡Ay, Dios mío! —había exclamado perpleja—. ¿Qué haces con todos estos zapatos? ¡Si solo tienes dos pies!

—Me gusta tener donde elegir —había respondido Leonie.

En cambio, a ella le resultaba incomprensible cómo se podía ir por la vida con solo cinco pares de zapatos sin sentir que te hacían falta más. Leonie todavía se preguntaba con cierto asombro cómo Maxie podía ir solo con esa ridícula mochilita que había dejado encima del asiento, incluso cuando hacía un viaje de tres horas en tren para estar catorce días en París y explorar la ciudad a orillas del Sena. La enorme maleta azul oscuro de Leonie, que había dejado en el compartimento de equipaje al final del vagón, era tan solo para el fin de semana que iba a pasar con su padre.

—Madre mía. ¿Cómo se puede viajar con tanta carga? A mí se me rompería la espalda —había soltado Maxie mientras ayudaba a la chica que acababa de conocer a bajar su pesada maleta del tren.

—Sí, casi siempre tengo dolor de espalda cuando viajo a cualquier parte —había reconocido Leonie.

—¿Y no deberías hacer algo al respecto? —replicó Maxie jadeando.

—Ah, ya lo he hecho. Llevo medio año haciendo pilates. Así se fortalece el tronco —le había contestado Leonie acomodándose la boina—. El truco está en meter hacia dentro la barriga cuando estás levantando algo.

—Ajá —había puntualizado Maxie mirando a la delgada Leonie—. ¿Qué barriga?

AQUEL VIAJE EN tren de Colonia a París había sido el principio de su amistad. Al despedirse, habían intercambiado sus direcciones y números de teléfono, y Leonie, que acababa de mudarse a Colonia, comprobó que la chica de la mochila y los ojos azul claro no vivía muy lejos de ella: en la calle Chamissos.

Leonie encontraba un poco injusto que Maxie, a la que no le gustaban demasiado los libros —por aquel entonces trabajaba como ayudante en una panadería después de haber interrumpido sus estudios— viviera precisamente en una calle con nombre de poeta, mientras que ella tenía el piso en la calle Otto. Pero para su gran consuelo, en una de sus primeras excursiones por el barrio descubrió el Bagatelle, un restaurante encantador con mesas de madera oscura donde servían comida francesa en agradables porciones tipo tapa, y por supuesto el italiano Pane e Cioccolata, el local justo delante de su casa. El mismo italiano al que Susann Siebenschön la había invitado a cenar hacía unos días para hacerle una petición inesperada con las mejillas sonrojadas.

Al principio Leonie no había entendido nada de qué iba todo aquello. La simpática viuda de la calle Eichendorff no hablaba muy claro aquella noche. Le contó lo de sus caderas y que quizá pronto tuviera que operarse, según el funesto pronóstico de un traumatólogo desenfadado. Le contó que la idea de que posiblemente ya no pudiera volver a viajar más pendía como una espada de Damocles sobre ella, y que aquello la había hecho reaccionar; parecía bastante desesperada. Desde la muerte de su marido no había vuelto a viajar, algo que lamentaba, pero pretendía regresar, aunque solo fuera una vez más, a Ischia, su isla preferida, y esperaba que Leonie lo comprendiera. Y menuda mala suerte había tenido ya que justo ahora, en mayo, iban a ponerse a hacer reformas en su edificio. De haberlo sabido antes no habría reservado, para no complicar las cosas de manera innecesaria, pues la pequeña Mimi no podía quedarse en el piso si al final iban aquellos ruidosos obreros.

—Pero a lo mejor a usted le sienta bien tener un poco de compañía, al vivir sola. Estoy segura de que Mimi y usted harán buenas migas. Espero que no diga que no.

Leonie se había quedado mirando a la señora Siebenschön sin entender ni una palabra y se dio cuenta, perpleja, de que a aquella mujer mayor con el pañuelo de seda largo y floreado le brotaban las lágrimas de los ojos, pues al inclinarse hacia delante, Susann se la había quedado mirando fijamente.

—Señora Siebenschön, ¿a qué voy a decirle que no?

—¡Oh! ¿No se lo he dicho? Ay, Dios mío, disculpe, querida Leonie; como ve usted misma, estoy muy nerviosa. Todo este lío me supera. —La mujer le había lanzado una mirada que habría ablandado a una piedra—. Quería preguntarle si podría quedarse con la pequeña Mimi cuando me vaya a Ischia.

Leonie se quedó mirando sorprendida a su vecina y permaneció un rato en silencio.

—¿LEONIE? ¿SIGUES AHÍ? ¿Qué quieres decir con eso de una nueva compañera de piso? —La voz de Maxie volvió a catapultarla al presente.

Leonie cerró el pintaúñas y se miró satisfecha los dedos de los pies, que brillaban de color cereza oscuro.

—No lo adivinarías nunca —respondió luego—. Se llama Mimi y es una gata. Mi vecina se va de viaje y me la ha endosado durante tres semanas.

Maxie gritó entusiasmada.

—¡Una gata… Qué mona!

Su amiga había tenido una gata durante muchos años. A la pequeña Lula desgraciadamente la había atropellado un camión de mudanzas en una de sus escapadas, pero eso había sido hacía mucho tiempo.

—Sí, pero es que yo no tengo ni idea de gatos. ¿Sabes? No tuve animales cuando era pequeña. Yo tocaba la flauta.

Leonie suspiró. Para ser sincera, no estaba nada entusiasmada cuando aquella noche en el restaurante italiano la señora

Siebenschön terminó diciéndole por fin lo que quería. Pero la vecina la había pillado desprevenida con su mirada suplicante y aquellas dramáticas palabras sobre ese viaje importante antes de que el destino le regalara una horrible articulación de titanio. Y al final no había tenido corazón para negarle aquel deseo a su simpática vecina, cuya felicidad dependía de aquel viaje. Para despedirse, la señora Siebenschön, que aquella tarde había bebido más vino de la cuenta, se le había echado a los brazos, contenta, y le había asegurado que jamás lo olvidaría.

—Es una chica encantadora, Leonie —había dicho arrastrando las palabras—. Y mi pequeña Mimi también es encantadora. Se llevarán muy bien.

Leonie movió los dedos de los pies y deseó que la señora Siebenschön tuviera razón. No le gustaba apartarse de su rutina diaria. Ni siquiera por una gatita. Tal vez iba camino de convertirse en una persona un poco rara.

—Dios mío, Leonie. ¿Y qué tienes que saber? —se rio Maxie al otro lado de la línea, ahuyentando su inquietud—. No seas tan quisquillosa. Solo es una gata, ¿vale? No es una cobra. Van a ser tres semanas maravillosas, ya lo verás. Un animal siempre es enriquecedor. Y si necesitas consejo, puedes preguntarme.

—La encantadora de gatos —dijo Leonie.

—Exacto.

SOLO ERA UNA gata, pero cuando el primer domingo de mayo el taxi llegó a la calle Otto, a Leonie la invadió una extraña sensación. ¿Cómo se había metido en eso? Todavía le resonaban en los oídos las palabras de su madre, con la que había ido a comer el último fin de semana.

—¿Una gata en ese piso tan pequeño que tienes? ¿Te lo has pensado bien, Leonie? —le había dicho su madre al llenarle el plato de estofado de conejo con salsa de vino tinto. Al contrario de Leonie, su madre era una cocinera estupenda.

—Bueno, la gata también es pequeña —había contestado Leonie.

—Te lo arañará todo —dijo su madre, que tendía siempre a pensar lo peor, y además le gustaba entrometerse en la vida de su única hija—. Tus bonitos muebles Grange. Por cierto, ¿quién es esa vecina tuya? ¿Por qué precisamente tú tienes que cuidar de su gata? —Marie Beaumarchais negó con la cabeza de forma desaprobatoria—. Yo no lo habría hecho.

—Me voy a hacer cargo de ella, mamá. Además, es decisión mía. Por cierto, el estofado está delicioso.

Pero ahora Leonie se sentía algo agobiada mientras contemplaba desde la acera cómo Susann Siebenschön tomaba el transportín de la gata, el pienso y la bandeja para la arena. Hacía un par de días que había estado en casa de la vecina para familiarizarse un poco con Mimi. La gata blanca con los ojos de un color verde claro tornasolado estaba tumbada tranquilamente en un sillón; había mirado a la joven guiñando los ojos, somnolienta, y se había dejado acariciar antes de ponerse derecha de repente, para bajarse de un salto y andar con paso majestuoso hacia la amplia azotea repleta de plantas. Mientras Mimi se afilaba las garras en el nudoso olivo antes de desaparecer entre las mimosas, Susann Siebenschön le había dado las últimas instrucciones además de la dirección del veterinario, en caso de que hubiera una emergencia. Pero ¿qué podría pasar? A Leonie le parecía todo bastante manejable. La señora Siebenschön había abierto un Piccolo, le había hablado un poco de Ischia y luego de su amiga Lo, que lamentablemente había fallecido hacía dos años.

La chica rechazó con ímpetu el sobre con dinero que la mujer le había puesto en la mano al despedirse.

—No, de verdad que no, señora Siebenschön, lo hago con gusto.

—Pues le traeré algo bonito —concluyó Susann.

Prometía ser un día resplandeciente, la luz se filtraba por las hojas verdes de los árboles, el aire era fresco y puro, y su vecina se acercaba a ella en volandas, con el pañuelo al viento y los labios pintados. La ilusión de aquella gran aventura la hacía parecer diez años más joven.

—¡Dios mío, estoy nerviosísima! —exclamó la señora Siebenschön—. Espero no haberme olvidado nada.

Dejó el transportín de la gata en la acera y Mimi maulló en su interior.

—No pasa nada, Mimita..., no pasa nada. —La señora Siebenschön se giró hacia Leonie—. Claro, sabe que algo pasa. Los gatos lo presienten.

Leonie asintió con la cabeza.

—Bueno, querida, mil gracias de nuevo. Se las apañará bien. Son solo tres semanas y luego volveré. Hablaremos por teléfono esta noche. Y envíeme de vez en cuando una foto de mi pequeñita, ¿eh? Tengo que marcharme; el avión no espera. ¡*Ciao*, Mimi, pórtate bien!

Susann Siebenschön se subió al taxi que la esperaba, bajó la ventanilla y se despidió de Leonie con la mano.

—«Si fue bien antes, también ahora» —recitó animada el famoso dicho colonés.

—¿Cómo dice...? —Leonie se quedó mirando el taxi desde donde la mujer se despedía con la mano hasta que el coche desapareció al doblar la esquina.

Mimi maulló más fuerte.

Leonie levantó el transportín y vio que una cabeza trataba de atravesar la rejilla.

—¡Tranquila, Mimi, tranquila! —dijo, intentando infundirse también un poco de ánimo a sí misma—. ¡Bueno, vamos allá!

AL CABO DE un cuarto de hora ya había subido todo el equipo de Mimi a su piso, en la segunda planta, y lo había colocado en su sitio. La bandeja con la arena estaba en el cuarto de baño, y los cuencos para el agua y la comida los había llenado y colocado en la cocina, que ocupaba solo una pared. Había llevado al salón el transportín, para dejarlo encima de la alfombra y abrir con cuidado el cierre. Mimi no dijo ni mu. Era evidente que había decidido que era más seguro primero hacerse la muerta. Pero al cabo de unos minutos, le venció la curiosidad y asomó una cabecita con orejas puntiagudas. Mimi salió con prudencia de su trasportín y miró a su alrededor con atención. Olisqueó el sofá y la mesa auxiliar, y luego fue hacia la mesa del comedor para frotarse contra las sillas. Poco después ya no se paseaba con tanto recelo por el piso desconocido. Desapareció durante un rato debajo de la cama en el dormitorio de Leonie y luego volvió a salir con unas cuantas pelusas encima para dirigirse majestuosamente hacia la cocina. Registró los comederos, aunque no tomó nada más que un poco de agua, antes de saltar al fregadero y observar con curiosidad el goteo del grifo.

La verdad es que la pequeña Mimi era preciosa, con su pelo blanco como la nieve y esos llamativos ojos verdes. Leonie observó sonriendo cómo la gata intentaba agarrar las gotas de agua con las patas. Era monísima. Estuvo dándole con la patita hasta que se hartó del juego, saltó con garbo del fregadero y volvió con su paso felino al salón. Leonie la siguió y se sentó en el sofá.

—Bueno, Mimi —dijo en voz baja cuando la gata se sentó a cierta distancia, encima de la alfombra, y se la quedó mirando—. ¿Te gusta mi casa?

Mimi se estiró y cerró durante un momento los ojos para luego acercarse a ella y frotar la cabecita en las piernas de Leonie, cubiertas por medias de seda. La chica se inclinó hacia ella y le acarició con cuidado el suave pelaje. Mimi empezó a emitir un ligero ronroneo y Leonie de repente se imaginó, contenta, a la gata cada mañana haciéndole compañía en el desayuno, recibiéndola cuando llegaba del colegio por las tardes y acurrucándose junto a ella en el sofá por las noches, mientras veían juntas una película.

—Su Mimi es un encanto, está tumbada a mi lado en el sofá ronroneando —le dijo a Susann Siebenschön cuando esta llamó a las seis para informarle de que había llegado bien a Ischia. La voz de su vecina sonaba un poco metálica y estridente, aunque era probable que se debiera al móvil antiguo que ella utilizaba—. No se preocupe, señora Siebenschön, aquí va todo muy bien. ¿Qué tal por allí?

—Esto es el paraíso —gritó la señora Siebenschön. Era evidente que pertenecía al tipo de personas que pensaban que era necesario subir el tono al hablar debido a la distancia entre los dos países—. Me alegro de haber venido.

—Bueno, disfrute entonces de sus vacaciones.

—Eso haré, querida Leonie. Pronto la volveré a llamar… —Se oyó un chisporroteo en la línea y la comunicación se cortó un instante—. Envíeme de vez en cuando un mensaje y alguna foto de Mimi, ¿eh? Para estar más tranquila. Hasta muy pronto. Tengo que irme ahora a cenar, los camareros me esperan. *Ciao, ciao!*

Leonie dejó sonriendo el teléfono a un lado y se giró otra vez hacia su nueva compañera de piso. Se sirvió una copa de vino tinto, picó unos palitos de queso, cogió un libro y disfrutó de la tranquila soledad con la gata.

En ese momento feliz aún no sabía que le esperaba una época intensa. En vez de un intervalo dulce y encantador, los días iban a ser, en cierto modo, terribles.

Y la señora Siebenschön no iba a regresar hasta dentro de mucho tiempo.

Cuando esa noche Susann Siebenschön se metió contenta en la cama, volvió a revisar las fotos que había hecho durante aquel día apasionante. Le había resultado extraño viajar sin Bertold, que siempre lo preparaba todo con meticulosidad y se ocupaba de su maleta. En el control de seguridad del aeropuerto de Colonia-Bonn comenzó olvidando la tarjeta de embarque en uno de esos contenedores grises en los que se deja el equipaje de mano, y no le sorprendió oír su nombre más tarde resonando en la terminal de salidas.

—Ay, Dios mío —dijo cuando el hombre de facturación le devolvió la tarjeta de embarque—. ¿Sabe? Hacía cinco años que no viajaba… y esta vez voy sola —añadió—. Pero me irán a recoger al aeropuerto de Nápoles, gracias a Dios.

—Muy bien, que tenga buen viaje —contestó el hombre.

El vuelo había sido tranquilo. Como siempre, Susann había pedido un zumo de tomate con pimienta y sal, una bebida que era tan refrescante como calmante, y durante un rato se esforzó por hablar con la persona que tenía sentada al lado, que miraba apática por la ventana —Susann estaba sentada junto al pasillo y el asiento central afortunadamente había quedado libre—, pero el joven, que no se había quitado en ningún momento los enormes auriculares de la cabeza, tan solo había asentido una vez en su dirección. No parecía muy interesado en la historia de la vida de Susann, ni siquiera en mantener cualquier tipo de conversación.

—Por cierto, luego continúo el viaje a Ischia, con el *ferry* —probó una vez más—. ¿Y usted?

—Yo no —respondió el joven, que subió el volumen de la música y cerró los ojos.

¡Menudos modales! Susann le lanzó al chico maleducado una mirada de desprecio y se concentró en la azafata que le servía, con una sonrisa, otro zumo de tomate. Y más tarde unas gafas de sol Ray-Ban —no había encontrado las suyas— y una colonia, Diorella, que ofrecían en la revista de a bordo y que no tardó en probar. Siempre que viajaba con Bertold, él le compraba un perfume al principio del viaje, y la viuda no quería romper aquella bonita tradición.

Cuando al cabo de unas tres horas Susann empujó el carrito del equipaje por las puertas del Napoli-Capodichino, olió el lirio de los valles y se puso las nuevas gafas de sol, que le parecían muy italianas. Buscó con la vista un letrero con su nombre y allí, con la seguridad de siempre, la estaba esperando con una sonrisa una joven con el pelo largo que alzaba un gran cartel donde se leía: «Siebenschön». La limusina negra con aire acondicionado, que aguardaba delante del aeropuerto, la llevó al *ferry*. Durante la travesía se tomó una naranjada y avistó Procida, una pequeña isla por la que se pasaba antes de llegar a Ischia. Y cuando poco después la fueron a recoger a Ischia Porto y el monovolumen del hotel subió a una velocidad vertiginosa las curvas cerradas para llegar a Forio —a la izquierda, la estribación del Epomeo; a la derecha, el mar resplandeciente; pasados unos pueblecitos, una exuberante maleza y unas magníficas flores—, Susann bajó la ventanilla e inhaló profundamente el aroma de la cálida primavera.

Sin embargo, lo más bonito fue la calurosa bienvenida en la recepción del hotel.

Massimo y su mujer corrieron a darle la mano.

—¡La *signora* Siebenschön! —había exclamado Massimo—. ¡Qué alegría, cuánta alegría! Estamos contentísimos de que vuelva a estar aquí.

Y su mujer, la atractiva Christina, con el pelo moreno cortado a lo paje, le había transmitido el mismo entusiasmo.

—¿Fangoterapia por la mañana, masaje antes de la cena y agua mineral fresca en la habitación, como siempre?

—Como siempre —contestó Susann suspirando.

Por supuesto, no era como siempre, pero se estaba muy bien.

Luigi, su camarero preferido de entonces, seguía trabajando allí. Atendió su mesa por la noche, hizo sus típicas bromas y le sirvió de postre un trozo de tarta de almendras.

—Ay, Luigi, no lo sé, tal vez debería tomar un poco de fruta. Tengo que cuidar la línea.

—Pero, *signora*, no, está estupenda como siempre. Venga, pruebe un cachito minúsculo de esta tarta casera. Ahora está de vacaciones.

«Sí, ahora estoy de vacaciones», pensó mientras apagaba la lámpara de la mesilla de noche, embriagada de toda aquella amabilidad y de dos copas de vino tinto de Ischia, que Luigi había elegido para ella, antes de caer en un profundo sueño.

A mil quinientos noventa y siete kilómetros al norte, la situación no parecía tan tranquila.

5

Estaba claro que no se podía dormir. Era pasada la medianoche y Mimi, la pequeña y dulce Mimi, llevaba una hora montando un escándalo en la puerta del dormitorio. Leonie se tapó las orejas con la almohada, quejándose, pero por supuesto seguía oyendo los arañazos y maullidos de indignación. No cabía duda de que Mimi quería entrar.

Le había puesto una maravillosa camita en el vestíbulo, justo delante de su cara estantería de zapatos, con una manta acogedora y un ratón de juguete. Pero a la gata parecía que no le interesaba ni una cosa ni la otra.

—Mira, Mimi, tú dormirás aquí, en tu camita —le había dicho más de una vez y la gata, que arañaba la puerta del dormitorio, volvía una y otra vez al vestíbulo antes de que Leonie desapareciera en la habitación y cerrara la puerta con energía.

No iba a dejar que un ser diminuto se saliera con la suya. Al fin y al cabo, era pedagoga y sabía que lo más importante era establecer unas normas. ¡Unas normas claras! Si servía para los niños, seguro que también servía para los gatos. Había que educarla, así de fácil. A Leonie se le había olvidado preguntar dónde dormía Mimi en su propia casa o si cabía la posibilidad de que tuviera un comportamiento psicótico ante las puertas cerradas. O, mejor dicho, no se le habían pasado por la cabeza ese tipo de reflexiones.

Escuchó atentamente en la oscuridad. Había dejado de arañar. Leonie sonrió contenta y se acurrucó en su edredón. Mimi por fin lo había captado. Ahora reinaba la calma.

La chica cerró los ojos, feliz, y estaba quedándose dormida cuando la despertó un estruendo. La puerta se abrió de golpe y con un maullido triunfante entró Mimi en el dormitorio. Había logrado saltar hasta el picaporte y moverlo hacia abajo. ¡Era increíble! Decidió cerrar la puerta con llave, pero cayó en la cuenta de que esa puerta no tenía cerradura. No la había tenido en ningún momento.

Mimi se acercó ronroneando bajito. Contenta, empezó a caminar junto a la cama y entonces, de pronto, Leonie recordó que los gatos eran nocturnos. También podía ver en la oscuridad. Tal vez Mimi no dormía nunca a esas horas, sino que paseaba a la luz de la luna por la gran azotea de la señora Siebenschön.

Leonie suspiró y se dio cuenta de que perdía un poco de resistencia. Qué más daba, dejaría la puerta abierta y así la gata podría hacer sus rondas nocturnas. Fuera como fuese, ahora dormiría. Tenía que dormir. El día siguiente era lunes y las clases empezaban a las ocho en punto.

Leonie colocó bien la almohada y se giró hacia la pared. Al cabo de un momento, Mimi saltó de repente y cayó a los pies de la cama.

Leonie perdió los estribos.

—Dios mío, menuda pelma estás hecha —dijo—. Esto no puede ser… ¡Abajo! ¡Ya!

Empujó a la gata con el pie para bajarla del colchón y volvió a dejarse caer en la almohada. Al cabo de tres segundos, Mimi se había subido de nuevo a la cama con un salto de gato salvaje.

—¿Con que esas tenemos? —espetó Leonie y echó a la gata de la cama.

Sin duda Mimi se había tomado todo aquello como un juego. Maulló entusiasmada y volvió a saltar sin problemas. Se dirigió a la cabecera con paso prudente, como una pequeña tigresa blanca que deambulaba por las nubes con una fantástica seguridad. Se acercó más, ronroneando, le dio un toquecito a Leonie y se acomodó en la almohada de su nueva mamá.

—¡*Mon Dieu*, no me lo puedo creer!

Mimi se acercó un poco más a la cara de Leonie y pegó su cabecita al cuello.

—Así no puedo dormir —gritó Leonie desesperada—. ¡Entiéndelo!

Echó a Mimi de la cama y al instante la gata estaba de nuevo encima del edredón.

Leonie se sentía cada vez más como en el cuento del príncipe rana, solo que la gata no iba a convertirse en un príncipe cuando lo lanzara contra la pared. Aquella tenacidad era realmente impresionante, pero Leonie solo quería dormir. Una hora después comprendió que no iba a poder ganar esa guerra. Por lo menos no esa noche. Con el tiempo Mimi se acostumbraría. «Seguro que es por el cambio», se consoló Leonie. La verdad es que Mimi se sentía sola sin la señora Siebenschön, por eso no debía ser muy estricta. Los primeros pájaros comenzaban a trinar cuando Leonie por fin consiguió quedarse dormida, con Mimi, que había conquistado su sitio a los pies de la cama.

Pero antes de que sonara el despertador al día siguiente a las seis y media de la mañana, Leonie notó unos toquecitos en las mejillas. Murmuró somnolienta unas palabras y, todavía soñando, se preguntó asombrada quién era ese hombre que estaba en su cama y que la acariciaba tan cariñosamente. Entonces abrió los ojos de golpe y vio justo delante unos ojos felinos color verde claro.

—Mimi —dijo Leonie suspirando.

—Miau —respondió Mimi.

Le dio suave con la pata a Leonie, saltó de la cama y giró hacia ella la cabeza para que se levantara antes de volver a maullar.

—¿Qué pasa, pequeño saco de nervios?

Leonie se puso en pie bostezando y fue detrás de la gata, que se dirigía a la cocina. Los dos cuencos estaban vacíos. Por lo visto Mimi había interrumpido su ramadán particular y había comido por la noche, pues antes de irse a dormir los cuencos estaban llenos. Leonie volvió a llenar los comederos, mientras Mimi la observaba con satisfacción, aunque luego la gata no comiera nada, lo que hizo que Leonie se planteara por un momento quién estaba educando a quién. Mientras Mimi se dirigía al vestíbulo para tumbarse como una buena gata en su camita, Leonie se preparó una taza grande de café con leche. Estaba exhausta y pensó en los animados alumnos de 6.º A que tenía a primera hora. Dos horas seguidas de alemán. Tal vez podría ponerles un dictado y después, un trabajo en grupo, pues no estaba para nada más en aquellas circunstancias.

—Hasta luego, Mimi —dijo poco antes de cerrar la puerta del piso tras de sí—. No hagas ninguna tontería, ¿me oyes?

Mimi no respondió y se quedó a descansar enroscada en su camita.

LEONIE ESTABA A la sombra del viejo castaño en el extremo más alejado del patio del colegio. Las dos horas habían sido más fáciles de lo que esperaba. Los niños, por supuesto, se habían quejado por el dictado.

—Menudo fastidio, señora Beaumarchais. ¿Por qué nos pone otro dictado? ¡Ya hicimos uno la semana pasada!

Pero Leonie se había limitado a levantar las cejas y a decir:

—Cierto, y cometisteis los mismos fallos tontos, por eso lo repetimos.

Y había repartido las hojas con el rostro impasible y un ligero dolor de cabeza.

Ese día le tocaba vigilar el recreo. Mientras mordía la manzana y recorría el patio del colegio con la vista, por pura inercia, una voz estridente sonó en su oído.

Leonie se estremeció y se llevó de manera automática la mano a la frente, detrás de la que acechaba el dolor.

—¡Señora Beaumarchais, señora Beaumarchais, venga, rápido!

Maja, una niña pelirroja y pizpireta que llevaba la voz cantante en la clase de sexto y que a veces decían que se parecía a Pippi Calzaslargas, se acercó a ella corriendo.

—Señora Beaumarchais, Max ha empujado a Emma y Emma le ha devuelto el empujón; pero bastante fuerte, y ahora el móvil de Max está roto. ¡Venga, rápido!

—Ya voy, pero, por favor, Maja, ¡no grites tanto!

Leonie tiró el resto de la manzana al saúco que crecía detrás del patio del colegio y se dirigió hacia el grupo de alumnos situados alrededor de la pelea que se había montado. Max sostenía llorando su móvil con la superficie destrozada y Emma estaba agachada en el suelo, también llorando.

Un chico empezó a hablar y entonces de repente se pusieron todos a gritar a la vez.

Leonie Beaumarchais suspiró. Le encantaba su trabajo, podía llegar a ser increíblemente satisfactorio, pero a veces, en días como aquel, cuando una no se encontraba del todo bien, deseaba estar en una tranquila oficina de gestión financiera, donde el mayor ruido posible era el susurro ocasional de la máquina de café.

Miró de forma tajante a los niños y luego pronunció la frase que todos los profesores decían un millón de veces en su vida:

—Pero… ¡¿qué ha pasado aquí?!

Al cabo de media hora ya se había aclarado todo y Leonie se felicitó en silencio por su capacidad integradora. Max y Emma se habían dado la mano y se habían pedido perdón el uno al otro, después de haberles insistido. El seminario sobre resolución de conflictos que había cursado junto a otras cuatro compañeras no había sido en vano. Bueno, había que reconocer que con Jean-Philippe no había funcionado tan bien la resolución de conflictos, ¡pero eso era lo de menos!

Leonie sacó los papeles de su compartimento en la sala de profesores y recogió su bolso. Max era un pequeño fanfarrón que venía equipado de casa con la última tecnología y le gustaba burlarse de los otros niños. A decir verdad, no le importaba demasiado el asunto del móvil roto. De todos modos, los niños de ese curso tenían prohibido el uso de móviles, y así se lo había recordado al quedarse con el *smartphone* que no tenía permitido llevar al colegio.

—Pero eso es en la clase, en la clase —había gritado Max enfadado—. En el recreo yo puedo hacer lo que me dé la gana.

—Sigue soñando —le respondió Leonie.

—Eso es privación de la libertad —protestó Max.

—Sí, sí. —Leonie no se dejó provocar—. ¿Por qué has empujado a Emma?

—Esa zorra ha dicho que mi nuevo *smartphone* no me hace más listo.

—Pero antes tú habías dicho que miraba como una imbécil —soltó Maja.

Leonie contuvo una sonrisa. Max no era precisamente el más lumbrera, mientras que la silenciosa Emma sí era bastante buena estudiante.

—Aquí no decimos «zorra», amigo mío, así que pídele perdón ahora mismo.

—¿Cómo? ¿Yo tengo que pedirle perdón? Esa cabrona me ha roto el móvil.

—Eso —dijeron algunos de sus compañeros de clase, colocándose detrás de Max.

—Pero no a propósito —intervino Emma sollozando.

Estaba sentada en el suelo con las manos en la cara.

—Bueno… Tranquilicémonos todos —concluyó Leonie. La distensión era lo más importante—. Y vosotros dos, venid conmigo a secretaría.

LEONIE CERRÓ SU cartera y abandonó la sala de profesores.

Naturalmente, alguien tendría que hacerse cargo de la reparación del móvil. Tenía que haber un seguro de responsabilidad civil. Llamaría a los padres de Emma o, mejor dicho, al padre de Emma. Pero el *smartphone* roto no era el único problema. A Leonie le preocupaba Emma. No por su rendimiento escolar, pues la niña era muy espabilada y sacaba buenas notas, sino porque parecía un poco introvertida. En el recreo solía desaparecer en un rincón del patio del colegio y se quedaba mirando cómo jugaban los otros niños. Ella era la maestra de Emma e intentaba a menudo que la vergonzosa alumna participara.

—Ay, no, no pasa nada; prefiero pintar —decía Emma siempre, se sentaba en el muro y sacaba un cuaderno de su mochila.

Una compañera le había contado a Leonie que los padres de Emma se habían separado hacía algún tiempo. Emma vivía con su padre. Su madre, que trabajaba para una organización humanitaria, se había enamorado de un médico al que a menudo acompañaba durante meses a Kenia en sus misiones. Leonie le había cogido cariño a su alumna. Estaba segurísima de que dentro de la niña había mucho más que introversión.

Aquel día además hubo cierta agitación, porque la niña faltó a la siguiente clase después de la pelea en el recreo.

—¿Sabéis dónde está Emma? —le preguntó Leonie a los demás niños, y al final se enteró por otra alumna de que Emma, a veces, para estar tranquila, se escondía en la casa destartalada que había en el viejo castaño.

Y efectivamente, Emma estaba allí arriba, absorta, pintando en su cuaderno.

—¿Emma? ¿No vas a bajar? Ya han empezado las clases y están todos esperándote —le dijo Leonie.

La pequeña negó con la cabeza.

—A mí no me espera nadie y además creen que soy tonta —respondió mientras seguía pintando en su cuaderno y le caía el pelo largo y rubio hacia la cara.

—Menuda tontería. Nadie cree que seas tonta.

Emma levantó la vista con gesto triste.

—Todos han apoyado a Max.

Leonie sintió una punzada en el corazón.

—Enséñame qué estás pintando —le pidió.

Emma le pasó el cuaderno con vacilación. El dibujo era una especie de Pippi Calzaslargas subida a un caballo blanco, pero lucía unos rizos pelirrojos que le llegaban casi hasta la cintura, y sin lugar a duda se parecía a Maja.

—Es genial —dijo Leonie—. ¿Es Pippi Calzaslargas? ¿O más bien Maja?

Una sonrisa asomó en el rostro de Emma.

—Ambas… Creo. —Se encogió de hombros—. Me gustaría ser como Maja —suspiró anhelante.

A Leonie se le ocurrió una idea.

—¿Sabes una cosa, Emma? Vamos a volver a clase y cuando terminemos, le regalarás este dibujo a Maja. Apuesto a que le va a gustar mucho. Porque, ¿sabes? A Maja le gustaría ser Pippi Calzaslargas. —Le guiñó el ojo—. Verás, a todos nos gustaría ser un poco como otra persona, es normal.

Al final Emma salió de la casa del árbol y Maja, al recibir su regalo más tarde, dijo:

—¡Qué guay! No sabía que supieras dibujar tan bien.

Aquella había sido una pequeña victoria. Sin embargo, Leonie decidió seguir echándole un ojo a Emma.

6

Cuando esa tarde Leonie abrió la puerta de su casa, tuvo el mal presentimiento de que algo había pasado. Un ligero olor a amoniaco se le metió por la nariz. Se quitó los zapatos en el vestíbulo y entró al salón, donde se encontró un panorama devastador. El fino estor, que normalmente colgaba sobre la ventana junto a la mesa del comedor, estaba arrancado y se bamboleaba a un lado del soporte. El jarrón de flores, que por la mañana estaba aún sobre la mesa, se había volcado y había rodado peligrosamente hasta el borde del tablero. Y en el parqué nadaban en perfecta armonía los narcisos amarillos y los jacintos azules dentro de un pequeño lago.

En el dormitorio se oían unos maullidos nerviosos.

Leonie dejó la cartera, desconcertada, antes de dirigirse con paso enérgico a la fuente de aquel desastre.

Mimi se balanceaba en las cortinas de la habitación y la observaba fijamente, llena de reproches, con aquellos ojos verdes.

«No es posible que me hayas dejado aquí sola todo el día», parecía decir con la mirada.

Leonie se dejó caer en la cama y se levantó de nuevo enseguida al ver sus finos zapatos rojos de hebilla en medio del cuarto, con un extraño tono oscuro. Cogió uno de los zapatos y lo olió con recelo. Un olor húmedo y penetrante se le metió en la nariz.

—¡Puaj, qué asco! —gritó—. ¿Por qué no has ido a la bandeja? Creía que eras una gata limpia y educada.

Leonie agarró el zapato con las yemas de los dedos y olisqueó el cuero. El olor a pipí de gato no se iría nunca, eso estaba claro.

—Mimi, ¿qué has hecho? ¡Eran mis zapatos preferidos!

La gata se bajó de las cortinas y saltó al escritorio, que estaba delante de la ventana. Sin duda un montón de papeles había llamado su atención y empezó a hacer pedazos la primera hoja.

—Eh… ¿Te has vuelto loca? Son los exámenes de 5.º B —gritó Leonie horrorizada y echó a la gata abajo, que se puso a rodar en la alfombra junto a la cama, de un lado a otro, colocando la cabeza en un ángulo hacia ella, como pidiéndole que se acercara.

Leonie se negó, pero el animal estaba colocado de tal forma que, a pesar de todo, la chica tuvo que reírse.

Mimi estaba fuera de control, sin duda alguna. Era evidente que echaba de menos salir a la amplia azotea que tenía en casa de la señora Siebenschön.

Leonie sacó a Mimi del dormitorio y pasó la siguiente hora ocupada ordenando el caos de su piso. Tiró con tristeza a la basura los zapatos rojos, llevó el jarrón a la cocina, recogió las flores del suelo y fregó el charco de agua. Después se subió a la mesa del comedor para poner en su sitio el estor que había arrancado la gata mientras esta contemplaba la escena, absorta y erguida, desde el otro extremo del salón.

Cuando Leonie, un poco más tarde, se dirigió al sofá con una taza de café y se sentó agotada a su lado, Mimi empezó a golpearla con la cola, nerviosa.

Pero Leonie lo interpretó mal.

—¿Qué, gatita salvaje? —le dijo con tono conciliador—. Sí, sí… Ahora por fin tengo tiempo para ti.

Estiró la mano para acariciarla y enseguida recibió un zarpazo.

—Oye, pero ¿qué haces? ¿Te has vuelto loca?

Como respuesta, Mimi le mordió la mano con sus dientecitos afilados y luego saltó del sofá. Con la cola levantada se fue caminando majestuosamente al comedor y se escondió debajo de la mesa mientras Leonie iba a mirarse el arañazo sangrante en el dorso de la mano.

—Bueno, eso no ha sido muy bonito por tu parte —dijo Leonie bastante ofendida—. Tienes unas uñas muy afiladas, ¿sabes?

Mimi se quedó allí sentada lamiéndose las patas como si no fuera con ella.

—Vale, pues nada —dijo Leonie y cogió el periódico, que a diferencia de todas las mañanas aquel día aún no había leído.

Se estiró del todo en el sofá, usó el apoyabrazos como reposacabezas y pasó las hojas hasta la sección cultural. Al cabo de pocos minutos, estaba tan absorta en la reseña de un libro que no se dio cuenta de que Mimi estaba acercándose sigilosamente, mostrando curiosidad por aquellas páginas abiertas.

Saltó sin esfuerzo al sofá y se subió a la barriga de Leonie. Desde ahí continuó hasta pasar su cabecita por debajo del periódico y mirar a Leonie con unos grandes ojos inquisitivos.

—Ahora no me digas que también lees las noticias —dijo Leonie.

Mimi frotó la cabeza contra el papel, dio un par de vueltas sobre sí misma y se tumbó encima de la chica. Empezó a ronronear y Leonie advirtió de repente que también le estaba entrando sueño. El primer día con la gata había sido desconcertante.

Bajó el periódico y cerró durante un momento los ojos.

CUANDO SE DESPERTÓ, fuera ya era de noche. Mimi seguía encima de ella y un ding en el móvil la avisó de que le había llegado un mensaje.

Leonie se incorporó con cuidado mientras Mimi se agarraba con fuerza, y la joven cogió el teléfono que estaba en la mesa frente al sofá para abrir el mensaje.

Querida Leonie, ¿cómo va por Colonia? ¿Todo bien con Mimi? He pasado un día maravilloso. Un abrazo desde Ischia de Susann Siebenschön.
P.D.: Se me ha ocurrido una cosa: ¿podría comprarle hierba gatera a Mimi? *Mille Grazie!*

Leonie pensó un momento lo que iba a contestarle y al final escribió:

Por aquí todo estupendo. Mimi está bien, hoy ha explorado el piso entero y por la tarde hemos leído juntas el periódico hasta que nos hemos quedado dormidas. Le adjunto una foto. Le compraré la hierba. Siga pasándoselo bien en Ischia. Con cariño, Leonie.

Se levantó y le hizo una foto a Mimi, que estaba tan tranquila tumbada junto al periódico en el sofá a rayas, como si no hubiera roto un plato. Luego llamó a su amiga Maxie.

—La gata me ha destrozado todo el piso —dijo.

Maxie se rio.

—*Oh là, là*… Está animando el ambiente. Bueno, no tiene importancia, de todos modos, en tu casa siempre está todo demasiado ordenado.

Leonie resopló.

—¿Demasiado ordenado? ¿Eso qué quiere decir? —respondió ofendida.

—Cálmate, Leonie. El animal tiene que adaptarse.

—No he pegado ojo en toda la noche. Mimi no quería dormir en su camita.

—Un gato no es como un perro. Ellos eligen dónde quieren dormir.

—Eso si duermen —dijo suspirando—. Además, me ha arañado.

—Será que la has ido a tocar en un mal momento.

—Pero estaba moviendo la cola.

—Madre mía, Leonie. No tienes ni idea, ¿eh? Los gatos no mueven la cola. Y si lo hacen, por lo general no quiere decir nada bueno.

—Sí, de eso ya me he dado cuenta —contestó—. Oye, ¿dónde se puede comprar hierba para gatos?

ESA NOCHE MIMI se buscó un nuevo lugar para dormir. Había descubierto el saco con la ropa de invierno en el armario de Leonie. Después de saltar del escritorio al armario, se quedó allí arriba como una vigilante con la mirada fija en Leonie, que ya estaba metida en la cama. La chica no tocó el libro que tenía en la mesilla de noche, pues estaba demasiado cansada para leer. Bostezó, puso el despertador y miró desconfiada hacia arriba.

—¡Buenas noches, Mimi! Hoy me dejarás dormir, ¿no?

A las tres se acabó la noche. Cuando Mimi saltó del armario y planeó dos metros por el aire antes de aterrizar con un gran salto en mitad de la cama, Leonie perdió los estribos con un grito de horror. Al principio no sabía qué pasaba, pero luego notó las patas que se acercaban a ella por encima del edredón.

—¡Mimi! ¡Menudo susto me has dado! —exclamó Leonie, y la gata también se asustó, saltó de la cama espantada y salió corriendo por la habitación.

A Leonie le latía el corazón con fuerza.

—Estupendo, ahora me he desvelado.

La gata maulló llena de reproches.

—Esto no puede ser —se quejó—. ¿Cómo voy a dar clase por la mañana a los niños si ya no puedo dormir?

Se quedó un buen rato despierta, mientras Mimi se acurrucaba a sus pies, y sobre las cinco por fin cayó en un sueño inquietante en el que unos gatos blancos gigantes se columpiaban en las cortinas y el piso entero estaba cubierto por hierba de un metro de altura.

7

A LOS POCOS días Leonie Beaumarchais estaba hecha un manojo de nervios. La esperanza de que Mimi en algún momento se adaptara a su nueva casa y fuera posible una coexistencia pacífica desaparecía conforme transcurrían los días. Pero Mimi parecía igual de enfadada, porque la habían encerrado en un piso de dos habitaciones sin balcón. Las pocas horas de armoniosa convivencia que había de vez en cuando no eran suficientes para olvidar que la gata estaba muy descontenta con su casera.

El segundo día, Leonie había comprado la hierba gatera como le había pedido la señora Siebenschön y además había intentado atraer a Mimi debajo de la mesa con las golosinas que le habían dado en la tienda de animales. Pero la gata le había bufado y se había limitado a olfatear con recelo la bolsa. Más tarde, Mimi le robó a Leonie medio pollo asado que había comprado en la carnicería y que había dejado un momento en la encimera; los restos de lo que iba a ser su cena se los había encontrado en el suelo de la cocina. Mimi estaba allí sentada, relamiéndose el hocico, satisfecha, mientras Leonie se comía malhumorada un poco de pan duro con queso. Por la noche la gata volvió a husmear por la cocina y de alguna manera logró abrir la bolsa de las chucherías. Lo primero que hizo por la mañana fue pisar con los pies descalzos los Dreamies que, según le habían asegurado en la tienda de animales, les «flipaban» a todos los gatos.

El tercer día, Mimi comió una gran cantidad de hierba gatera y al poco rato emitió un sonido alarmante antes de vomitar una bola grumosa de pienso sobre la alfombra persa. Muerta de miedo, Leonie fue a por el número del veterinario.

—¿Podría pasarme? ¡Creo que mi gata se ha envenenado! —dijo con la voz entrecortada mientras describía lo que había sucedido.

Pero el amable señor al otro lado de la línea le aseguró que era totalmente normal que la gata hubiera vomitado en la alfombra. Por eso necesitaba la hierba gatera, para expulsar todo el pelo que se había tragado al limpiarse.

—Ajá —masculló Leonie sintiéndose bastante tonta.

Cuando llegó a casa el cuarto día, la botella de vino tinto que había abierto unos días atrás estaba volcada sobre la mesa de centro. Sus bonitos libros de arte de Cézanne y Sorolla estaban sumergidos en el líquido púrpura, con las páginas empapadas, manchadas para siempre.

El quinto día, por lo visto, lo dedicó a un nuevo pasatiempo: Mimi había descubierto el caro sofá francés que su madre le había regalado al mudarse.

—¡Oh, no! —gritó cuando pilló a la gata entregada arañando el lino.

—Ya te lo había dicho —le dijo su madre—. Los gatos no son para tenerlos en un piso en la ciudad.

—Deberías comprarle a Mimi un rascador —le había aconsejado Maxie.

La gata era exasperante y le exigía mucho tiempo. Leonie no se había imaginado que sería así. Al día siguiente, suspirando, volvió a la tienda de animales para comprar un rascador grande, que transportó peligrosamente en su bicicleta y que quedaba fatal en el salón de aquel minúsculo apartamento. Leonie odiaba aquel monstruo beis de sisal y pelo artificial. A Mimi, por el contrario, le encantaba, pero seguía prefiriendo los muebles tapizados para afilarse las uñas, lejos de considerarlos simplemente un parque de juegos y un mirador.

Al día siguiente —el día seis en su nuevo calendario—, Mimi había desaparecido cuando llegó a casa, y en vez de ponerse a corregir exámenes, Leonie se pasó horas buscándola. Miró debajo de la cómoda Grange, retiró el sofá, se asomó debajo de la cama y rebuscó entre jerséis y vestidos dentro del armario. No dejaba de llamar a Mimi a la vez que agitaba la bolsa del pienso. El pánico se iba apoderando poco a poco de ella, hasta que decidió llamar a su amiga, que entendía de gatos.

—Mimi ha desaparecido. —La voz le salió con un gallo.

—Vaya —dijo Maxie—. A los gatos les gusta esconderse, no te preocupes. Tiene que estar por alguna parte.

—Pero ¿dónde? He buscado ya por todas partes. —Leonie estaba fuera de sí—. Este animal me saca de quicio. ¿Qué voy a decirle ahora a la señora Siebenschön?

—Nada. Créeme, aparecerá —dijo Maxie—. Tú cálmate.

Pero eso era más fácil decirlo que hacerlo. Leonie revisó hasta el último rincón de su piso. Echó un vistazo en la bandeja de arena, se asomó a la cueva del rascador y sacó los libros de la estantería por si Mimi se hubiera escondido detrás de ellos. Entonces decidió subirse a la silla del escritorio de la habitación para comprobar que no hubiera una gata blanca tomándole el pelo encima del armario, con la ropa de invierno. Pero Mimi tampoco estaba allí. No estaba en ninguna parte.

—¡No puede ser!

Leonie se quedó escuchando atentamente en mitad del dormitorio. No se oía ni pío. Mimi no podía haberse esfumado como el gato de Cheshire de *Alicia en el País de las Maravillas*.

Agotada, se dejó caer en la cama sobre la que, como cada día, estaba extendida la colcha con el suave estampado de rosas. No soportaba las camas sin hacer, para ella eran el principio del fin y conducían inevitablemente al caos. Y Leonie temía el caos. Un piso ordenado, en el que las cosas estuvieran en su sitio, le daba la sensación de que cualquier cosa podía superarse. Y en ese orden maravilloso una criaturita imprevisible había tomado el mando y lo había puesto todo patas arriba.

Leonie se quedó mirando triste por la ventana. ¿Qué debía hacer ahora? ¿Podía haberse escapado Mimi del piso? Se había dado cuenta de que durante los últimos días la gata la esperaba siempre detrás de la puerta principal cuando llegaba del colegio. Por suerte, Mimi no era capaz de abrir la pesada puerta, que no tenía picaporte sino pomo, pero le interesaba muchísimo lo que había al otro lado.

Leonie negó con la cabeza, desconcertada.

—¿Dónde se habrá metido este bicho?

Por la mañana, Mimi estaba tumbada tan tranquilamente en la plataforma más alta del rascador. Como prueba para la señora Siebenschön, Leonie le había hecho una foto con el móvil a la gata y se la había enviado. Era imposible que Mimi se hubiera escapado por el tragaluz de la ventana del dormitorio que estaba abierto, porque tendría que haber volado.

Se recostó pensativa y se apoyó con las manos en la colcha. A continuación, los dedos se toparon con algo blando y cálido. Se movió lentamente, lo que hizo que Leonie emitiera un grito agudo.

—¡Mimi!

Apartó la colcha y allí se encontró a la gata, que por lo visto se había acomodado en su cama y la miraba confundida, como diciendo: «¿A qué viene ese alboroto?».

Por la noche recibió un mensaje de la señora Siebenschön.

¡Qué foto tan bonita! ¿Cuándo ha comprado el rascador? Es un detalle por su parte. Se lo pagaré, naturalmente. Gracias por preocuparse tanto por Mimi, querida Leonie. Me alegra ver que se llevan tan bien. Mimi es muy fácil de cuidar. Estoy disfrutando mucho aquí en Ischia. La fangoterapia me va bien para los huesos y hoy he dado un largo paseo desde Forio a Lacco Ameno. ¿Conoce la roca en forma de seta? Le envío una postal. *Tanti saluti!*

Susann Siebenschön.

Y Leonie le respondió:

No, no he oído hablar de la roca en forma de seta, pero es que yo nunca he estado en Ischia. Me alegro de que se lo esté pasando tan bien, señora Siebenschön. Mimi también está divirtiéndose mucho por aquí. Hoy hemos —aquí se detuvo un momento— jugado un poco al escondite. No se creería dónde encontré al final a Mimi. ¡Le envío una foto! Con cariño,

Leonie.

El séptimo día Mimi descubrió su predilección por la laca de uñas. Cuando Leonie abrió la puerta del piso, la gata se le rozó cariñosamente contra las piernas, ronroneando. En el hocico tenía una mancha roja cereza brillante. Leonie se quedó de piedra y fue enseguida al cuarto de baño, donde todos los pintaúñas estaban desparramados por el suelo; algunos habían sobrevivido a la caída desde la estantería y otros estaban rotos sobre los viejos azulejos.

Leonie recogió los pedazos a la vez que soltaba un par de tacos en voz baja, y llegó a la conclusión de que Mimi y ella no eran la pareja perfecta.

Y CADA DÍA llegaba una nueva sorpresa. Las noches eran breves y poco tranquilas. Mimi era imprevisible y saltaba a la vista que no estaba muy contenta con su cuidadora, o con su nueva casa. Y Leonie tampoco estaba precisamente entusiasmada. La única que estaba encantadísima era la señora Siebenschön, que parecía loca de alegría por las maravillas que contaba de sus vacaciones. Leonie decidió poner al mal tiempo buena cara y continuó enviándole mensajes divertidos con fotos de Mimi para no estropearle las vacaciones. Pero contaba los días que faltaban para su regreso. Ya era hora de que su vecina volviera de las vacaciones.

Sin embargo, los crípticos mensajes que le había enviado instantes antes Susann Siebenschön con su teléfono de teclas extragrandes para la tercera edad no auguraban nada bueno:

¡Ha pasado algo totalmente inimaginable: un milagro! Estoy pensando en alargar un poco más mis vacaciones, naturalmente si a usted no le importa, querida Leonie, porque sé que Mimi está en las mejores manos.

8

Susann Siebenschön se sentía en la gloria y flotaba como un globo aerostático por el cielo azul de Ischia. Cada día era bonito a su manera y desprendía su propia magia.

El primer día de sus vacaciones había ido paseando del hotel a Forio y había almorzado más tarde en la plaza, delante de la iglesia blanca, una ensalada caprese acompañada de una copa de vino blanco. Beber vino al mediodía era para ella un indicador seguro de que uno estaba de vacaciones. En casa nunca lo hacía. Después de estar un rato sentada en la plaza, de descansar los pies y observar a la gente —aún no había demasiados turistas—, los primeros comercios abrieron, y Susann no dudó en comprarse en una de las tiendas de recuerdos una bolsa de caramelos de limón gruesos y redondos que, al chuparlos, estallaban en la boca de forma agradable. Cogió en la mano la mezcla de especias que vendían en grandes cestas de mimbre —paquetitos transparentes con nombres prometedores como *spaghetti epomeo* o *pomodoro piccante*— y olió los jabones con forma de limón y un aroma tan delicioso que daban ganas de morderlos. Luego se compró un helado, dio una vuelta por la calle principal de Forio, se sentó a una de las mesitas de su cafetería preferida y se bebió un capuchino. El sol calentaba de forma agradable y Susann tenía el teléfono en la mano para llamar a Marianne.

—Adivina dónde estoy —le dijo triunfante cuando su conocida descolgó el teléfono.

De fondo se oían los gritos de un bebé. Marianne estaba cuidando a su nieto y sonaba un poco desbordada. La sorprendente reacción de su conocida le había sentado bien.

—Qué envidia —dijo Marianne suspirando mientras Susann asentía con la cabeza, satisfecha. Causaba una buena sensación ser por una vez la que contaba algo bueno.

Después había llamado a la canguro de su gata. Todo iba bien con Mimi y Leonie parecía estar entusiasmada con su nueva compañera de piso. En Colonia llovía.

Susann pagó y bajó caminando al puerto. Desde que la había recogido el monovolumen del hotel en Villa Carolina, había pasado ya algún tiempo. En una bonita *boutique* se compró un vestido floreado y un sombrero de paja grande, dejó que el vendedor le lanzara un par de cumplidos y al final se sentó con las bolsas en el pequeño bar del puerto para beber un Aperol Sour. El cielo se teñía de tonos rosados mientras varios coches circulaban junto al muelle lleno de palmeras y, detrás, las barcas blancas se mecían tranquilamente en el puerto. Susann se llevó a los labios la copa abombada con el refrescante aperitivo y pensó un momento en Bertold, con quien comía allí a menudo. Tomó un sorbo y suspiró por la injusticia de la vida. Luego dejó la copa y se reprendió por caer en la melancolía. «Lo pasado, pasado está», decía la gente en Colonia para aceptar lo inevitable. No se podía tenerle manía a un lugar solo porque hubiera pasado allí algo horrible. Forio era tan mágico como siempre. Susann dejó vagar la mirada por el pequeño puerto, que cada vez estaba más sumido en el rosa, y decidió disfrutar del panorama que presenciaba. A pesar de todo, era bonito estar allí sentada. Muy bonito. Y mientras estaba perdida en sus pensamientos e iba cogiendo cacahuetes del platito que le habían llevado para picar, sintió cómo le inundaba la serenidad.

AL CABO DE unos días, Susann Siebenschön había encontrado su ritmo y se había quedado a descansar en el hotel. Tras sus rutinas matutinas y un abundante desayuno en la terraza, acompañada de un libro en una de las tumbonas azules, nadaba en la fría piscina o se metía con otros clientes del hotel en las aguas termales. A mediodía se iba a ver a Luigi, que estaba fuera en el bar, y este le servía un aperitivo mientras ella contemplaba —en función del sol— el mar que resplandecía a lo lejos, o el Epomeo, que se elevaba en verde aterciopelado justo detrás de los espléndidos jardines del hotel, cuya fuerza majestuosa, por extraño que pareciera, la tranquilizaba.

Al día siguiente retomó sus salidas. Había dado un largo paseo hacia Lacco Ameno, atravesando las colinas boscosas y las pinedas que se extendían por Maria von Zaro, un pequeño lugar de peregrinación en el que los lugareños dejaban flores y cartas. Y cuando por fin llegó a la vieja entrada de piedra y bajó por la calle sinuosa, decidió tomarse un helado antes de volver a observar aquella enorme roca con forma de seta, que se alzaba en el mar tan repentinamente.

Fue en autobús al elegante Sant' Angelo y llegó hasta la playa Maronti. Era divertido ir en autobús por Ischia, a la vez que sencillo. En realidad había solo dos líneas. La línea uno iba por la derecha, rodeando la isla, y la otra recorría el lado izquierdo. —Si sirve de referencia, Ischia era tan simple como Lummerland—. Y eso a Susann, que no tenía el mejor sentido de la orientación, le hacía sentirse más segura. En la elegante tienda de los jardines Apollo —un enorme balneario con acceso a la playa situado al otro extremo de la bahía de Forio—, Susann se había comprado, en un arranque de atrevimiento, un nuevo traje de baño con estampado de leopardo, que estrenaría dos días más tarde en su cala preferida. La pequeña playa de Cava Cabana estaba tan escondida que apenas iban turistas. La mayoría de los visitantes preferían las termas Apollo con sus innumerables piscinas. Pero a Susann le gustaba aquella pequeña cala, donde uno estaba prácticamente solo entre semana y en la que en noviembre todavía era posible nadar. El tiempo en Ischia, como le había dicho una vez Christina, del Paradiso, era muy especial y distinto al del continente. A principios de noviembre, cuando cerraba el Hotel Paradiso, como lo hacía la mayoría, comenzaba el veranillo de los que vivían en la isla. En el pequeño restaurante de la playa, que se alzaba unos peldaños por encima del mar, se podían tomar prestadas las tumbonas si uno consumía algo allí. Y a la gente le gustaba comer en aquel lugar, porque los *spaghetti alle vongole* o los *spaghetti al pomodoro* que hacían estaban deliciosos y sabían a verano.

Susann comprobó una vez más que Italia era un país maravilloso y sensual. De hecho, ella misma se sentía bastante atractiva. Y entonces sucedió algo al final de la primera semana que jamás en su vida se hubiera imaginado.

Susann Siebenschön se enamoró.

Giorgio Pasini era el propietario de una pequeña tienda de antigüedades en la Via Roma, que unía Ischia Porto con Ischia Ponte. Aquel día, uno de esos en los que había salido a pasear, Susann decidió ir en el autobús a Ischia Porto, uno de los pueblos principales de la isla. Allí había llegado hacía pocos días con el *ferry* desde Nápoles, pero le parecía que ya habían pasado semanas. Ischia Porto estaba al otro lado de la isla y Susann decidió ir allí después de desayunar, antes de que cerraran las tiendas a mediodía, ya que, como sabía, en el sur la jornada se alargaba mucho más que en tierras alemanas.

Paseó de buen humor con su nuevo vestido floreado y el sombrero de paja por la amplia Via Roma, donde no estaba permitido que circularan los coches. Miró los bonitos escaparates repletos de zapatos y bolsos, se probó un par de sandalias plateadas y continuó en dirección a Ischia Ponte. Su meta era el Castillo Aragonés, una fortaleza sarracena que se elevaba como una pequeña ciudad al final de un estrecho puente de piedra que parecía atravesar el mar. En realidad, el puente se erigía a cierta distancia del mar, pero lo habían construido tan bajo que, cuando soplaba el viento, la espuma de las olas salpicaba a más de un metro por encima de la barandilla de piedra y empapaba la ropa a los turistas. Hacia allí dirigió sus pasos Susann.

Antes había que subir a pie al castillo —que en la actualidad era un pequeño museo con cuadros, y en cuya parte superior albergaba un monasterio— por unas tortuosas escaleras de piedra y unos estrechos caminos amurallados con vistas al mar azul oscuro. Más tarde instalaron un ascensor que catapultaba a los visitantes hasta allí en pocos segundos, donde les esperaban dos cafeterías y unas amplias terrazas con vistas. Uno podía pasarse horas en aquel lugar. Aunque las caderas en los últimos días apenas le habían causado molestias —gracias a la serotonina que había liberado su cuerpo—, Susann estaba muy contenta de disfrutar de aquella comodidad en el castillo. Había comprado unas postales que quería escribir en el café, a la sombra de unos olivos.

Pero eso no iba a suceder. Al menos no ese día.

El camino por Via Roma era bastante largo, el sol subía y cada vez hacía más calor; los primeros comercios cerraban para el descanso del mediodía y los pasos de Susann también se volvían más lentos. Y al pasar tranquilamente junto al escaparate de una tienda de antigüedades, descubrió un cuadro al óleo del Castillo Aragonés. Se detuvo y al instante se enamoró de aquella pequeña obra de arte culminada con un ostentoso marco dorado.

Susann abrió la puerta y entró a la tienda bajo el tintineo de una brillante campanilla. Dentro hacía frío y había poca luz, como en la cueva de Alí Babá; era un espacio reducido en el que se amontonaban las antigüedades, cuyo color predominante era el dorado. Cuadros antiguos, candelabros, relucientes pulseras de dijes y anillos en vitrinas de cristal, mesitas de mármol con crisoles y platos de todo tipo, estatuas de amantes y bustos de diosas romanas de la primavera con rostros encantadores. Susann estaba fascinada. Pasó con cuidado entre los artículos y entonces vio al propietario de la tienda, que salió de detrás de un mostrador de madera y la saludó con un dulce *bon giorno*.

Giorgio Pasini era un señor mayor no muy alto, con unos pronunciados rasgos faciales y una buena mata de pelo gris. Se hacía entender en alemán y, bajo unas cejas espesas, Susann pudo ver los ojos más tiernos del mundo. Parecían desprender una luz cálida, y, al sonreír —lo que estaba haciendo en esos momentos—, se le formaban unas arruguitas en las comisuras de los ojos que dejaban entrever un carácter alegre.

El propietario de la tienda la miró y le preguntó qué deseaba, y en ese instante Susann se percató de que había estado demasiado tiempo mirando aquellos ojos amables. Se aclaró la garganta y preguntó por el cuadro al óleo que había visto en el escaparate.

Giorgio Pasini se movió con agilidad, como una pantera, por la tienda llena de artículos, y cogió la pequeña pintura colocada encima del terciopelo azul oscuro. Le comentó que provenía de la escuela napolitana y que tendría más de cien años, y alabó el buen gusto de Susann. Después le indicó el precio, que a ella no le pareció tan caro para una obra tan exquisita de su querido Castillo Aragonés.

—Es maravilloso —dijo la mujer—. Lo voy a comprar.

El *signior* Pasini volvió a dedicarle esa sonrisa dorada y Susann notó que le flaqueaban ligeramente las rodillas. Estaba cautivada por aquella sonrisa, por la tiendecita y naturalmente por el cuadro, que dejó sobre el mostrador de la tienda con el corazón palpitando.

—¿Es… un regalo? —preguntó el *signior* Pasini mientras envolvía la pintura en papel de seda.

Susann se fijó en sus manos sumamente cuidadas y asintió con la cabeza.

—Sí... No. Quiero decir, sí. Bueno, es un regalo para mí —aclaró, y se sonrojó como una jovencita, lo que esperaba que no se notara en la penumbra de la tienda.

El *signior* Pasini asintió y envolvió el cuadro con un papel de regalo color borgoña que dobló con mucha maña, le puso una pegatina dorada y adjuntó una tarjeta de visita. Lo metió todo en una bolsa de papel y se la entregó a Susann.

—¿Es la primera vez que viene a Ischia, *bella signora*? —preguntó luego, y la *bella signora* sonrió halagada y comentó que antes visitaba con mucha frecuencia a la isla y que se enamoró por primera vez en el mismo Castillo Aragonés.

—Colgaré este cuadro sobre la mesilla de noche cuando regrese a casa, como recuerdo —le dijo—. Así tendré un trozo de Ischia conmigo para siempre.

El *signior* Pasini asintió sonriendo.

—Y... ¿la espera alguien en casa? —se interesó.

—Oh, sí —contestó Susann, y advirtió cómo se le ensombrecía el rostro. ¿O solo lo estaba imaginando?—. Me espera alguien, pero no es más que mi gata.

Ambos se rieron y ella comprobó, sorprendida, que estaba coqueteando con aquel desconocido. «Susann, no seas infantil», se reprendió. Pero se sentía muy bien, como si estuviera en una de esas comedias de Hollywood del tipo *Vacaciones en Roma*, aunque por supuesto era un poco mayor que la encantadora Audrey Hepburn, y además nunca se hubiera cortado el pelo como ella. De pronto sintió tanta despreocupación como la que debió de experimentar ella al ir sentada detrás de Gregory Peck en la Vespa, por algún lugar, sintiendo el viento en la cara. No había preocupaciones y solo importaba el presente.

Pagó el cuadro y el propietario de aquella cueva de las maravillas decidió que ya ha había ganado suficiente aquel día;

había llegado el momento de cerrar la tienda para una pausa a mediodía. Fuera de la tienda le preguntó a la *bella signora* si le concedía el honor de acompañarlo a tomar una copa de vino al restaurante de la playa —«a tan solo unos pasos de aquí»—, donde había unas magníficas vistas al castillo.

Susann se rio entre dientes. «¡Concederle el honor!». Hacía muchísimo tiempo que no oía esa expresión. Le sonaba muy propia de los años cincuenta. Asintió, encantada. Poco después, ambos brindaban sentados al sol en una terraza acristalada.

—Por el precioso cuadro y su dueña aún más preciosa —dijo Giorgio con galantería—. Que la llene de felicidad y le haga recordar para siempre este día.

Chocaron las copas con un sonido claro que a Susann le hizo pensar en la campanilla de la tienda. Miró la fortaleza sarracena que se elevaba no muy lejos de ellos, bajo el sol de mediodía, y no se arrepintió ni un instante de no haberse quedado más rato en la terraza del castillo escribiendo sus postales. Las horas se le pasaron volando. Giorgio era un narrador de historias divertidas, no solo por su gracioso acento italiano. Tras una copa de vino pidieron otra, y luego una dorada rellena con albahaca para los dos. El vendedor de antigüedades bromeó diciendo que había hecho por fin «el negocio de su vida».

—¿Cómo? ¿Tan poco movimiento hay en su tienda?

Susann también se rio y se recostó en la silla. Hacía mucho tiempo que no estaba tan animada. El vino blanco refulgía en el interior de las copas, la dorada estaba buenísima y el italiano de los ojos oscuros y la simpática sonrisa la había cautivado. Tenía la sensación de estar en otra época. La tarde caía en paz sobre el mar y alargaba poco a poco la sombra del castillo. Giorgio, después de comer, insistió en llevarla de vuelta a Forio con su Fiat Cinquecento, la dejó en la entrada del Hotel Paradiso, la besó en la mano y le preguntó: «¿Puedo invitarla el sábado a un *concerto* en los Jardinieri Mortella, *mia bella Sussanna*?». No pudo decir que no.

9

Leonie empezó el día, como ya iba siendo habitual, sin apenas haber dormido. Apagó el despertador, que resonaba en su oído. Después fue dando tumbos a la cocina para prepararse un café y echarle pienso y agua a los cuencos de Mimi. La noche anterior se había quedado hasta tarde corrigiendo los deberes de francés de los de secundaria: una redacción sobre *El señor Ibrahim y las flores del Corán*, de Éric-Emmanuel Schmitt. Las calificaciones no habían sido muy buenas, aunque había preparado a la clase con detalle para el planteamiento central del texto. Los alumnos simplemente no escuchaban. Sin duda su atención se perdía entre las imágenes de las publicaciones de Instagram y las series de Netflix. En los exámenes algunos se creían especialmente listos y soltaban auténticos disparates; se enrollaban metiendo paja con la esperanza de que el «cuanto más, mejor» compensase su volumen de errores.

A veces Leonie envidiaba a los compañeros de Educación Física o Música. Impartir asignaturas que requerían correcciones por parte del profesor quizá no había sido la mejor idea aunque hubiera pequeños momentos de felicidad, como cuando tiempo atrás una chica de bachillerato escribió un impresionante ensayo sobre el Romanticismo alemán y su significado para los jóvenes de hoy en día. Esos eran los momentos estelares de una profesora de instituto.

Cuando Leonie por fin terminó con las correcciones eran ya las doce y media. Era imposible quedarse dormida porque Mimi había decidido ponerse a galopar como un caballo por el piso. Costaba creer que un ser tan pequeño pudiera hacer tanto ruido. Mimi estaba pasada de vueltas y Leonie se preguntó si era posible que los gatos pudieran tener TDAH. La criatura, agitada, había intentado abrir el armario del dormitorio y se había puesto a arañarlo como una loca. Estaba claro que Mimi esperaba encontrar detrás de la puerta los bosques interminables de Narnia. Al final Leonie, crispada, le había tirado un cojín y le había dicho entre dientes: «¡Cálmate ya!». La verdad es que luego se había tranquilizado durante un rato, había vuelto a subirse a la cama y se había quedado dormida enseguida encima de sus pies, mientras la luz de la luna llena se filtraba en la habitación y la persona a la que pertenecían esos pies daba vueltas en la cama unas cuantas horas más, hasta que no le quedó más remedio que tomarse tres pastillas de valeriana.

Ahora Leonie estaba sentada en la pequeña mesa plegable de la cocina, removiendo dormida el café con leche. Últimamente cada día se levantaba peor. Se había acostumbrado a quedarse un rato tumbada después de que sonara el despertador y ya no leía nunca el periódico. Suspirando, sacó una galleta de avena del paquete y la mojó en el café. Al echar un vistazo al reloj vio que ya era hora de marcharse. Fregó la taza y se puso una chaqueta de punto encima del vestido de rayas. Después cogió el bolso en el vestíbulo, donde Mimi ya estaba sentada delante de la puerta y emitía un maullido acusatorio.

Leonie tenía que haberlo sabido, pero aquella mañana estaba demasiado cansada. En el instante en el que abrió la puerta y tiró de ella, Mimi salió disparada como una flecha.

Leonie dejó caer el bolso y salió corriendo a la escalera.

—¡No, Mimi, no! ¿Qué haces ahí? ¡Vuelve enseguida!

Pero Mimi no pensaba volver. Se quedó debajo de los buzones y olfateó con interés un montón de folletos de publicidad que había debajo.

—¡Mimi, vuelve aquí ya! —le ordenó Leonie.

La gata ni se inmutó.

Cuando Leonie se dirigió hacia ella de forma amenazadora para meterla de nuevo en el piso, corrió a toda pastilla escaleras abajo.

Maldijo en voz baja y fue tras ella.

Encendió la luz al llegar al sótano y vio algo blanco doblar la esquina y salir pitando por el largo pasillo que daba a los trasteros. Las puertas de celosía tenían candado, pero eso no detenía a una gata. Mimi se coló por debajo de una de las puertas, la del tercero derecha, y desapareció entre las estanterías, las cajas y unos juguetes viejos.

En el tercero derecha vivía el señor Likowski. Era médico jefe en la clínica pediátrica de la calle Amsterdamer, y se iba de casa siempre muy temprano y no volvía hasta la noche. La señora Likowski se había mudado con su hijo adolescente hacía un par de meses debido al horario laboral de su marido, que desataba su ira, aunque seguramente no había sido el único motivo. Leonie, que vivía en el piso de abajo de los Likowski, no solo había tenido que soportar el terrible ruido que hacía el hijo cuando lo obligaban todas las tardes a tocar Mozart al piano y la ira que descargaba sobre las teclas, sino también las fuertes discusiones que mantenía de vez en cuando el matrimonio por la noche. Se alegró mucho cuando tanto lo uno como lo otro cesó. Ahora ya no estaba la mujer y sin la llave iba a ser complicado entrar.

Leonie se agachó delante del trastero y miró por los huecos entre los listones de madera. Cuando los ojos se le acostumbraron a la diferencia de luz reinante, vio debajo de una bicicleta rota a Mimi, que la observaba con sus ojos centelleantes desde su escondite.

—¡Sal de ahí, Mimi! ¡Me tengo que ir! —dijo Leonie sacudiendo la celosía.

Eran las ocho menos cuarto. Si la gata se apiadaba de ella y salía del trastero, aún podía lograr llegar puntual al colegio.

Mimi apretó los ojos y no se movió. En su vida el tiempo no tenía ninguna importancia.

Leonie decidió cambiar de táctica. Como la bruja de *Hansel y Gretel* metió la mano por el hueco entre las maderas y movió los dedos para atraer a la fugitiva.

—¡Ven, Mimita, ven! —canturreo con voz aguda.

La gata se ablandó y se acercó con cuidado, pero cuando Leonie fue a agarrarla, se escapó con un bufido y Leonie se arañó la mano con la madera.

—¡Ay! ¡Maldita sea!

Se miró el dedo índice, donde se le había clavado una astilla, e intentó sacarla justo cuando se apagó la luz.

—¡Maldito interruptor automático! —exclamó Leonie poniéndose de pie para buscar a tientas por la pared.

Cuando la mano encontró por fin el interruptor de la luz, lo pulsó y durante otros tres minutos reinó una luz resplandeciente en el sótano.

Suspiró aliviada.

Pero Mimi ya no estaba en el trastero del tercero derecha.

Leonie, nerviosa, volvió a las escaleras y miró en la otra dirección. Al final del pasillo que llevaba hacia la izquierda, se encontraba el aparcamiento de bicicletas, la sala de calderas y el cuarto de la basura, cuya puerta de hierro estaba abierta. ¿Acababa tal vez de bajar la basura alguien? ¿Se habría metido Mimi allí dentro? Oyó un suave maullido que parecía provenir de los cubos de basura y salió corriendo por el pasillo. Por lo general, la puerta del cuarto de la basura estaba cerrada, a excepción de los miércoles, cuando iban los basureros y subían los contenedores por los escalones de piedra hasta la calle.

A Leonie le dio un vuelco el corazón.

«¡Hoy es miércoles!»

Cuando llegó a los contenedores del sótano, Mimi ya estaba en la puerta de hierro que daba al exterior, mirando con ansia la libertad.

—¡No, Mimi, no!

Leonie llegó hasta ella de un salto. La gata escapó fácilmente y subió con agilidad las escaleras que daban acceso a la calle. Leonie tropezó mientras iba tras ella, resbaló en el último peldaño y cayó de rodillas. Se levantó a duras penas y vio que Mimi desaparecía debajo de un Volvo aparcado. Al cabo de un segundo llegó el camión, y los basureros de Colonia, con sus monos de color naranja, arrastraron con gran estrépito los contenedores por la acera.

AL CABO DE una hora, Leonie estaba fuera de sí, esperando al cerrajero en casa de la señora Hase, que también vivía en la segunda planta. Tenía arañada la rodilla derecha y se había manchado su vestido azul cielo al haberse tumbado en la acera de la calle Otto para meterse debajo del Volvo negro. Mimi, que estaba agachada, inmóvil debajo del coche, había desechado cualquier plan de fuga en el momento en que los basureros se habían puesto a arrastrar los contenedores por la acera. Le había lanzado una mirada de reproche a Leonie en la penumbra y no se había movido ni un milímetro. El mundo de ahí fuera era ruidoso y peligroso. Continuó acercándose debajo del coche y al final, de algún modo, consiguió sacar a la gata erizada de debajo del vehículo. Apretó a Mimi tanto contra ella que por fin dejó de resistirse y empezó a ronronear.

Ahora la gata se frotaba contra la silla de la señora Hase como si no hubiera pasado nada, y solo su cola peluda mostraba que todavía estaba nerviosa.

Leonie bebió un trago de agua del vaso que su vecina le había servido.

—Siento mucho lo de la puerta —dijo la señora Hase por tercera vez—. No sabía que usted seguía aquí.

Leonie asintió con la cabeza. Todavía se encontraba un poco mal después de aquella loca persecución, de la caída en las escaleras y de arrastrarse de esa manera indigna en la calle bajo las miradas burlonas de los basureros, que aplaudieron riéndose mientras Leonie desaparecía, adentrándose en el edificio con Mimi en brazos.

Al subir las escaleras vio a la señora Hase enfrente de su piso, mirando la puerta entornada, con el entrecejo fruncido, antes de decidir cerrarla.

—¡Oh, no, señora Hase! ¿Qué hace? Tengo la llave puesta por dentro. —A Leonie, que estaba allí de pie con Mimi en brazos, le entró un mareo—. Ahora ya no puedo entrar.

—¡Ay, madre mía! —balbuceó la señora Hase tirándose de sus rizos canosos—. ¡Señora Beaumarchais! Estaba aún aquí. Yo creía, creía…

¿Cómo podía imaginarse Roswitha Hase que la puerta de su vecina estaba abierta por accidente? Las puertas viejas y pesadas a veces no encajan bien si no se las empuja con energía. A la señora Hase le había desconcertado ver la puerta entornada de su vecina. Había pulsado el timbre, la había llamado de viva voz y había mirado por la escalera, pero, al no recibir respuesta, había supuesto que la joven profesora se había ido a trabajar sin tener en cuenta que podría entrar un ladrón al haberse dejado la puerta abierta.

—A mí misma me ha pasado —dijo la señora Hase ingenuamente, sirviéndole más agua a Leonie—. Desde entonces me aseguro dos veces de que esté cerrada, aunque solo vaya a bajar al sótano. Usted también debería hacerlo, señora Beaumarchais. Porque esto no lo cubre ningún seguro, ¿lo sabía?

La señora Hase era muy miedosa. Leonie se quedó mirando a su vecina en silencio y luego detuvo la vista en el reloj de pared del salón, que emitía un sigiloso tictac y anunciaba que pasaban ya veinte minutos de las nueve.

—¡No! —gritó Leonie llevándose las manos a la frente.

—Sí, sí, así es —le aseguró la señora Hase asintiendo.

—Tengo que llamar al colegio —dijo Leonie—. ¿Puedo usar su teléfono, por favor?

—Pues claro, es lo mínimo —respondió la señora Hase.

—¡Señora Beaumarchais! ¡Por fin! ¿Dónde está? La hemos llamado ya tres veces. —La voz de la señora Meier, de secretaría, sonaba llena de reproches.

—Sí, es que… eh… Me he quedado en la calle porque la gata, bueno, la gata de mi vecina, que se ha ido de vacaciones a Ischia, se había escapado y entonces mi otra vecina, la que no tiene gato, ha cerrado la puerta de mi piso porque pensaba que yo ya estaba en el colegio, y el móvil lo tengo en el bolso, que lo he dejado en el pasillo, bueno, en el pasillo de mi casa, no en el del edificio… El caso es que he conseguido atraparla y ahora estoy aquí esperando con la gata de mi vecina en casa de mi otra vecina, bueno, la que vive enfrente de mí… —Leonie se calló al darse cuenta de que sonaba un poco confuso.

—Y… ¿ahora está esperando a… otra vecina? —intentó seguirla la señora Meier.

—No, no. Estamos esperando al cerrajero para poder entrar al piso. Quiero decir, a mi piso.

—Ajá —dijo la señora Meier con cautela—. Pero va a venir al colegio, ¿no?

Después de marcharse el cerrajero —le salió caro porque la llave estaba metida por dentro y tuvo que desmontar la cerradura entera—, Leonie se cambió de ropa y se curó la rodilla. Mientras tanto Mimi descansaba, agotada tras su gran aventura, encima del rascador en el salón. Probablemente estaría recuperando fuerzas para la noche.

Cuando Leonie, con la rodilla dolorida y un ligero mareo, salió a la calle por segunda vez aquella mañana y pasó por donde el Volvo negro seguía aparcado, de repente sintió que estaba a punto de darle una crisis nerviosa y solo pudo pensar en una cosa:

Que aquello debía terminar.

Y además tan rápido como fuera posible.

10

Maxie Sommer hizo un balance en su vigésimo sexto cumpleaños y no quedó especialmente satisfecha. Había sido en un día bastante normal de marzo. Un miércoles. Nada espectacular. Con nubes grises en el cielo. Sus padres habían llamado por la mañana y se habían puesto en contacto con ella unos cuantos amigos. Por la noche, Leonie la había invitado al Bagatelle.

Por aquel entonces, Maxie, que en realidad se llamaba Maximiliane, lo que no le gustaba nada, trabajaba aún en una filial de la cadena de panaderías Backfrisch en el centro de Colonia. No es que fuera precisamente su sueño vender pan y pasteles industriales, pero de algún modo algo le había salido mal en la vida. Había comenzado un sinfín de cosas que luego había abandonado, y lo que veía al echar la vista atrás era una impresionante carrera de estudios interrumpidos.

Al acabar el bachillerato, había estudiado sin mucho entusiasmo Administración de Empresas durante dos semestres en Bonn. Con los estudios de Economía podía iniciar un nuevo proyecto y los ingresos potenciales le darían seguridad. Sus padres estaban contentos y opinaban que era una decisión «muy sensata». Pero pronto quedó confirmado que la alegre Maxie no estaba hecha para las finanzas, o que las finanzas no estaban hechas para ella, como algunos pretendían. En las clases se aburría soberanamente, encontraba la carrera muy sosa y la contabilidad se le daba fatal. Tenía compañeros entusiasmadísimos con los estudios, como su novio por aquel entonces, Leo, que se lanzaba sobre los números y los modelos de marketing como las ancianas lo hacían sobre el *streusel*, que más tarde ella vendería en la panadería. Aquello le dio mucho que pensar a Maxie y decidió dejar la carrera. Poco después su relación con Leo también tocó a su fin.

Y así, con la energía renovada, se había matriculado en Historia —una asignatura que en el colegio siempre le había parecido muy interesante—, pero en el segundo semestre suspendió el curso de Traducción de Historia Antigua, que era indispensable para obtener el título. Maxie nunca había estudiado latín y el examen de acceso a la universidad pudo pasarlo con la inestimable ayuda de una simpática compañera, pero no le sirvió de mucho cuando en el seminario del profesor Altmann le tocó traducir las palabras de Cicerón y no fue capaz de hacerlo por más que lo intentó. Maxie se levantó con la cara muy roja, se disculpó y abandonó la clase. Y allí terminó *la belle histoire*, como solía llamarla la señora Raschke, su profesora preferida, que también enseñaba francés.

Comenzó a estudiar en el Instituto de Educación Física de Colonia, que tenía más que ver con sus gustos; se le daba igual de bien la gimnasia que el atletismo, era una buena corredora y tenía un excelente manejo de la pelota. Pero entonces tuvo ese tonto accidente cuando esquiaba en las montañas tirolesas. Alguien que no pudo frenar a tiempo chocó contra ella mientras hacía cola para subir al telesilla. Maxie no pudo soltarse mientras caía lentamente y oía el chasquido que procedía del interior de su rodilla torcida, que sonó como la goma de un tarro al romperse, y enseguida supo que se trataba de algo serio.

El diagnóstico fue «tríada infeliz»: una desgraciada combinación de rotura del ligamento cruzado anterior, rotura del ligamento lateral interno y rotura del menisco interno. Maxie pasó casi un año con muletas cojeando por la universidad y se inscribió en clases de Medicina Deportiva, como Nutrición y Anatomía —la bibliografía básica de la editorial Thieme seguía en la actualidad en su estantería—. Pero la parte práctica de la carrera de Educación Física tuvo que dejarla durante un tiempo. Y luego, cuando Gert Haberland, un viejo profesor de las Ciencias del Deporte con predilección por las estudiantes rubias y guapas comenzó a perseguirla día y noche, Maxie decidió dejar la carrera.

Después de ver una noche en la televisión una emocionante película documental sobre Heinrich Schliemann y el tesoro de Príamo, sintió una nueva esperanza. De repente creía estar hecha para la arqueología. Viajar, trabajar al aire libre y con un buen equipo de investigadores o desenterrar tesoros de gran importancia para la humanidad le parecía muy tentador. Pero no llegó a ir nunca a la primera clase, porque su tía preferida se puso enferma y Maxie decidió ocuparse de ella. Durante varias semanas estuvo cuidando a su tía, que poco a poco consiguió recuperarse de una grave pulmonía.

Mientras, sus padres, cada vez con más reticencia, observaban los tumbos que daba su hija pequeña, y en algún momento perdieron la paciencia y dejaron de correr con sus gastos, por lo que Maxie terminó viviendo del trabajo temporal en la panadería. Su tía Paula siempre creyó en ella.

Paula Witzel, una señora de la vieja escuela, de valores anticuados en cuanto al tratamiento correcto («¡Señorita Witzel, por favor!») y que durante toda su vida había llevado broches, trabajó muchos años como secretaria para un profesor que estudiaba el comportamiento de los murciélagos. La señorita Paula no había tenido nunca pareja, al menos que Maxie supiera. Pero cuando después de su muerte encontró en sus estanterías una gran cantidad de libros de consulta sobre murciélagos y coronavirus, dentro de los que había algunas ardientes cartas de amor, se le ocurrió que a lo mejor la relación de su tía con el profesor no había sido solo platónica.

Paula Witzel era una mujer muy culta. Tenía una amplia biblioteca y le encantaba la literatura; sí, se podía decir que los libros y la cocina eran su gran pasión, aparte de la investigación sobre los murciélagos a la que se había dedicado durante tantos años antes de su fallecimiento. Cuántas veces se había sentado Maxie en el salón de su tía y se había dejado consolar con un trozo de tarta de ciruelas amarillas o de bizcocho marmolado, «con mantequilla de la buena», cuando una vez más había tirado la toalla.

—No te preocupes, hija mía. Ya encontrarás qué es lo tuyo; de eso estoy bien segura —le decía siempre su tía Paula—. A lo mejor no estás hecha para la universidad. Siempre has sido más bien práctica y no hay nada malo en eso. Y tienes muchas aptitudes.

—Ah, ¿sí? ¿Cuáles? —le había preguntado Maxie desanimada.

—Bueno, te llevas bien con la gente y los animales, eres valiente y cariñosa, y sin duda tienes un don para las ventas. Además, te gustan los pasteles, como a mí.

—Genial —dijo Maxie, preguntándose qué puesto de trabajo requería esas características.

Así que tal vez no era tan sorprendente que hubiera terminado trabajando en Backfrisch, y que lo que en un principio iba a ser temporal se convirtiera en un puesto a jornada completa. Ya llevaba allí tres años.

Cuando en ese vigésimo sexto cumpleaños, del que había pasado ya un año, su jefe, Stefan Kürten, con una cara resplandeciente se acercó a ella con una tarta de Backfrisch y con tono formal le dijo: «Está haciendo un buen trabajo aquí, señora Sommer. Si quiere continuar, algún día podría dirigir usted misma una filial de Backfrisch, ¿no le parece prometedor?», a Maxie se le cayó la venda de los ojos. Aquella no era la vida que se había imaginado, así que no podía ni quería continuar trabajando allí.

Pero ¿qué iba a hacer entonces? ¿Qué se hacía con una carrera de Económicas a medias, una carrera de Historia a medias, una carrera de Educación Física a medias y una carrera de Arqueología que nunca había empezado?

Y para eso también encontró la respuesta en la tía Paula, aunque se la dio de una manera poco convencional. Pues tres meses más tarde, a los pocos días de su septuagésimo tercer cumpleaños, la señorita Paula Witzel murió. La empleada de la limpieza se la encontró a primera hora de la mañana en su sillón preferido. La televisión estaba encendida —con el canal cultural Arte— y por lo visto la anciana se había quedado dormida viendo la adaptación cinematográfica del libro *Lo que nos queda del día* y no se había vuelto a despertar. Nadie podía saber si había visto la película hasta el final, pero, como era una de sus preferidas, se deducía que ya sabía cómo terminaba. Fuera como fuese, iba vestida impecable, como siempre, y en su blusa llevaba prendido un camafeo blanco.

Paula Witzel había vivido siempre de forma muy modesta. No cobraba una gran pensión y durante la última década de su vida se había alimentado a base de puré de patatas, paté de hígado con ternera y compota de manzana, además de pasteles, claro. Por eso Maxie se sorprendió al enterarse de que su tía no solo le había dejado miles de libros y las antiguas recetas de pasteles escritas de su puño y letra, sino también una buena suma de dinero que al parecer había ido ahorrando a lo largo de los años. El notario le hizo entrega de la cantidad en un sobre junto a una carta. Maxie la había leído una y otra vez. «Ve a por ello —había escrito la tía Paula—. Sé que lo conseguirás, querida Maxie.»

Y Maxie había reconocido aquella oportunidad y la había agarrado con ambas manos. Con el dinero de su tía podría abrir su propia cafetería, así que arrendó el local venido a menos que había debajo de su vivienda. Llevaba vacío mucho tiempo porque el anterior inquilino, que hacía años regentaba allí un bar, ahora disfrutaba jubilado del sol en el sur de Francia. Maxie tragó saliva al oír lo que le decía el arrendador, pero sabía que, en lo que respectaba al precio del alquiler, aún podía negociar la cantidad. En cuanto la cafetería se pusiera en funcionamiento, no solamente le daría para vivir, sino que además tendría un trabajo que de verdad le divertiría.

Al poco tiempo, Maxie ya estaba metida en la remodelación. Pintó las paredes del local de verde lima, porque el verde era su color preferido, colgó un par de cuadros y equipó aquel espacio casi cuadrado, en el que a un lado seguía estando la barra del anterior inquilino, con los muebles de la casa de su difunta tía. Le resultaron útiles sus dos vajillas, la cubertería de plata y su colección de tazas con rosas. El resto lo fue adquiriendo en sus visitas a mercadillos de segunda mano. Solo compró nueva la cafetera italiana, un artículo carísimo que resplandecía plateado encima de la barra, y tres sombrillas con unas rayas de colores alegres que colocó en el acogedor patio interior con el que contaba el local para hacerlo más acogedor. Los altos muros de ladrillo rojo estaban cubiertos de hiedra y parras, un delgado abedul crecía en un macizo en un rincón, y Maxie colocó unas cuantas macetas con hortensias y heliotropos. Naturalmente era todo bastante inconexo y no tenía el aspecto *guay* de algunos cafés, con largas mesas de madera y enormes lámparas negras industriales, como dictaba la moda de entonces. Pero era muy acogedor; uno tenía la sensación de encontrarse sentado en el salón de su tía favorita. Y así era como debía ser.

En honor a su tía, Maxie llamó a la cafetería La señorita Paula. Estaba segura de que a ella le habría encantado. Colocó el viejo libro azul de recetas sobre la estantería de encima de la barra y a su lado colgó una fotografía en un marco oval de madera de raíz, donde se veía a la señorita Witzel de joven. Maxie se propuso elaborar todas las recetas de la tía Paula para sus futuros clientes; presentaría los pasteles en la prominente vitrina de cristal que había encontrado en una tienda de baratillo.

Y gracias a los libros antiguos que le había dejado su tía, la nueva cafetería de la calle Chamisso iba a ser una especie de café-librería. Maxie, que no era una gran lectora, tenía la intención de ir vendiendo los libros de su tía por poco dinero. La despreocupación con la que Maxie había ido colocándolos en las estanterías según le parecía habría desesperado a cualquier librero o al menos le hubiera sacado una sonrisa. Había «Libros para locamente enamorados», «Libros para viajeros», «Libros para regalar», «Libros para mentes brillantes», «Libros para amantes del jardín», «Libros con final feliz» e incluso «Libros para la investigación de los murciélagos».

Maxie contempló con orgullo su obra; estaba entusiasmada. Y cuando llegó su vigésimo séptimo cumpleaños, invitó a su amiga Leonie a probar los pasteles de su cafetería, en cuyos cristales aún había pegado por dentro papel de periódico. Leonie lo había visto todo muy bien y no dejaba de repetir: «precioso, precioso». Más tarde se quedó plantada delante de las estanterías negando con la cabeza y se burló de aquella clasificación sin orden ni concierto.

—¿«Libros para la investigación de los murciélagos»? —preguntó sorprendida—. ¡Pero quién va a leer eso! —Pero después había cogido un libro de la estantería «para locamente enamorados». Era *La insoportable levedad del ser*, de Milan Kundera—. Tu tía tenía buen gusto. ¿Puedo llevarme este? Siempre he querido leerlo.

Leonie había insistido en pagar lo que costaba la novela.

—Es tu euro de la suerte —dijo dejando la moneda encima de la vitrina con los primeros pasteles que había cocinado Maxie siguiendo las recetas de su tía—. ¡*Oh là là*, menuda bomba de calorías! ¿Quieres matar a tus clientes? —había bromeado, arrugando su graciosa naricita mientras miraba detenidamente el bizcocho marmolado, la tarta de ciruelas amarillas y la de merengue con grosellas espinosas—. Me había imaginado algo distinto entre la confitería fina.

—La verdad es que son pasteles muy buenos —había replicado Maxie—. Nada de tonterías parisinas. Ya verás como le gustan a la gente. He estado pensando en ofrecer junto a los cruasanes, las tostadas y los bocadillos, siempre tres tipos de pasteles diferentes. Mi tía comía todos los días pastel y llegó a los setenta y tres años en perfectas condiciones —concluyó triunfante.

—Eso es asombroso —había contestado Leonie, que como mucho se permitía con el café una tartaleta de limón o un bombón belga.

Se quedó mirando con recelo el enorme trozo de pastel que Maxie le había servido en un delicado plato con una violeta dibujada. Pero cuando dio el primer bocado, tuvo que reconocer que la anticuada tarta de ciruelas amarillas con crema no estaba nada mal, aunque se rindiera a la mitad y dejara el tenedor con un gracioso suspiro.

—Pero estaba muy bueno, ¿eh? —había dicho, y Maxie sonrió.

A las seis semanas de que Maxie Sommer abriera La señorita Paula, una tarde de domingo apareció su amiga con boina poco después del cierre de la cafetería. Miró por la gran ventana buscándola, parecía desdichada. En la rodilla tenía una tirita enorme y en la mano sostenía un bolso marrón, dentro del que parecía moverse algo.

11

—¿No puedes quedártela? No será durante mucho tiempo, solo hasta que vuelva mi vecina. ¡Y a ti te encantan los gatos!

Leonie le había contado todo. Parecía realmente desesperada. Maxie había tenido que morderse el labio para no reírse de la dramática descripción de la huida de Mimi, pero Leonie se había dado cuenta de todos modos.

—¡No tiene gracia, Maxie! Yo ya no aguanto más, de verdad. No duermo por las noches, cada día hay sorpresas nuevas y después de la última aventura de Mimi he tenido que pagar trescientos euros por una cerradura nueva, por no hablar de lo mucho que me duele la rodilla —se quejó—. Mira, es que hasta cojeo.

Le hizo una demostración dando unos pasos torpes.

—¿Quieres un rollo de canela? —le preguntó Maxie a la vez que limpiaba la vitrina con una gamuza—. ¿O un trozo de bizcocho marmolado con mantequilla de la buena?

—No, ni lo uno ni lo otro. —Leonie negó con la cabeza y se dejó caer en la butaca—. ¡Por favor, Maxie! Eres mi amiga. Mimi y yo no podemos vivir juntas. Tienes que ayudarme.

—Bueno… No sé…

Maxie, mientras se lo pensaba, miró a la gata blanca, que acababa de salir del bolso, y después de un breve paseo por la cafetería, se había tumbado tan tranquilamente en el viejo sofá de terciopelo azul de la tía Paula.

—La pintas como si fuera Godzilla y a mí no me parece tan mala.

—Sí, sí —dijo Leonie con impaciencia—. Puede ser. Pero no le gusta nada estar en mi casa y como protesta hace todo tipo de travesuras.

—Pero ¿por qué?

—Pues no tengo ni idea, Maxie. Tal vez porque mi piso es demasiado pequeño. A lo mejor no le gusta mi perfume de rosas o la crema de manos de lavanda que uso. No, la verdad es que la odia; siempre salta asqueada cuando me la pongo. —Leonie miró sus manos cuidadas y suspiró infeliz—. Tal vez simplemente sea que no se acostumbra a quedarse sola todos los días. Se aburre, se vuelve loca y se quiere ir; eso me ha quedado muy claro. Y como se vuelva a escapar, a mí me da un ataque al corazón.

—¿No sería más fácil que le dieras esa información a tu vecina?

—¿A la señora Siebenschön? Ni hablar. Ella cree que todo va sobre ruedas. No quiero estropearle a mi vecina sus últimas vacaciones, no puedo hacerle algo así. Está muy contenta de haber podido volver a Ischia. Además, sería muy vergonzoso que tuviera que interrumpir sus vacaciones solo porque yo no me las haya apañado con Mimi.

—Pero si te he entendido bien, de todos modos, solo quedan diez días para que regrese. ¿No crees que podrías arreglártelas?

Leonie negó con la cabeza y le lanzó una mirada sombría.

—Dentro de diez días podrás ir a visitarme al hospital psiquiátrico. Esa gata me pone de los nervios. Ayer me pasé horas buscando la llave de la bicicleta y me quedé sin poder atar la cadena. ¿Lo entiendes? Ya puedo estar contenta por que no me la robaran. ¿Podrías prepararme un *café crème*?

Mientras la máquina de café exprés borboteaba y silbaba sobre la barra, Leonie dejó caer la cabeza dramáticamente sobre sus manos.

—Oye, no seas tan teatrera. Encontraremos una solución.

Maxie le llevó a su amiga una taza de rosas con el café con leche y se sentó con ella.

Permanecieron calladas un rato y Mimi, que de alguna manera advirtió que estaban hablando de ella, saltó con gracia del sofá y se acercó con paso silencioso a la mesita a la que estaban sentadas las dos amigas.

Se frotó contra los vaqueros azul claro de Maxie, la empujó con la cabeza en señal de invitación y maulló flojito.

—¡Eres una monada! —exclamó Maxie contenta.

Leonie se quejó.

Mimi ronroneó.

Poco después estaba sentada en el regazo de la propietaria de la cafetería, y empujó su cabecita un par de veces hacia la axila de Maxie, bajo la desconcertada mirada de Leonie.

—¿Está oliéndote la axila? —soltó Leonie—. Este animal es muy raro.

—Déjala. Le gusta cómo huelo. Además, no me sudan las axilas. Simplemente huelo bien… aunque no lleve perfume de rosas —respondió Maxie segura de sí misma—. A lo mejor prefiere el olor a vainilla y chocolate.

La gata se acurrucó como un bebé en su brazo.

Maxie la acarició encantada. Mimi levantó la cabeza y la miró entregada. Las pupilas cada vez se le hacían más grandes.

Había sido amor a primera vista.

—Pues no sé, chica. Es una preciosidad —dijo Maxie, y se dio cuenta de que estaba a punto de enamorarse de la gata blanca con los ojos verdes.

—Sí, puede que contigo se porte bien. Le gustas. Pero es que, de las dos, tú eres la que entiende de gatos —la aduló Leonie—. Por favor, no me dejes colgada, Maxie. Ya no puedo más. Contigo Mimi tendrá entretenimiento todo el día y eso le gustará. Y además podrá pasear a placer por el patio interior. —Leonie la miró expectante—. Se nota que ya te has enamorado de ella. Todas salimos ganando, por así decirlo.

Maxie sonrió.

—Muy bien, veo que no vas a dejarme en paz, ¿eh? Probaremos a ver qué tal. —Se quedó pensando un momento—. Mañana de todas formas estará cerrada la cafetería y veremos si a Mimi le gusta estar aquí.

—Perfecto. Yo ya tengo claro que esto le va a encantar.

Leonie estaba eufórica al pensar que pronto tendría la cama de nuevo para ella sola.

—Pero ¿qué le dirás a la señora Siebenschön? —le preguntó Maxie.

Su amiga sonrió meditabunda.

—Nada. ¿Por qué preocuparla sin necesidad? Mimi contigo estará de maravilla y cuando la señora Siebenschön regrese de Ischia, vendré a por su pequeña y todo irá como la seda. —Hizo una mueca—. O como si llevase mantequilla de la buena, como tú siempre dices. Confía en mí, es el plan perfecto.

AUNQUE TODAVÍA ERA muy pronto para comprobar que el plan de Leonie no era tan perfecto como pensaba, tenía razón en una cosa: Mimi parecía sentirse a gusto en el amplio espacio del café con el patio lleno de plantas. Cada vez estaba más tranquila: pasó entre las hortensias del patio interior y se sentó delante del horno, en la pequeña cocina, mientras miraba con interés cómo la tarta de queso subía y subía. Acompañó a Maxie al piso de arriba de la cafetería, bajó de nuevo con ella las escaleras y se apoltronó en el alféizar de la ventana para mirar a la calle, obviamente sin sentir la necesidad de huir al ancho mundo de los alrededores de la plaza Lenau. De hecho, los ruidosos basureros de la calle Otto le habían dejado un recuerdo traumático.

A los pocos días, el pequeño café-librería se había convertido en el territorio personal de Mimi, por el que patrullaba varias veces al día antes de tumbarse a echar una siestecita en el sofá azul, su lugar preferido. Las primeras noches durmió arriba, en el piso de Maxie, pero a veces se quedaba abajo, en el local. Cuando fue haciendo más calor, Maxie dejaba levantada la pequeña ventana enrejada junto a la puerta que daba al patio y Mimi se colaba entre los barrotes cuando tenía ganas de tomar el aire nocturno y estar bajo la luz de la luna. Se sentaba contenta junto a las hortensias o tiraba de la hiedra que subía por el muro de ladrillo. No obstante, una noche en la que las dos amigas estaban viendo una película juntas en el apartamento de Maxie, encima del café, se oyó un alboroto que provenía del patio: un gato negro enorme pasó de repente por el alto muro. Mimi defendió su pequeño reino con uñas y dientes, y el gato negro finalmente desapareció.

Aparte de ese incidente, Mimi se mostraba bastante mansa; casi no se apartaba de Maxie. Estaba cada vez más mimosa, y a Leonie le sorprendió una vez más lo inescrutables que eran los gatos, y constató que para ella siempre serían un misterio.

Así que Mimi se quedó en la cafetería y Leonie respiró aliviada. Por fin pudo volver a dormir, y Maxie, que desde el trágico accidente de la pequeña Lula no había vuelto a tener un gato, estaba totalmente entusiasmada con aquella monada. Y no menos entusiasmados estaban los clientes, mayores y pequeños, que pronto fueron apareciendo y siempre estaban dispuestos a jugar con Mimi mientras se bebían su café, rebuscaban en las estanterías la lectura adecuada y por supuesto comían un buen pastel «de verdad» que Maxie les servía. Pero Mimi era la atracción de La señorita Paula, pertenecía al café tanto como la rubia que lo llevaba. Y parecía una reina tomando el sol bajo la atención de todo el mundo.

Transcurrían los días y Leonie le mandaba a menudo fotos y mensajes a la señora Siebenschön cada vez que esta le preguntaba por Mimi. Había tenido la previsión de tomar antes las fotos en las que salía la gata sobre el sofá francés viendo la tele, bebiendo del jarrón de las flores o delante del comedero en la cocina; en su cunita del pasillo, jugando con un ovillo de lana, tumbada encima de la mesa del comedor o leyendo el periódico. Luego se hizo unas bonitas fotografías con Mimi, como si se tratara de una sesión de fotos sacada de la película *Matrimonio de conveniencia*, donde Gérard Depardieu y Andie MacDowell tenían que posar como una pareja felizmente casada para Inmigración de Estados Unidos. La señora Siebenschön estaba encantada con aquella armoniosa relación entre humana y felina.

«Estoy contentísima por que se entiendan tan bien. Eso facilita mucho las cosas», escribió la mujer.

Y Leonie tal vez exageró un poco al contestarle:

«Cada día con Mimi es una alegría. Me he acostumbrado tanto a ella que me dará pena cuando ya no la tenga tumbada a mi lado en el sofá.»

«Qué bonito», respondió la señora Siebenschön, y Leonie se quedó mirando un poco perpleja la pantalla. Su vecina parecía algo distraída. Pero lo más importante era que no sospechaba nada.

La señora Siebenschön, por supuesto, no se figuraba ni por asomo que Mimi había cambiado de casa temporalmente y al final aquella farsa de todos modos terminaría. Entretanto todo iría bien con la gata. Y mientras Leonie anhelaba el regreso de su vecina para que la situación volviera a la normalidad, Maxie cada vez estaba más triste al pensar que pronto tendría que desprenderse de Mimi.

Pero entonces Leonie recibió una noche un mensaje de Ischia, algo menos críptico que los anteriores y que tiró todos los planes por la borda.

Tengo buenas noticias para usted, querida Leonie. Ya le había dicho que había pasado algo…

Leonie frunció el entrecejo. ¿Qué había pasado? Recordó vagamente «el milagro» mientras continuaba leyendo.

He conocido a un italiano interesante y la verdad es que me he vuelto a enamorar. ¡Y a mi edad! ¿Quién lo habría pensado? Pero ya sabe lo que dicen: A la vejez, viruelas… No, no tengo viruela, pero estoy como una niña.

Asintió sin dar crédito. La señora Siebenschön por lo visto había perdido el juicio. Se apresuró a leer el final del mensaje.

Giorgio es un hombre maravilloso. Me ha enseñado Ischia desde una perspectiva totalmente nueva. Aquí hay todavía mucho por descubrir. El próximo fin de semana vamos a ir con su barca a Procida, ¡le mando una postal!. No quiere dejarme marchar y yo me he decidido a alargar tres semanas más mis vacaciones. Dicho con otras palabras: Mimi puede quedarse un poco más con usted y hacerle compañía. Así no estará triste. Bueno, ¿qué le parece?

Mille baci, Susann Siebenschön.

Leonie se quedó un rato sin decir nada de lo sorprendida que estaba. Por lo que parecía, su vecina estaba totalmente fuera de control y se había liado con un pescador italiano que la llevaba en barca por la zona cuando se ponía en el mar el sol rojizo en Capri. O en Procida. Fue a la cocina y se abrió una botella de vino. Luego respiró y pensó con tranquilidad.

¿Qué tenía de malo que Mimi se quedara unas cuantas semanas más en la cafetería de Maxie? La gata allí se encontraba muy a gusto. Parecía sumamente contenta tumbada en el sofá azul o pasando por las mesas, dejando que la acariciaran los clientes. Y por la noche Maxie le daba chucherías. Le brillaba el pelo porque cada mañana lamía un platito con requesón y estaba sin duda más regordeta.

—No deberías darle tanto de comer, se va a poner muy gorda —le había advertido Leonie hacía poco al pasarse a tomar un café con leche en La señorita Paula.

Pero Maxie no opinaba lo mismo y enseguida defendió a su amor.

—Solo porque estés siempre preocupándote de tu línea, las demás no tenemos que pasar hambre —dijo acariciando a Mimi, que ronroneaba alto—. Sí, cariño, eres la gata más guapa del mundo; no hagas caso de lo que dice esta señora —soltó sonriendo con ironía a su amiga.

Leonie tomó un sorbo de vino y sonrió mientras marcaba el número de Maxie en su teléfono. La chica se iba a alegrar mucho de poder pasar otras tres semanas con Mimi.

—¡Hurra! —exclamó Maxie como era de esperar cuando Leonie le anunció las novedades—. ¡Es fantástico! Por mí la señora Siebenschön puede quedarse para siempre en Ischia.

—Bueno, estoy segura de que no —respondió Leonie con tono mordaz—. En algún momento recobrará la razón.

Y entonces se dispuso a responder a la señora Siebenschön.

¡Qué noticia más maravillosa, querida señora Siebenschön! Sí, ¿quién lo habría pensado? La verdad es que la vida está llena de sorpresas. ¡¿Qué hay más bonito que el amor?! Y sí, qué bien poder quedarme un poco más con Mimi. Ella está muy bien y se divierte mucho. Con cariño desde Colonia, Leonie.

12

Susann Siebenschön jamás hubiera pensado que podría volver a enamorarse en su vida. La inundaba un dulce éxtasis cada vez que veía pasar el Fiat rojo de Giorgio Pasini y el corazón le daba cabriolas de alegría.

Observó ensimismada la pequeña pintura al óleo del Castillo Aragonés, que había colocado encima de la cómoda de madera verde situada enfrente de la cama. Tomó un sorbo de vino tinto —se había llevado su copa medio llena a la habitación después de cenar— y sonrió al espejo que había sobre la cómoda. ¡Cómo había cambiado todo desde que había descubierto aquel cuadro en el escaparate de la tienda de antigüedades de Giorgio Pasini durante su paseo por la Via Roma! Habrían sido las flores proverbiales que uno recogía cuando las veía al borde del camino.

A finales de la primera semana de vacaciones, Giorgio había ido con ella a los jardines de La Mortella. Susann siempre había querido ir a visitarlos, pero Bertold prefería caminar por la naturaleza en lugar de disfrutar de un jardín botánico, y por eso nunca había ido, aunque aquel lugar no estuviese muy lejos del Hotel Paradiso.

La Mortella significaba «el lugar de los mirtos», según le había explicado Giorgio mientras pasaban una tarde de domingo por la taquilla de la entrada al parque. Susann entendió «el lugar de los mitos», pero ese nombre también era acertado para aquel mágico jardín tropical, creado en su día por un matrimonio inglés sobre la bahía de Forio, tras llegar a Ischia justo después de la Segunda Guerra Mundial. *Sir* William Walton era un compositor inglés venido a menos, pero allí había logrado un pequeño milagro con su mujer Susana, una jovencísima belleza de Argentina de la que se había enamorado locamente en un viaje a Buenos Aires. Y el espíritu de ese gran amor inundaba a los visitantes que subían por los sinuosos caminos —sin aliento por tanta belleza, pero también por los miles de escalones—, en cuanto pisaban aquel jardín del Edén.

Caminando por aquellos senderos mágicos al lado de Giorgio Pasini, Susann quedó impresionada por el increíble esplendor de los árboles tan peculiares, las altas palmeras, las plantas exóticas y las flores de colores intensos de todo el mundo que el matrimonio Walton había ido reuniendo con el paso de los años. Permaneció durante unos instantes cautivada en el dorado templo del sol, donde fluía sin cesar un manantial y en el que se descolorían dibujos de la mitología griega en sus paredes. Se sentó con Giorgio en un banco junto al estanque de nenúfares, conmovida profundamente por lo que había construido Susana para su marido, convirtiendo aquella roca con forma de pirámide en un monumento eterno. Susann se tomó un Earl Grey en una taza azul en el salón de té a la sombra, situado a media altura, mientras escuchaba un concierto de viola del compositor que sonaba en bucle. Y, cuando más tarde continuaron andando hacia el ninfeo, un cenador verde en el que una fuente reflejaba el cielo azul, Giorgio señaló la inscripción que se leía alrededor de la fuente:

«This green arbour is dedicated to Susana, who loved tenderly, worked with passion and believed in immortality.»

—Este cenador verde está *dedicato* a Sussanna, que amaba con ternura, trabajaba con pasión y creía en la inmortalidad —tradujo y sus ojos sonrieron.

Y después la había cogido de la mano y habían continuado caminando. Pasearon por aquel paraíso, muy lejos del mundo, como dos sonámbulos. Y antes de que empezara al atardecer el concierto de los estudiantes de la academia de música de Nápoles, que tocarían en una pequeña pista al aire libre, Giorgio le había enseñado su lugar preferido en la parte de arriba de los jardines: una pagoda china con dos butacas, donde se sentaron de la mano en silencio, el uno junto al otro mirando al mar, que brillaba plateado a sus pies como un espejo infinito.

Susann pensó que aquel había sido un buen día cuando Giorgio la dejó por la noche de vuelta en el hotel y ella subía un tanto soñadora las escaleras hacia su habitación. Un día muy bueno, incluso.

Y lo mejor era que a ese le seguirían otros muchos días buenos. Pues su nuevo caballero italiano —que llevaba viudo los mismos años que ella— no iba a cansarse de enseñarle los sitios más bonitos de la isla. Pero sobre todo le había devuelto las ganas de vivir, que en los últimos años ya no sentía.

Habían visitado la heladería en la Via Roma como dos colegiales que tomaban sonrojados unas copas de helado con sombrillas de colores mientras se contaban historias de su vida y habían buscado juntos en su tienda una bonita pulsera de dijes dorada que quería llevarle a Leonie. Bebieron un Campari y luego otro más —hacía una eternidad que Susann no hacía eso— y luego Giorgio había puesto un disco, había abierto la puerta y ambos habían bailado un tango frente al local al son de la música apasionada de Astor Piazzola. ¡En mitad de la calle!

—¡Pero, Giorgio! —había exclamado Susann riendo mientras él la llevaba con seguridad sobre los adoquines—. No puede ser.

—¿Por qué no? —dijo Giorgio, que al menos era dos cabezas más bajo que el gigante de Bertold y sus ojos sonrientes la miraban directamente a la cara—. Todo vale, *tutto è possibile, mia bella Ssussanna*.

Entonces Susann Siebenschön se había quitado de los pies las sandalias plateadas —eran nuevas y le apretaban un poco— y se había dejado llevar por la resolución de aquel hombre para el que nada era imposible.

El fin de semana la había invitado a almorzar en Sant' Angelo, en un restaurante escondido, desde cuya terraza se veía el pintoresco pueblo pesquero y el mar, sobre el que se elevaba el macizo rocoso La Roia, como si se hubiera tirado allí un gigante.

En la entrada los recogió un vehículo eléctrico diminuto para ahorrarles la empinada pendiente. Los dos se habían sentado pegados el uno al otro en aquel cochecito, de espaldas al conductor, que tomó el vertiginoso camino hacia Barano d'Ischia, y Susann se había agarrado a Giorgio en las curvas, riéndose y chillando.

Era un restaurante de ensueño. La terraza techada con azulejos azul celeste, que parecía hacer competencia al cielo despejado, estaba delimitada por una vieja barandilla de madera sobre la que proliferaban los arbustos de la magnífica adelfa y la colorida buganvilla. Las hojas verde oscuro de las plataneras y las palmeras ondeaban por la brisa de mediodía. Unas sillas viejas con respaldos de mimbre y unas mesas blancas, ya colocadas, aguardaban a los clientes. Detrás se encontraba el mar.

Susann se acercó a la barandilla y dejó vagar la mirada tratando de absorber toda aquella belleza. Inspiró hondo y cerró por un instante los ojos, antes de que Giorgio fuera en su búsqueda cruzando la terraza techada.

Se rio y charló durante horas con sus amigos y parientes en una mesa larga a la sombra, bebiendo vino blanco y comiendo melón con jamón y espagueti con marisco, *rigatoni* con jabalí estofado y el mejor tiramisú de su vida. El joven cocinero no dejaba de salir con cazuelas enormes y platos llenos, y los comensales respondían con gritos de alegría y aplausos. La tarde terminó con un café solo cargado que sentaba de maravilla después de aquel variado almuerzo. Hacia las cuatro y media, la compañía se fue disolviendo, y Giorgio llevó a Susann unos escalones más abajo, a una terraza reservada, donde había un par de tumbonas bajo los árboles que invitaban a una siesta. Susann se echó allí, somnolienta, y, antes de quedarse dormida, pensó que el *dolce far niente* era un gran invento.

Cuando a última hora de la tarde volvían a Sant' Angelo paseando de la mano por el estrecho sendero, admirando cómo jugaba el sol con los colores y poco a poco teñía el cielo y el mar de un rojo ardiente, Giorgio se había girado hacia ella y la había besado con ternura.

Y ahora quería ir con ella a pasar el fin de semana a Procida, aquella islita frente a Ischia donde habían filmado la película *Il postino* (*El cartero y Pablo Neruda*). Ese era el fin de semana en el que debían haber terminado las vacaciones de Susann y ella debía haberse subido al avión para regresar a Alemania. Le había dado muchas vueltas y la verdad era que no quería marcharse. Al menos no todavía. Aquellos días felices eran demasiado bonitos.

—*Signora* Siebenschön, *buon giorno, buon giorno!* ¡Cada día parece más joven! —le decía Massimo cada mañana cuando iba a desayunar—. ¿Tendrá que ver con nuestra fangoterapia?

El director del hotel le guiñó un ojo con complicidad y ella le devolvió el guiño.

La verdad era que se sentía radiante. Hasta se le había quitado el dolor de caderas, aunque Susann no sabía si era por la fangoterapia, por el escaramujo en polvo que Giorgio le había dado para la artrosis —«Una antigua receta casera de mi madre», le había asegurado—, y que cada mañana se echaba en el yogur, por el cálido sol o por las palpitaciones impacientes que se apoderaban de ella cada vez que atisbaba el pequeño coche rojo subiendo por el sinuoso camino al hotel.

—¿No podrías quedarte un poco más, Sussana? Qué vas a hacer a *la tua* casa; esto es mucho más bonito —le había dicho

Giorgio—. Tomaremos mi barca e iremos a Procida. Quiero enseñarte el bar de *Il postino* e ir a comer contigo al puerto espaguetis con erizo de mar, ¡una especialidad que solo sirven allí! Conozco un hotel precioso. Cada uno estará en su propia habitación, *no preocupare*, soy un caballero. Pero tal vez, si quieres, podríamos visitarnos.

Sonrió de forma encantadora y el corazón de setenta y tres años de Susann empezó a palpitar con fuerza ante la idea de que el anticuario de amables ojos castaños fuera a llamar a su puerta por la noche. Tenía que comprarse urgentemente un camisón nuevo. Alguno con un encaje bonito.

—¿Qué pasa? ¿En qué estás pensando?

Susann se sonrojó.

—En nada. Yo… yo… me lo estoy pensando.

—Por favor, di que sí. Yo te invito.

—Ay, Giorgio, no puedes invitarme siempre —dijo Susann con timidez.

—Claro que puedo —replicó él—. Soy italiano, tengo un gran corazón.

Y entonces aquel hombre bajito con su gran corazón se llevó la mano al pecho en un noble gesto y Susann supo que no podría resistirse.

AL FINAL HABÍA alargado sus vacaciones tres semanas y como su habitación seguía disponible —el matrimonio de ancianos que había reservado para esas fechas tuvo que cancelar el viaje por motivos de salud—, lo interpretó como una señal.

Naturalmente en algún momento tendría que regresar a Alemania, aunque solo fuera por Mimi, pero aún le quedaban tres semanas más para disfrutar del sol. No quería pensar más allá.

Susann se asomó por la ventana e inspiró la suave brisa nocturna. Todavía hacía calor. Se veía una fina luna creciente sobre las colinas de Forio, que iluminaba la torre Torone a lo lejos. Le llegaba el aroma a limones y romero al inclinarse un poco más para contemplar la noche. De repente se sintió muy ligera.

Era primavera en Ischia. Y también lo era en su corazón.

Mientras la señora Siebenschön todavía recorría amorosos caminos bajo el sol italiano y retrasaba la inevitable despedida de Giorgio, seguían ocurriendo cosas interesantes en la pequeña cafetería cercana a la plaza Lenau.

13

Mimi había tenido gatitos. Leonie estaba embobada junto a su amiga, agachada frente al armario que Maxie tenía en el pasillo de su apartamento, mirando a los diminutos mininos que Mimi lamía con entrega. Toda la camada estaba encima de una manta a cuadros colocada en la parte inferior del armario.

—No puede ser —dijo Leonie mientras un gatito gris claro, en el intento de trepar por su madre, se resbalaba y caía sobre sus hermanos.

Era domingo por la noche y Leonie estaba acomodándose con un libro en el sofá cuando sonó el teléfono.

—Tengo una sorpresa —le anunció Maxie, nerviosa, por el móvil—. ¡Ven rápido!

—¿Una sorpresa? —preguntó Leonie, pero su amiga ya había colgado.

Sonaba como si hubiera entrado alguien a robar en el café… O no, más bien como si Maxie acabara de ganar la lotería. Pero podría ser algo muy distinto. De todos modos, parecía urgente. Leonie, suspirando, dejó a un lado *La insoportable levedad del ser* y se acercó en bicicleta a la calle Chamisso. Y ahora estaba sentada en el viejo suelo de piedra con su amiga, observando fascinada y un tanto perpleja la escena familiar en el ropero: cinco gatitos maullaban, dando sus primeros pasos torpes para volver a dejarse caer encima de su madre.

—¿No son una monada? —dijo Maxie conmovida—. ¿Has visto alguna vez algo tan dulce, Leonie?

La chica negó con la cabeza.

—Yo tampoco —añadió Maxie, reverente—. Mimi desapareció hoy durante todo el día, pero no me preocupé porque a veces le gusta esconderse, como ya sabes.

—Pues sí.

Leonie asintió. Se acordaba muy bien de la exasperante búsqueda por su piso.

—Después de mirar en todos los armarios… la encontré aquí. Junto a sus pequeños. Pero no tengo ni idea de…

—Ya decía yo siempre que la veía cada vez más gorda. Y esta sorpresa es la explicación. ¿Quién es el padre?

—Ni idea.

Maxie no parecía interesada en esas minucias. Estaba observando maravillada cómo Mimi agarraba con la boca cuidadosamente por la nuca a un gatito atigrado que amenazaba con caerse del armario, y lo volvía a poner en su sitio.

Leonie se acordó de la noche en la que el gato negro había aparecido en el patio interior de la cafetería y había despertado a los vecinos con sus gritos quejumbrosos.

—A lo mejor fue aquel gato negro —supuso.

Maxie se quedó pensando un instante y luego negó con la cabeza.

—No, no puede ser. No puede haber tenido a las crías tan pronto —le explicó—. Creo que a Mimi la dejó embarazada un gato cuando salía a la azotea de tu vecina.

Leonie notó un escalofrío. ¡La señora Siebenschön! La situación se complicaba cada vez más. No sabía cómo le iba a contar aquello a su vecina. Se llevó las manos a las sienes y se lamentó.

—*Mon Dieu!* ¿Y ahora qué voy a decirle a la señora Siebenschön? —se preguntó—. Se va a quedar de piedra cuando regrese.

—Sí, si es que regresa. Todavía falta —contestó Maxie, impasible—. A lo mejor «tu señora Siebenschön» decide quedarse más tiempo con su novio italiano. Déjala flotar un poco más en su séptimo cielo. Ahora es ya demasiado tarde. Y cuando vuelva, ya se lo contarás todo.

Ante aquella idea desagradable, le entró a Leonie un sudor frío.

—Y en vez de una gata, le devuelvo seis gatos, ¿o qué? Se pondrá fuera de sí. Ni siquiera sabe que Mimi no está viviendo ya conmigo. Y le he enviado todas esas fotos…

Leonie se mordió el labio inferior mirando fijamente el pequeño zoo que tenía delante de los ojos. Dos gatitos atigrados, uno blanco con las patas y el pecho negros, uno gris claro azulado y otro totalmente blanco se peleaban por conseguir el mejor sitio junto a su madre.

—Se solucionará de alguna manera. —Maxie no parecía muy interesada en el tema «¿Cómo se lo cuento a la señora Siebenschön?»—. Mira qué bien cuida Mimi de sus hijos —decía ahora. Sonaba tan orgullosa como si ella misma fuera la cabeza de familia.

Leonie se quedó callada un momento y luego se levantó. El suelo de piedra estaba empezando a ser algo incómodo.

—¿Y ahora? —preguntó mientras se alisaba la falda.

—¿Qué quieres decir con «y ahora»?

—¿Qué vamos a hacer con todos los gatos?

—Ah, pues se quedan aquí.

—¿Te refieres a la cafetería?

—Sí, ¿por qué no? —Maxie sonrió contenta—. De todas maneras, al principio tienen que estar con su madre. Los gatitos no estorban. Y después ya pensaremos si los regalamos. Bueno, no a todos, claro. —Le brillaron los ojos de ilusión—. Una vez estuve en una librería en Venecia por la que paseaban muchos gatos. Estaban tumbados tranquilamente en las estanterías y sobre las pilas de libros. Era maravilloso. ¿Sabías que los gatos tienen una relación especial con los libros?

—No, no lo sabía.

Leonie levantó las cejas.

—Pues sí, sí. A los gatos los libros les resultan muy reconfortantes.

—Ah, ¿sí? No me dio a mí esa impresión. —Leonie se encogió de hombros y se acordó del día en que Mimi le había tirado de la estantería la cara edición en papel de biblia de un Proust y había arrancado un par de aquellas finísimas páginas—. Pero tal vez no tenía los libros apropiados en mi estantería. Seguro que los gatos encuentran más fascinante un libro sobre murciélagos que a Marcel Proust.

—Podría ser —respondió Maxie con sequedad—. Los gatos son muy curiosos y, si mal no recuerdo, ese tal Proust era un aburrido que se pasó toda la vida en casa. ¿Qué iba a salir de eso?

—¿Literatura? —soltó Leonie.

—Eso. La literatura está sobrevalorada. —Maxie alargó la mano para devolver a uno de los gatitos atigrados a la manta—. La literatura no se puede acariciar. A los mininos sí.

En eso tenía que darle la razón a su amiga. Durante las siguientes semanas no se pudo pasar por alto la atención que le prestaba la alegre camada —que no tardó en aparecer en La señorita Paula— a los libros que esperaban a sus lectores en las estanterías. A Maxie no le pareció mal. Se henchía de orgullo ante los gritos de entusiasmo y las bonitas palabras que los clientes les dirigían mientras ella preparaba con las mejillas sonrojadas detrás del mostrador capuchinos, expresos, chocolate con canela y azúcar o, si lo preferían, un café con la vieja cafetera de filtro. Con su letra redonda y optimista escribía cada mañana los tres pasteles del día en la pizarra alargada que había colgado en la pared junto a la ventana. Estaba claro que en el barrio había corrido la voz de que en La señorita Paula no solo se podía ir a tomar café como en los tiempos de su abuela, sino que allí también había unos gatitos monísimos a los que se podía ver y acariciar. Cuando Leonie se pasó por la cafetería, esta se encontraba repleta de gente. Había caras nuevas que no había visto antes.

Uno de esos nuevos clientes habituales era el señor Franzen, un soltero mayor al que le gustaba beber un café largo a la vieja usanza en su sitio preferido, con un trozo de tarta de merengue con grosellas espinosas mientras leía el diario y, por lo visto, se lo pasaba muy bien con los gatitos, que se pegaban a él como lapas y le arrancaban hilos del jersey. El señor Franzen era un poco sordo, y cuando Leonie chocó con su mesa por accidente para evitar a uno de los gatos y le pidió disculpas, se la quedó mirando un momento de forma inquisitiva, retiró su chaqueta de la otra silla y le dijo:

—Sí, claro, siéntese.

A continuación, le había contado que estaba huyendo de las obras en su edificio de la calle Eichendorff.

—No soporto a los obreros —había dicho malhumorado, y Leonie, preocupada, se había preguntado por un momento si el señor Franzen viviría en el mismo edificio que la señora Siebenschön.

Otro nuevo cliente de La señorita Paula en el que Leonie nunca se había fijado y que, por alguna razón, le había dado mala espina desde el principio, era un tipo joven y desenfadado que se pasaba el día sentado en un rincón de la cafetería con su MacBook abierto, escribía algo de vez en cuando y le ponía ojitos a su amiga. Se había recogido el pelo largo y rubio en un moño con un lápiz que sobresalía por ambos lados, como una geisha japonesa, lo que le hacía parecer increíblemente sexy e interesante.

—Oye, ¿quién es ese? —cuchicheó Leonie en la barra mientras Maxie cortaba un trozo generoso de pastel de limón para ponerlo en un plato.

—Es Florian —le respondió en voz baja y sonrió.

—¿Y qué hace aquí todo el santo día? Bueno, aparte de ligar contigo. ¿Es escritor o qué?

—Está escribiendo un trabajo para el máster sobre Ciencias Ambientales —contestó Maxie añadiendo un poquito de nata al pastel.

—¿Y lo hace en una cafetería?

—Sí, ¿por qué no, Leonie? A veces llegas a ser realmente una estirada. Es muy mono. ¿Has visto qué ojos tiene?

—Sí, lo he visto. —Leonie desvió la mirada otra vez hacia el rincón donde estaba el tío con el moño del lápiz repantingado tan contento en su sillón. Entonces él la miró a ella. Era evidente que había notado la mirada penetrante de Leonie. Esbozó una sonrisa con aire de superioridad y le guiñó el ojo como si compartiera con ella un secreto. Leonie inspiró indignada—. Tiene unos ojos bonitos y se lo tiene muy creído, me parece a mí —advirtió a su amiga, pero esta se limitó a reírse y le preguntó a Leonie si estaba algo celosa.

—Bueno, por los gatos no viene —respondió Leonie, y Maxie puso los ojos en blanco.

—No, viene por el bizcocho de limón, si te interesa saberlo —dijo cogiendo el plato con la ración.

Sin embargo, la mayoría de los clientes sí iba por los gatos y Maxie pronto tendría que contratar a un estudiante por horas para que le echara una mano. Anthony, que procedía de Manchester y que con ese pelo pelirrojo parecía el hermano pequeño del príncipe Harry, era un estudiante en la fase de orientación y necesitaba dinero. A Maxie le gustó enseguida. Anthony tenía veinte años, era amable y un poco estrafalario. No le asustaban los colores fuertes, llevaba calcetines a rayas de Paul Smith, y en sus camisetas rojas, naranjas o verdes había escritas frases como *Be nice or go away* o *I pretend to be normal*. Leonie, que hablaba a menudo con él en la barra, se dio cuenta de que tenía ese típico humor británico que no se entendía de buenas a primeras. A los ingleses les gustaban los pasteles y los gatos.

—*Yeah, I like cakes and cats* —dijo y sonrió—. *But cakes are even more delicious.*

Sobre todo, lo que le gustaba era su nueva jefa, a la que contemplaba con admiración mientras iba por las mesas con buenas palabras para todos, irradiando una alegría de vivir contagiosa. Leonie la encontraba perfecta para aquella cafetería.

Leonie sabía que Maxie había pasado unos años agitados en los que había caído en picado varias veces y no sabía muy bien qué hacer con su vida. Todo lo que había probado, por una u otra razón, había fracasado. Y por eso Leonie se alegraba enormemente de que su mejor amiga, al parecer, hubiera encontrado por fin su destino. Maxie se entregaba por completo a su trabajo, desprendía una energía increíble, nada era demasiado para ella y le daba alas que su pequeño negocio, tras un duro comienzo, de repente hubiera empezado a prosperar.

—Mimi me ha dado suerte —le decía a veces a Leonie—. Qué bien que la trajeras aquí. A lo mejor fue cosa del destino que te estropeara aquel día tus zapatos rojos, a lo mejor tenía que ser así para que viniera a mi casa. A mi cafetería.

Entonces las dos amigas miraron a la gata blanca, que estaba tumbada en el sofá de terciopelo como una esfinge, y de pronto les resultó un poco misteriosa.

GRACIAS A MIMI y a sus hijos, el pequeño café- librería de la calle Chamisso iba en camino de convertirse en una cafetería gatuna. Leonie tenía que reconocer que todos querían a los cinco gatitos que, bajo los atentos ojos de su madre, iban maullando por el café, se subían a los alféizares de las ventanas, a los sillones y a las estanterías de libros. Nadie podía resistirse a tanto encanto.

Especialmente la pequeña Emma, que también había oído hablar del «café de los gatos» y que nunca se cansaba de los dulces gatitos. Casi cada día entraba en La señorita Paula después del colegio para tomarse un chocolate con canela y jugar con las crías de Mimi. Leonie se encontraba a su tímida alumna muchas veces en la cafetería y se alegraba de lo animada y feliz que la niña parecía de pronto. La pequeña jugueteaba alegremente y sus largos cabellos rubios volaban cuando se ponía a saltar en el patio interior y conseguía que los gatos hicieran algún truco. Sobre todo, a Emma le gustaba el gato gris plateado, y algunos días se pasaba horas en la cafetería, ensimismada, sentada en medio de los gatos mientras el café, que cerraba a las ocho, se iba vaciando poco a poco.

—¿No tienes que irte a casa, Emma? —le preguntó Leonie una tarde cuando los últimos clientes se marchaban y Maxie recogía los platos del lavavajillas porque Anthony tenía el día libre.

—Ah, en mi casa de todas formas no hay nadie —había contestado Emma—. Mi abuela está curándose la úlcera gástrica y mi padre hoy tiene que quedarse a trabajar hasta tarde y no llegará hasta las ocho. Luego iremos al indio y comeremos unos plátanos al curry. —Emma se quitó al gatito gris del regazo—. ¿No puedo quedarme un poco más, señora Bo… Bomarché…, por favor? —le pidió, ansiosa.

—Eso no tengo que decidirlo yo —respondió Leonie sonriendo—. Se lo tendrás que preguntar a la jefa.

Maxie, que había salido de la cocina y había empezado a limpiar las mesas, le lanzó a Emma una mirada divertida.

—Claro que puedes quedarte —dijo—. Ya nos conocemos.

—Es una ricura de niña —dijo Leonie en voz baja mientras Emma acariciaba feliz al gatito gris claro.

—¿Cómo se llama ese, por cierto? —preguntó—. ¿Y todos los demás?

Leonie y Maxie se miraron sorprendidas. Todavía no le habían puesto nombre a ninguna de las crías.

—Eso es imperdonable —dijo Maxie, y luego se agachó al suelo frente a Emma—. Oye, ¿te gustaría ayudarnos a encontrarles un nombre que les pegue?

A Emma le brillaron los ojos.

Al cabo de una hora, estaban todos los gatos bautizados. Había sido muy divertido. Leonie había contribuido con un nombre, Maxie con otro y Emma había puesto los otros tres. Habían estado debatiendo y se habían reído mucho. Y al final acabaron llamando a los gatos: Neruda, como el autor del volumen de poemas marmolado *Veinte poemas de amor y una canción desesperada*, que Leonie había sacado con los ojos cerrados de la estantería «Libros para locamente enamorados»; Tiramisú, nombre elegido por Maxie para el gato negro y blanco; Tigre, propuesto por Emma para el otro gato atigrado; Afrodita, porque era la más bonita, con ese pelaje blanco como la nieve, y Lavanda.

Emma se había pensado mucho el nombre del gato gris azulado, y al final se decidió por el color que le recordaba a los extensos campos de lavanda en Francia, donde estuvo en una ocasión durante las vacaciones de verano, «cuando mamá aún vivía con nosotros».

—Ahora mi madre pasa la mayor parte del tiempo en África con su nuevo marido, ayudando a los niños negros para que no pasen hambre y puedan ir al colegio, y papá y yo estamos solos —explicó un poco afligida.

Leonie y Maxie intercambiaron una mirada en silencio, y después Leonie dijo:

—Lavanda es un nombre precioso, Emma.

Cuando Maxie le puso a la pequeña en la mano otro trozo de bizcocho marmolado para el camino, Emma se marchó contenta.

—Hasta mañana, Maxie. Hasta mañana en el colegio, señora Bomarché —se despidió, y se giró un par de veces en la calle para decir adiós con la mano antes de dirigirse a la parada del tranvía.

—¿Nos tomamos un helado? —preguntó Leonie cuando Emma se hubo marchado.

No tenía ninguna gana de corregir los exámenes de los alumnos de bachillerato. Hacía buena noche e invitaba a hacer algo más.

—Me temo que no puedo —respondió Maxie desatándose el delantal, y, con un ligero movimiento, se quitó la goma del pelo.

Los mechones rubios le cayeron en ondas flexibles sobre los hombros como si viniera de la playa. Leonie se quedó mirando a su amiga mientras se pasaba los dedos por el pelo y pensó de nuevo que Maxie tenía un aspecto verdaderamente deslumbrante cuando llevaba el pelo suelto. Ahora se daba cuenta de que llevaba un vestido de algodón con escote seductor y muchos botones que dejaba entrever su bien proporcionada figura.

—Vaya. ¿Tienes planes?

—Ajá —contestó Maxie, que se colocó delante del espejo detrás de la barra para ponerse un poco de brillo rosa en los labios—. He quedado. —Sonrió con cierta timidez.

—¿Con quién? ¿Me he perdido algo?

Maxie permaneció en silencio.

—No, ¡¿sí?! —exclamó Leonie—. No me digas que con el tipo ese horrible del lápiz en el moño.

Maxie dejó de moverse y sus miradas se encontraron en el espejo.

—Sí, me temo que con él justamente. Por cierto, se llama Florian.

—Ya lo sé, Maxie, pero ese hombre no me da buena espina. Es demasiado guapo y se cree el mejor de su clase. A mí me saltan todas las alarmas.

—¿Sí? —contestó Maxie—. Pues yo no oigo nada. Estás viendo fantasmas otra vez, Leonie. Y, además, tiene que gustarme a mí. —Maxie se dio la vuelta y sonrió nerviosa—. Créeme, ya soy mayorcita. No soy una estudiante a la que debas educar.

Leonie notó una ligera punzada.

Cuando se despidió de su amiga al cabo de pocos minutos y se fue paseando bajo los árboles verdes de la calle Eichendorff, no supo qué había provocado aquella punzada. ¿Se debía a la antipatía automática que había sentido por el tipo del lápiz, una sensación que reconocía que era irracional y de la que se burlaba su mejor amiga? ¿Acaso estaba un poco celosa, como había dicho Maxie? ¿O se debía a que tenía la impresión de que todos tenían planes y solo ella se quedaba en casa con un montón de exámenes para corregir?

Cuando Leonie abrió el buzón en el vestíbulo, vio junto a una factura de teléfono una postal en la que se leía: *Saluti di Procida*. Mostraba una serie de casitas coloridas en un puerto entre unas escarpadas rocas y un trozo de cielo azul. Leonie le dio la vuelta a la postal que había tardado casi dos semanas en llegar a Colonia. La chica reconoció al instante aquella letra apretada e inclinada a la derecha.

Ya era la tercera postal que le enviaba la señora Siebenschön desde Italia: en la primera aparecía el Castillo Aragonés, en la segunda, la extraña roca con forma de seta en Lacco Ameno y esta tercera era sin duda el testimonio de un maravilloso fin de semana que su eufórica vecina había pasado con el pescador capriota de Ischia.

Querida Leonie:

Estoy ahora mismo sentada fuera, en un pequeño bar del puerto de Procida, donde filmaron la estupenda película *El cartero y Pablo Neruda*. ¿La conoce? Ahora iré con Giorgio a un restaurante para comer por primera vez en mi vida espagueti *ai ricci di mare*. Me había olvidado totalmente de lo emocionante que puede llegar a ser hacer cosas por primera vez. O viajar a un sitio que uno no conoce. Y Procida es, en cierta manera, así de emocionante para mí. Veremos qué trae la noche… Espero que le vaya bien y esté disfrutando de sus últimas semanas con Mimi.

Tanti saluti, hasta muy pronto, y una vez más muchas gracias por todo.

Susann Siebenschön.

Leonie tomó la postal y la clavó junto a las demás en el tablón de la cocina. «Veremos qué trae la noche», había escrito su vecina. Los tres puntos suspensivos que seguían a aquellas palabras dejaban entrever cosas emocionantes. «Hasta la anciana se lo pasa mejor que yo», pensó Leonie. Al parecer, todo el mundo se divertía más que ella y Leonie notó cómo cada vez estaba más hundida. ¿Por qué de repente se sentía tan sola y hecha polvo? A ella le encantaba vivir sola. Todo estaba ordenado y bonito, como a ella le gustaba. No había caos, ni nadie que desbaratara su vida regulada.

Suspiró. Aquella noche incluso se hubiera alegrado de tener a Mimi en su casa. Pero el piso estaba vacío. La gata había encontrado un domicilio mejor. Llevaba una vida entretenida y recibía todas las atenciones. Y además ahora tenía su propia pequeña familia.

«¿A qué vienen estos malditos cambios de humor?», pensó Leonie, dándole un manotazo a la pila de exámenes que tenía encima del escritorio. Iba a ponerse a trabajar. El trabajo era lo único en lo que podía confiar. Todo lo demás escapaba desgraciadamente a su control. Leonie encendió la lámpara del escritorio y comenzó a leer el primer examen. Ese año el tema de la prueba de alemán en selectividad era el Romanticismo de aquel mismo país.

Poco después Leonie estaba absorta en interpretaciones más o menos logradas del poema *Nostalgia*, escrito por Joseph von Eichendorff. Y cuando horas más tarde dejó el bolígrafo rojo, sintió también cierta nostalgia de aquella maravillosa noche de verano en la que dos alegres excursionistas salieron, incapaces de alcanzar el yo lírico. Una noche de verano mágica con palacios a la luz de la luna, muchachas que esperaban en la ventana y fuentes que murmuraban en sueños.

EL SÁBADO, TRAS la compra en el supermercado, que para ella no era nada abundante —le cupo todo en una fina bolsa de tela que llevaba siempre en el bolso—, se pasó por La señorita Paula. Había estado en la verdulería de la plaza Lenau y había comprado achicoria, tomates y ensalada de frutas, que preparaba todos los días fresca el propietario, luego había cogido una *baguette* recién hecha en la panadería y un poco de queso y embutido de jabalí en la tiendecita de quesos. A todo aquello lo acompañaba un vino tinto portugués que le había recomendado el dueño del negocio y que no era especialmente caro. En el quiosco de la plaza Lenau se había comprado una *Elle* en francés y en la farmacia, unas pastillas para el dolor de cabeza.

Deambulaba con cierta vacilación hacia la calle Chamisso, donde se encontraba la cafetería de Maxie. Después de su pequeña discusión, las dos amigas habían pasado unos días sin hablar.

Leonie se asomó al gran ventanal por el que vio a la pequeña Afrodita desperezándose en un cojín verde oscuro. Anthony estaba detrás de la barra, atendiendo la máquina de café exprés con una camiseta rojo fuego, y Maxie salía en ese instante de la cocina con una bandeja de pastelitos de fresa.

El señor Franzen estaba sentado leyendo el periódico en su sillón favorito, Mimi se encontraba tumbada con Neruda y Tigre en el sofá, dejándose acariciar el pelaje por dos mujeres jóvenes que estaban comiendo unos huevos revueltos con cebollino. Por suerte, al tipo del lápiz no se le veía por ninguna parte. Leonie respiró hondo y entró a la cafetería.

Maxie la vio enseguida y la saludó, contenta. Parecía no guardarle ningún rencor.

—Vaya, Leonie. ¿Cómo estás? ¿Quieres un café? Invita la casa.

Leonie sonrió.

—Si lo vas regalando todo, no prosperarás en la vida, querida.

—Pero ¿qué es lo que oigo? La mujer con el dedo acusador vuelve a hablarme —contestó Maxie con una desesperación fingida y las manos apoyadas en las caderas—. Ese dedo puedes guardártelo, querida amiga. Y ahora déjame invitarte a un café. Si no me voy a enfadar de verdad.

Leonie se rio avergonzada.

—Vale, entonces ponme un café con mucha leche —dijo.

—Con un pastelito de fresa recién sacado del horno.

Leonie asintió sin oponerse. La réplica era inútil y el pastelito de fresa que Maxie le puso delante tenía una pinta muy tentadora. Dejó las bolsas con la compra detrás de la barra y se quedó mirando cómo Anthony le preparaba su café con leche.

She's the boss, ponía en su camiseta. ¿Qué quería decir con eso? Leonie sonrió.

—No he sabido nada de ti —dijo Maxie mientras guardaba los pasteles en la vitrina.

—Sí, lo sé. —Leonie se encogió de hombros—. Estaba con los exámenes de bachillerato y me he pasado día y noche corrigiendo.

—Ah, vale. Y yo creyendo que era por Flo.

—¿Flo? Ah, te refieres a Florian.

Leonie notó que se ponía roja. A Maxie le resultaba increíblemente embarazoso que le siguiera pasando eso y, como consecuencia, la cara se le sonrojó aún más y terminó pareciendo una fresa de su pastelito.

—No, no. Siento haber reaccionado así el último día —se apresuró a disculparse—. ¿Qué tal os fue la noche, por cierto?

Tenía puestas todas sus esperanzas en que hubiera sido un fracaso. Al menos no estaba «Flo» en la cafetería.

—No fue tan mal —respondió Maxie.

Pero antes de que pudiera contarle nada más, se abrió la puerta y entró Emma. Detrás de ella iba un hombre que la seguía con cara seria.

—Mira, papá —exclamó emocionada la niña mientras tiraba de su padre hacia los gatos, que estaban desperdigados por todo el local—. ¿No te parecen monísimos? Y yo elegí los nombres. Neruda, Tiramisú, Tigre, Afrodita y Lavanda —recitó Emma los nombres de los cinco gatos como si fuera un mantra.

Leonie intercambió una mirada divertida con Maxie mientras el padre de Emma asentía distraído, y luego se sentaron en una mesa libre.

—Por cierto, ese es Paul Felmy, el padre de Emma, al que le dejó su mujer —le susurró Leonie a su amiga.

Había hablado por teléfono con Felmy brevemente después del incidente del móvil roto y él enseguida había confirmado que su seguro se haría cargo de los daños, aunque no lo había visto todavía en persona. La mayoría de los padres le daban la lata con conversaciones sobre sus retoños y sus notas, que siempre cuestionaban y encontraban injustas. Estos podían llegar a ser agotadores y en la actualidad era bastante raro que aceptaran una mala calificación, como quizá en los viejos tiempos, cuando se respetaba al profesor y el universo no giraba exclusivamente en torno a sus hijos. Pero Felmy todavía no se había presentado en el centro para hablar con ella. Aunque, claro, no se podían desear unas notas mejores que las de Emma y era evidente que Felmy no tenía mucho tiempo libre.

—Ah, y la gata grande de ahí es su mamá. Se llama Mimi —le explicaba en voz alta Emma a su padre.

Al parecer el entusiasmo concentrado de su hijita no se le contagiaba al hombre de pelo oscuro; no había modo de que se riera. Leonie advirtió el rostro afligido de Felmy y le entraron unas ganas enormes de decirle: «Deberías alegrarte de que tu hija esté enseñándote algo que para ella es importante».

No era de extrañar que Emma prefiriese pasar la tarde en el café de los gatos que con aquel tristón. Pero a Emma nada le frenaba su entusiasmo. Su ímpetu parecía no tener fin. La pequeña buscó a su alrededor con la mirada mientras Maxie se dirigía a la mesa del nuevo cliente, que había pedido un café solo para él y un chocolate para su hija.

—Hola, Maxie —la saludó Emma e hizo las presentaciones—. Ella es Maxie, la dueña de la cafetería. Y hace unos pasteles estupendos.

Felmy asintió distraído.

—¿Querría con el café un pastelito de fresa recién hecho? —le preguntó Maxie.

—Oh, gracias, pero no puedo —respondió Felmy mirando el reloj.

—Yo sí quiero un pastelito de fresa recién hecho —dijo Emma mientras se movía en su silla y giraba la cabeza en todas las direcciones—. ¿Dónde se ha metido Lavanda? —quiso saber, impaciente—. No lo veo por ningún lado.

—Ay, el granujilla se ha vuelto a esconder —contestó Maxie—. Mira a ver en las estanterías de libros.

Emma se levantó de un salto para ir al otro extremo de la cafetería y se agachó junto a los libros colocados abajo. En la estantería «Libros para mentes brillantes» encontró por fin lo que buscaba. El gatito se había acomodado encima de las obras completas de Descartes, y el color azul plateado de su pelo casi se fusionaba con la encuadernación en tela del libro. Emma llamó al gato con su voz aguda para sacarlo de su escondite y luego lo sostuvo con cuidado en brazos y se lo llevó a su padre.

—De todos los gatitos, Lavanda es el que más me gusta. Entiende todo lo que le digo. Es muy listo.

Emma volvió a sentarse y Lavanda se acurrucó en su regazo. Leonie, que lo había oído todo, torció la boca. Un gato que descansaba encima de Descartes tenía que ser muy listo. Por lo menos esa vez el caballero de la triste figura reaccionó al fin e hizo una mueca de aprobación.

—Vaya, vaya —dijo Felmy—. Está muy bien que hayas elegido a un gatito tan listo, cariño. Y el nombre es muy original.

Le sonrió a su hija y en ese fugaz instante, como si un relámpago le hubiera iluminado la cara, Leonie encontró a Paul Felmy muy agradable.

Cuando más tarde se acercó al mostrador para pagar, Emma descubrió a su profesora, que seguía allí bebiéndose el café con leche.

—Y, mira, papá, ella es mi tutora: la señora Bo-mar-ché. Su apellido es francés —le aclaró innecesariamente.

Paul Felmy asintió con educación mirando a Leonie y dijo con voz ahogada:

—Sí, creo que tuve el placer de hablar con usted una vez por teléfono… Encantado de saludarla. —Luego miró de nuevo el reloj y añadió—: Pero ahora tenemos que irnos, Emma, ¡tengo todavía un montón de trabajo sobre el escritorio!

—¡Adiós, gatitos… Adiós, señora Bo-mar-ché! —gritó Emma y se despidió de su profesora con la mano.

Leonie también se despidió de ella, conmovida, y se los quedó mirando al tiempo que se acercaba al sofá azul, que había quedado libre. Solo Mimi continuaba allí atrincherada y, mientras la chica le acariciaba el pelo, perdida en sus pensamientos, esperando que Maxie tuviera un rato para ella, la reina del café de los gatos empezó a ronronear de gusto. A veces Leonie no entendía cómo Mimi podía haberla sacado tantísimo de quicio.

Cuando le sonó el móvil, pensó que sería su madre, con la que había quedado para comer al día siguiente. Esa vez quería invitarla a Bagatelle, sabía que a su madre le gustaría. Pero era la señora Siebenschön, que le había enviado un mensaje a primera hora de la tarde, lo que era extraño, pues su vecina enamorada solía escribirle más tarde, aunque en las últimas dos semanas apenas le había enviado mensajes. Por lo visto, estaba muy ocupada haciendo cosas por primera vez con su italiano don Giovanni. Leonie miró la pantalla.

Querida Leonie:
¿Cómo está? ¿Qué tal le va a mi querida Mimi? Seguro que me echa muchísimo de menos…

Leonie miró entonces a Mimi, que estaba a su lado. La gata no echaba de menos a nadie. Se sentía como pez en el agua. O, mejor dicho, como una gata en un sofá.

Continuó leyendo y las cejas se le dispararon hacia arriba.

Cada vez tengo peor conciencia. La verdad es que quería volver el próximo fin de semana, pero resulta que en julio es el cumpleaños de Giorgio y… Bueno… Claro, me gustaría celebrarlo con él. Giorgio se pondría muy triste si no pudiéramos estar juntos ese día. ¿Lo entiende, verdad, Leonie?

Leonie asintió con la cabeza. Lo entendía todo.

¿Cree entonces que podría alargar un poco más mis vacaciones? Pero solo si de verdad no le importa. No quiero abusar de su generosidad. Si no le va bien, por supuesto regresaré a casa el próximo domingo…
Espero con impaciencia su respuesta.
Con cariño, Susann Siebenschön.

Leonie echó la cabeza hacia atrás y empezó a reírse. Se rio tan alto que los demás clientes se giraron hacia ella y Mimi se bajó corriendo del sofá. Cuando recuperó la compostura, le escribió el siguiente mensaje:

Querida señora Siebenschön:

No se preocupe. Sin ánimo de ofender, no creo que Mimi la eche especialmente de menos. En todo caso, un poquitín. Aquí lleva una vida estupenda y muy entretenida, y yo estoy muy contenta con ella. Creo que su gata en estos momentos está recibiendo tanto amor y atención como usted.

¡Alargue sus vacaciones, por favor!

Un abrazo desde Colonia y hasta pronto.

Leonie.

—PERO ¿ESA MUJER qué es, millonaria? —preguntó Maxie poco después, cuando la cafetería se vació y se sentó con Leonie un rato en el sofá—. ¿Tiene tanta pasta como para poder alargar tantísimo sus vacaciones?

—Ni idea —respondió Leonie, que ni siquiera se lo había planteado, y se dejó hundir en el sofá, aliviada por que de nuevo se hubiera pospuesto «el día de la verdad»—. Desde luego pobre no es. A lo mejor se ha mudado con su pescador a una cabaña, ¡quién sabe! —Se encogió de hombros—. Qué curioso a dónde te lleva el amor. La señora Siebenschön es una mujer culta. ¿Qué está haciendo? ¿Vivir una historia como en *El amante del mar*? Tiene un ático con terraza maravilloso en la calle Eichendorff y una buena pensión. Ojalá ese gigoló no le saque al final hasta el último céntimo. Al fin y al cabo, es una viuda rica.

—¿Cómo sabes que ese hombre es pescador?

—Bueno, ella me escribió que el tal Giorgio la llevaba por ahí a navegar en su barca y me imaginé una barca de pescador.

—Siempre estás llena de prejuicios, mi querida Leonie. ¿A qué viene ese cliché? A lo mejor la barca resulta que es un yate y Giorgio es una especie de Onassis italiano.

Los ojos de Maxie brillaron.

—Y eso no es ningún cliché, ¿no?

Maxie se rio.

—Lo que sea —dijo entonces—. De todos modos, yo me alegro cada día de que Mimi siga aquí. —Bajó la vista hacia la gata y le acarició la nuca. Mimi se desperezó cómodamente y apoyó la cabeza en las patas estiradas—. Tú te quedas conmigo, ¿a qué sí, Mimita? Y la señora Siebenschön debería quedarse en Ischia, con su novio. Entonces seríamos todos felices.

—Eso no va a pasar. —Leonie sonrió mientras la pequeña Afrodita se subía al sofá con un salto torpe para tumbarse con su madre—. Y ahora mejor háblame de tu novio.

14

—¿QUÉ HAY EN ese café de los gatos en Neuehrenfeld? ¿Se podría sacar una historia de ahí? —preguntó Burger.

Estaban reunidos en el periódico, hacía un calor sofocante y el director de la sección local del periódico miró un tanto desafiante antes de fijarse en Henry Brenner.

—¿Qué me dice, Brenner? —insistió—. De alguna manera tenemos que llenar el vacío del verano.

Henry Brenner, que tenía en esos momentos la cabeza en otro sitio, más concretamente en la nueva bicicleta de carretera que se había comprado el día anterior —una Peugeot UO-9 «Super Sport» de 1979—, se sobresaltó.

La sonrisa soñadora desapareció de repente de sus labios.

—¿Sí? —dijo.

—Brenner, no está a lo que está —le reprendió el jefe—. ¿Me está escuchando?

—No —respondió Brenner con sinceridad.

—Pues debería, de lo contrario sería in-su-bor-di-na-ción, ¿entendido?

Robert Burger estaba muy orgulloso de su elaborado vocabulario e «insubordinación» era una de sus nuevas palabras favoritas.

Brenner asintió en silencio y el sueño de aluminio ligero y llantas resplandecientes se derritió como los relojes de Dalí.

—¡Dios mío, Brenner! ¿Qué le pasa esta mañana? Ahora no se me quede mirando como la oveja Shaun y dígame qué sabe sobre ese nuevo café de los gatos en la plaza Lenau.

Algunos de los que habían acudido aquel día, como todas las mañanas, a la reunión de redacción se rieron.

—Eh… Nada —contestó Henry Brenner—. ¿El café de los gatos? No he oído hablar de él…

Se retiró de la frente un rebelde rizo rubio oscuro mientras miraba perplejo a su jefe.

Robert Burger empezaba a impacientarse.

—Pues es de su competencia, querido. Es de esperar que mis reporteros locales se interesen por cosas que pasan en su barrio, ¿no? ¿Para qué le pago si no? —Agitó la mano en el aire y golpeó el tablero de la mesa.

Henry Brenner notó que se estaba enfadando. En primer lugar, su jefe no le pagaba de su propio bolsillo y, para terminar, Henry conocía muy bien su barrio de Colonia y había presentado más de una historia original. ¿No acababa de descubrir hacía una semana esa superhistoria sobre el mafioso dueño de un restaurante en cuyo caro establecimiento blanqueaba dinero? Pero así era el negocio del periodismo. Se escribía un artículo y al día siguiente ya se había olvidado. «Como se suele decir en esta profesión, "no hay nada más pasado que el periódico de ayer"», pensó Henry malhumorado. Y en los tiempos agitados de internet, se escribía siempre por la vía rápida, porque las noticas pasaban de moda, por así decirlo, en cuestión de minutos. De todos modos, una historia siempre sería una buena historia, aunque terminase en papel reciclado. Quizá debería escribir un libro.

Henry vio que Burger, nervioso, se quitaba el sudor de la frente con un pañuelo de tela. Como siempre, el director local estaba sentado con ropa impecable a la gran mesa del alto edificio de cristal que albergaba el *Kölner Stadt-Anzeiger*, donde el sol pegaba con fuerza aquel día.

Burger resolló.

—¿Puede alguien abrir la ventana, por favor? —dijo, irritado—. ¿O también tengo que hacerlo yo?

La paciencia no era uno de los puntos fuertes de aquel hombre grande de manos enormes y pelo rubio rojizo.

Alguien se levantó para abrir la ventana y entró el calor de la calle. El aire acondicionado se había estropeado y aquel tiempo bochornoso sacaba de quicio a cualquiera.

—¿Y qué es ese café de los gatos? ¿Un local donde van los felinos a tomar café? —Brenner se había recuperado.

—Ja, ja, muy gracioso, Brenner. Mi mujer ha oído hablar de ese sitio en la peluquería. Por lo visto, todo Neuehrenfeld está hablando de esa cafetería al viejo estilo de las abuelas. ¿Cómo es que usted no se ha enterado? Según dicen, en el local hay seis gatos que a la gente le encantan. ¡Yo prefiero a los perros, pero da igual! Ocúpese de eso, Brenner. Creo que es una historia original.

—Yo ya he oído hablar de otras cafeterías con gatos —terció la compañera de Brenner de la sección cultural, Katja Sieger—. Al parecer, es una nueva tendencia que viene de Japón —añadió de manera pedante—. Allí se llaman Nekocafés. *Neko* significa gato. —Sonrió triunfante en la reunión—. En Múnich hay uno de ese estilo, el Katzentempel; es el Templo de los gatos. Conozco a una colega del periódico AZ que estuvo allí una vez para una lectura de una escritora inglesa superventas. —Se quedó pensando un momento, enrollándose en el dedo un largo mechón de pelo rubio—. ¿Y en Düsseldorf no está ese Katz-Café? Pero por lo que sé, han cerrado. De todas maneras, suena muy interesante…

Sonrió a Robert Burger mientras continuaba cotorreando.

¡Dios mío! ¿Sufría esa mujer de logorrea o qué? Brenner puso los ojos en blanco para no estallar. Lo tenía controlado después de cientos de reuniones en el periódico.

—¿Una mujer con seis gatos? Mi peor pesadilla —dijo cuando por fin Katja Sieger terminó con sus explicaciones—. Es probable que huela a pis de gato y haya una vieja jorobada leyendo los posos del café. —Sonrió con suficiencia—. Quizá a la compañera Sieger le interese hacerse cargo de esa historia —sugirió—. Parece que le gustan mucho los gatos.

—No, no, yo sigo en la sección cultural —se apresuró a contestar Katja Sieger—. Bueno, si tuviera lugar allí la presentación de un libro, por supuesto que iría, pero de lo contrario…

Y como ese no era el caso, Henry Brenner se quedó con la historia, aunque siguiera poniendo los ojos en blanco.

—¿No sería mejor escribir sobre Le Massonier? —preguntó. Le gustaba aquel restaurante francés de lujo con sus lámparas redondas de la *belle époque*, donde se podía almorzar, por un precio razonable, un menú ligero de tres platos—. ¿Sabe que comió allí Michael Caine? —A Brenner también le gustaba Michael Caine. Opinaba que el actor inglés se había vuelto más elegante con los años y había mejorado mucho—. Han colocado unos cartelitos en los sitios en los que alguna vez se ha sentado un famoso. Ese también sería un artículo interesante.

Se quedó mirando a su jefe lleno de esperanza. La idea era genial, sin duda mucho mejor que escribir sobre una pequeña cafetería anticuada con cientos de gatos. Una cafetería con gatos… ¿Acaso esa era una idea alucinante? ¿A quién se le había ocurrido eso? No le extrañaba que estuviera de moda en Japón. Brenner no estaba familiarizado con la cultura japonesa y muchas de sus cosas le parecían extrañas, como que aquella gente se pasara horas preparando el té y se empeñaran en comer pez globo, con lo venenoso que era. Vale, no tenía que comprenderlo todo. En otros países había otras costumbres. Probablemente los gatos le daban a la cafetería un toque especial. Tal vez bajaba la media de suicidios, que en Japón era más alta que en ninguna otra parte del mundo. Pero en Colonia no se impondría nunca nada así. Aquella cafetería estaba condenada al fracaso. Le Massonier, por el contrario… Brenner pensó con complacencia en los raviolis de langostino y trufa en espuma de champán que había comido allí hacía un mes.

—No, no, otra vez el Massonier no. —Robert Burger negó con la cabeza; su rostro se había ido poniendo, poco a poco, como un auténtico tomate—. Le tengo calado, Brenner. Lo que quiere es ir a comer allí de nuevo. Pero a mí me parece mejor historia la del café de los gatos en la plaza Lenau. Lo presiento.

Brenner torció el gesto.

—Además, ya tenemos la columna del jefe de cocina de Le Massonier. También tenemos que hablar de los pequeños negocios del sector gastronómico.

Se oyeron murmullos dándole la razón por todos lados.

—Sí, opino exactamente lo mismo —terció Katja Sieger—. Se debería hablar más de esos pequeños restaurantes y cafeterías independientes, con los que la gente se compromete tanto y pone toda su alma.

«La gente que se compromete tanto y pone toda su alma.» Brenner iba a echarse a llorar. Sieger era una máquina de clichés. Y Burguer no parecía darse cuenta de eso, porque estaba cegado por el pelo rubio y las piernas largas que la chica lucía con aquella falda tan corta. Ahora encima estaba repantingada en su silla, estirando sus tentáculos.

—Y nosotros podríamos hacer algo. Al menos, así es como lo veo yo.

Cruzó los brazos en un patético gesto delante de su blusa blanca inmaculada con el cuello de Peter Pan.

Brenner le habría retorcido el cuello a aquella falsa víbora. ¿Es que no lo veía? A ver quién era el que no compraba en Amazon para fortalecer a los minoristas y además escribía las mejores historias sobre las empresas jóvenes de todos los barrios de la ciudad. Pues él. Él. Henry Brenner. El mejor periodista de todos los tiempos. Bueno, después de Egon Erwin Kisch tal vez.

—Muy bien, lo miraré. A lo mejor se puede sacar algo de ahí.

—«Se puede» no, usted va a sacarlo, Brenner. Maravilloso. —Robert Burger se inclinó hacia delante y le entregó una nota—. He adelantado ya algo; aquí tiene el número de teléfono de la cafetería.

Le guiñó el ojo a su periodista local, el mejor en lo suyo.

Después de almorzar en el comedor —lo que ofrecían allí no era nada especial ni se podía comparar con la cocina de Le Massonier, pero llenaba el estómago, sobre todo si se bebía mucho café—, Henry Brenner salió a dar un paseo para estirar las piernas. Le dio un sorbo al café solo en taza retornable —en la empresa se preocupaban por el medioambiente— y pensó que debía reducir con urgencia su consumo de café. Sobre todo, porque el café iba muy bien con los cigarrillos. *Coffee and cigarettes*, no había una cosa sin la otra; eran la perfecta simbiosis.

¿Qué decía siempre su padre cuando sacaba un Gaulois del paquete y su mujer le lanzaba una mirada severa? «No te preocupes, cariño. El veneno está en la dosis.» Y tenía razón, pues lamentablemente su padre había consumido con los años una dosis de nicotina que al final había resultado ser mortal. Desde entonces Henry siempre arrancaba antes que nada la desagradable imagen de la caja de cigarrillos que compraba en el quiosco. Pero a largo plazo no era una solución, claro. Tenía que reducir ambas cosas, tanto el café como los cigarrillos, a niveles razonables. Últimamente le molestaba más el estómago. Puede que fuera la hiperacidez. A lo mejor debía pasarse a esos cigarrillos electrónicos, pero creía que eran muy falsos. Le parecía ridículo que la gente absorbiera vapor mediante esas boquillas metálicas. No tenían nada que ver con la elegante grandeza con la que Audrey Hepburn sostenía la boquilla del cigarrillo en *Desayuno con diamantes*.

En abril Henry había cumplido treinta años. El tres delante del cero le había dado qué pensar y se había propuesto desde entonces llevar una vida más saludable, al menos un poco más que antes. Al fin y al cabo, tenía grandes planes.

Abrió otro paquete y sacó un cigarrillo. El fin de semana recorrería la ribera del Rin con su nueva bicicleta Peugeot. Si hacía deporte, fumaría menos automáticamente. Y tal vez, después de comer, se fumaría un cigarrillo solo por darse el gusto. Ese era el plan.

Henry encendió el cigarrillo y le dio una calada profunda. Soltó el humo y sacó la nota que Burger le había dado para marcar con decisión el número de teléfono.

Dio tono de llamada, pero no parecía haber nadie.

Estaba a punto de colgar cuando una voz respondió al otro lado de la línea.

—La señorita Paula, ¿dígame?

La voz sonaba joven, inglesa y… masculina. ¿Qué era eso?

Henry Brenner casi se atragantó con el humo al inspirar de inmediato. En efecto, daba la impresión de ser una cafetería poco convencional. Al instante se imaginó una especie de Conchita Wurst con un gato negro al hombro. Al igual que la loca de los gatos de *Los Simpson*, resolvía sus problemas lanzando a uno de sus muchos gatos por ahí. Bueno, cafeterías con gatos, transexuales… Colonia era una ciudad liberal. Allí podía ser feliz cualquier tipo de persona. Gracias a Dios.

—¿Quién es? ¿Señorita Paula?

Henry levantó las cejas y sonrió con sarcasmo. No estaba seguro de si a su jefe iba a seguir gustándole aquella historia.

—No, yo soy Anthony. La dueña ahora mismo no está, pero La señorita Paula es el nombre de la cafetería.

—Ajá —dijo Henry poniendo los ojos en blanco.

La vieja con los gatos se llamaba «señorita Paula». Tendría entre ochenta y un pie en el otro barrio, y seguramente estaba medio sorda. Aquello iba a ser la bomba.

—¿No hablo entonces con el café de los gatos? —preguntó Brenner.

—Sí, sí, aquí tenemos gatos. Ahora la gente lo llama así, pero la cafetería en realidad se llama La señorita Paula. Por la tía Paula.

—Vaaale… —dijo Brenner arrastrando la palabra—. Entiendo.

—¿En qué puedo ayudarle? —quiso saber Anthony—. ¿Quería reservar una mesa?

—Eh… No —contestó Brenner—. No quiero una mesa. Me gustaría quedar para hablar con… la dueña.

—¿Por qué? —preguntó Anthony con una voz que de repente sonaba desconfiada—. A todo esto, ¿con quién hablo?

—Soy Henry Brenner, del periódico local, y nos gustaría escribir un artículo sobre la librería café de los gatos.

15

A LAS SIETE de la mañana todo iba bien. A Maxie le encantaban esas primeras horas que solo le pertenecían a ella. Pasaba por delante de los huertos urbanos, que empezaban justo detrás de la plaza Lenau. Olía a césped recién cortado, el aire estaba aún limpio y un gato negro como el carbón corría junto a una valla. Al final del estrecho camino asfaltado, que pasaba por debajo de unos árboles altos y de un largo prado que parecía terminar ante una hilera de casas, giró a la derecha, pasó por unos setos y unos arbustos de flores blancas que despedían un aroma dulzón y parecían trepar hasta el cielo, y luego torció a la izquierda. Cruzó un callejón para continuar de nuevo por un camino estrecho y luego se abrió ante sus ojos el enorme parque.

Como cada mañana, ahí estaba tan tranquilo y, sobre todo, intacto. Las gotas del rocío brillaban en la hierba. Maxie lo llamaba «el pequeño Central Park». Sí, no había estado nunca en Nueva York, pero con aquel extenso prado que se extendía en el centro, los viejos árboles y los edificios altos que se elevaban a cierta distancia detrás de la vegetación, le recordaba al parque de Nueva York, que conocía por películas y fotografías. Para ser más exactos, eran tres parques separados por calles que los cruzaban. El último tenía algo misterioso, con aquella entrada de piedra detrás de un área reservada que le recordaba a los jardines descuidados de un viejo castillo encantado.

Maxie respiró hondo mientras continuaba trotando relajada. El aire fresco le inundó los pulmones. En el pequeño parque infantil, en el que solo había un columpio y un tobogán, tomó uno de los caminos, en la bifurcación, que rodeaban el parque. Salir a correr todos los días era lo único que le quedaba de su breve carrera como deportista. Afortunadamente, la rodilla hacía un par de años que volvía a colaborar.

Maxie contempló el prado reluciente. A esas horas de la mañana el parque estaba todavía bastante vacío, había unos perros corriendo en la hierba, seguidos de sus amos, mientras un hombre mayor con una camiseta de manga corta negra hacía taichí debajo de un roble gigantesco. Maxie observó fascinada sus fluidos movimientos antes de tomar otro camino que serpenteaba entre los arbustos. Al cabo de un rato, dejó de sentir el movimiento de sus piernas mientras trotaba sobre el suelo de tierra y se perdía en sus pensamientos.

El día anterior, después de la pausa para almorzar, que había aprovechado para la limpieza dental semestral con el amable doctor Lilienberg, había vuelto a la cafetería —con unos dientes blancos deslumbrantes, que le parecían suaves y perfectos—, y Anthony le había informado de la llamada de aquel periodista. Se llamaba Brenner y por lo visto quería escribir un artículo sobre su negocio. A Maxie le había sorprendido un poco, ya que el café era pequeño y la prensa no se había interesado nunca por él. De todas maneras, el tal Brenner había anunciado que visitaría el local el martes siguiente a las nueve, una hora antes de que abriera la cafetería. Quería hacer unas fotos cuando llegaran los primeros clientes.

—Por mí bien —había dicho Maxie poco entusiasmada cuando Anthony le mencionó la visita. Al menos el lunes tendría tiempo de prepararlo todo. Le ponía un poco nerviosa la idea de que el periódico quisiera hacer un reportaje sobre su cafetería—. Pero ¿por qué habrán elegido ahora La señorita Paula?

—¿Por qué no? Es muy *nice* —había contestado Anthony—. Tu café es *cool*.

Le dedicó a su jefa una mirada de admiración.

—Sí, bueno, yo no diría que es tan «cool» —dijo Maxie encogiéndose de hombros y señalando el mobiliario de felpa.

—*Believe me, it's extraordinary.* —Anthony, en cuya camiseta se podía leer *I hate hate*, le puso un expreso con mucha azúcar—. Es por los gatos —añadió entonces—. Se sale de lo común.

—Hmmm —dijo Maxie, bebiéndose su expreso de un solo trago. Se acordó por un instante de Leonie, que una vez le había dicho que servía el *petit noir* como un estibador de Marsella. Dejó la minúscula taza y sonrió a Anthony—. Y yo que pensaba que se había corrido la voz sobre la calidad de mis tartas.

Maxie no era nada creída, pero sí estaba orgullosa de sus pasteles caseros. «Handmade with love», como se leía en el pequeño letrero junto a la vitrina de cristal.

—Tus pasteles son divinos, *darling* —le dijo Anthony—. *A piece from heaven*. Tus *cinnamon rolls* me matan. Y pronto le pasará lo mismo a media Colonia.

—Oh, espero que no, porque ¿quién vendrá entonces a tomar café? —bromeó Maxie.

—*I mean it*. Cuando salgamos en el periódico, el negocio irá viento en popa. Vendrá tanta gente que estarás muy ocupada y a tu querido Anthony —dijo colocando la mano sobre el pecho—, *that's me, you know*, lo necesitarás noche y día.

Anthony le guiñó el ojo y Maxie se rio. Le gustaba el joven pelirrojo inglés, que coqueteaba con ella sin ser cargante y siempre daba a entender que encontraba muy atractiva a su preciosa jefa rubia.

Maxie pasó corriendo junto a un banco del parque donde no había nadie y pensó en los tres pasteles que iba a preparar para el próximo martes. Sí o sí habría rollos de canela. Había probado a hacerlos hace poco por primera vez y habían sido todo un éxito. La verdad era que siempre había rehuido hornear con levadura al no estar familiarizada con ese ingrediente, y la tía Paula recomendaba en su libro de recetas usar solo levadura fresca. Maxie se había atrevido y había quedado asombrada al retirar el trapo de la fuente y ver que la masa había subido algo más del doble. La había dejado calentar en el horno durante media hora a temperatura baja. Con las manos manchadas de harina había vuelto a amasar la masa, golpeándola con energía contra la tabla para acto seguido pasarle el rodillo. Había recubierto la superficie cuadrada con mantequilla, azúcar y canela, había echado un par de pasas por encima y con todo ello había formado un rollo que había cortado a trozos. Luego había llenado una bandeja enmantequillada con ellos, dejando la parte cortada hacia arriba. Las caracolas, con su buen aroma a canela y levadura, se las habían quitado de las manos aún calientes. Estaban riquísimas.

Sí, haría rollos de canela y también algo con fruta —¿quizá una tarta de ciruelas amarillas con crema?—, y por supuesto el bizcocho de limón con azafrán que tanto le gustaba a Florian.

Florian o Flo, como le llamaba desde hacía poco…

Maxie siguió completando su ronda, pensando en el inteligente estudiante de máster, cuyos ojos eran de un verde tan intenso como los de Mimi y que, al igual que Anthony, también la cortejaba. Sonriendo, se echó hacia arriba un mechón de pelo que al correr se le había escapado de la diadema y volvió a sujetárselo bien. Fuera como fuese, no podía quejarse de que le prestaran poca atención. Desde que había abierto la cafetería, le llovían los pretendientes. A lo mejor eso iba incluido con el trabajo cuando una tenía veintisiete años y estaba al frente de un negocio como aquel. Se relacionaba con mucha gente y a Maxie le gustaba tratar con las personas. Las palabras amables volaban de aquí allá cuando les servía café y pasteles a sus clientes; allí se hablaba sobre el tiempo, sobre los bonitos gatos, las deliciosas tartas y las pequeñas cosas de la vida diaria. Había un buen ambiente en la cafetería y los clientes se sentían a gusto; les encantaba charlar con ella y bromear. Y a veces hasta había un poco de flirteo, que Maxie dejaba flotar en el aire durante el día. Anthony la veneraba y ella se dejaba querer, era un juego inofensivo con el que ambos se divertían. Maxie encontraba a Anthony monísimo, pero naturalmente era demasiado joven para tenerlo en cuenta de verdad. Y luego estaba Florian, que le tiraba los tejos de manera menos inocente.

Florian Gerber se había fijado en ella desde el primer momento en el que se había sentado con su MacBook en un rincón de la cafetería. Su estilo era desenfadado, pero de una manera provocativa, y no dejaba de lanzarle esas miradas a lo George Clooney en el anuncio de *Nespresso*. *What else?*, aunque con el pelo rubio y aquellos ojos azules tenía más aspecto de un surfista que estuviera esperando la ola perfecta en la playa de Santa Bárbara. Con su sonrisa de suficiencia acechaba a Maxie desde su sillón, enarcaba las cejas de forma significativa cada vez que ella le miraba y cada frase que salía de su boca tenía un doble sentido que desconcertaba a Maxie. Le hacía cumplidos en voz baja y, cuando le paraba los pies, se limita a sonreír con indulgencia y a mirarla de soslayo como diciendo: «Venga, tú también quieres».

Al principio Maxie se reía y se marchaba negando con la cabeza cuando Florian, por ejemplo, le daba un bocado al bizcocho de limón que le había llevado ella a la mesa y le murmuraba que sabía un par de cosas más excitantes que se podían hacer con los limones. Pero el estudiante de máster no se daba por vencido e iba casi todos los días a la cafetería, sin parecer tener mucha prisa por terminar su trabajo que, sin duda, se había propuesto escribir en aquella mesita del rincón. Era verdad lo que decía Leonie, aquel hombre sabía muy bien el efecto que tenía. Pero también era cierto que era muy atractivo, con aquel aspecto desenfadado y el cuerpo musculoso que marcaba con aquellas camisetas ceñidas. Maxie no podía ocultar que le encontraba cierto encanto, y cuando adoptaba su pose de pensador y la seguía con la mirada sobre las manos cruzadas, a veces tenía la impresión de que la atravesaba con la vista hasta llegar a la ropa interior.

La semana pasada, al parecer, se había propuesto conseguirla. Aprovechó el momento y la sorprendió. Era poco después de las seis, la cafetería acababa de cerrar, Anthony ya se había marchado y Maxie estaba limpiando unas mesas mientras Florian, el último cliente que quedaba, recogía sus cosas. Cuando Maxie se dio la vuelta con un montón de platos en la mano, de pronto apareció él justo detrás y, antes de saber cómo había sucedido, la besó. Acto seguido, el chico le metió la mano en los vaqueros.

—Eh, espera un momento —dijo Maxie, apartándose de él con la pila de platos—. Eres un fresco, querido, ¿lo sabías?

—Claro que lo sabía. Nací así —respondió, abriendo las manos en un gesto cautivador—. Pero el beso no ha estado mal, eso tienes que reconocerlo. Sé que tú y yo congeniamos. —Sonrió con suficiencia—. ¿Y ahora qué hacemos? —La desnudó con la mirada y Maxie notó que la ira hacía que le subiera la sangre a las mejillas—. ¿Vamos arriba o bajamos las persianas y lo hacemos aquí mismo en el sofá de terciopelo?

—Eres increíble, Florian —le contestó, esforzándose por mantener la calma y con el montón de platos todavía en la mano.

—¿Por qué? ¿Solo porque expreso lo que pienso? —Le brillaron los ojos—. Eres muy atractiva, Maxie. Y te deseo. Te deseo más que nada. Eres mi mujer ideal. Lo haría contigo encima de todas las mesas de esta cafetería.

—¡Florian! ¡Es que de verdad!

—Llámame Flo. Todos mis amigos me llaman Flo —dijo sonriendo y volvió a echársele encima.

Cuando volvió a besarla, Maxie dejó caer la pila de platos al suelo. Hicieron un gran estruendo y dos de los platos con rosas se rompieron.

—¡Madre mía, mira lo que has hecho, imbécil! La bonita vajilla de la tía Paula.

Maxie estaba enfadándose cada vez más.

Flo parecía no inmutarse.

—No es más que porcelana —dijo mientras la ayudaba a recoger los pedazos—. Además, que se haya roto da buena suerte. —Se agachó delante de ella, otra vez peligrosamente cerca, para pasarle el último plato—. ¿Y bien?

—¿Y bien… qué? ¿Estás pirado? Desde luego no vamos a hacer nada. Vete a tu casa, porque yo me voy arriba, y sí, sola.

—Tú te lo pierdes —soltó.

—Yo no diría eso —le respondió ella, empujándolo hacia la puerta.

Al día siguiente volvió a la cafetería y la siguió con la mirada.

—He soñado contigo —le dijo en voz baja cuando pasó por su mesa—. No seas tan cruel.

Al cabo de tres días, la invitó a comer. Llegó con una rosa de tallo largo y muchos cumplidos. Bebieron vino y le dijo que ya no sabía qué hacer porque le estaba haciendo perder mucho la cabeza. Su resistencia solo lo encendía más.

Después de comer, la había acompañado a casa y la había besado en la puerta. Era inevitable. Le había hecho un chupetón en el cuello y ella había chillado con una risa excitada, había levantado los hombros y le había preguntado si era un vampiro.

—Claro, qué te creías —había murmurado antes de volver a chuparle el cuello durante un momento.

Y luego subieron a tomar un último café que, por supuesto, nunca hubo, pues ya en el pasillo había empezado a desabotonarle el vestido.

Maxie sonrió y, al acordarse de esa noche, sintió un escalofrío agradable recorriéndole la espalda. No sabía muy bien qué sentía respecto a Florian. Era un amante experto y parecía infatigable. Le había gustado, sí, eso era cierto. De madrugada, cuando cayó agotada en la almohada, Flo se levantó y se fue a casa, porque decía que no dormía bien cuando tenía a alguien tumbado al lado.

—¡No te preocupes, nos vemos! —dijo al ver a Maxie algo decepcionada. Quedarse dormida en los brazos de alguien y el primer café juntos por la mañana era lo más bonito tras una noche de pasión—. Hasta luego, mujer ideal.

Al oír cómo se cerraba la puerta, se dio de nuevo la vuelta para acurrucarse en su edredón. Era la primera vez en mucho tiempo que estaba con un hombre y enseguida se quedó profundamente dormida, sin soñar.

Sumida en sus pensamientos, Maxie trotaba por el pequeño sendero, rodeando un arbusto de laurel cerezo cuando un ciclista que hablaba por teléfono con el manos libres se cruzó en su camino a toda velocidad y no la derribó por muy poco.

Maxie retrocedió de un salto, asustada. Logró esquivarlo e instintivamente trató de propinarle una patada a las ruedas traseras de la bicicleta plateada. Falló, resbaló en la hierba mojada y cayó con brusquedad sobre el césped.

—¡Eh, idiota! Ve con más cuidado —le gritó al ciclista.

Este dio un par de bandazos para luego detenerse y darse la vuelta.

—¿Perdoneee? ¿A qué vienen esos gritos? —espetó—. Ha salido de repente de entre los matorrales y se ha metido en mi camino sin mirar.

—Ah, ¿sí? —respondió Maxie, furiosa. Sus ojos azules echaban chispas—. ¿En tu camino? ¿Es que es tuyo el parque entero o qué?

No soportaba a esos ciclistas radicales con su casco aerodinámico de fanfarrón que creían que todas las calles y espacios verdes de la zona tenían que ser para su particular Tour de Francia.

—Pare el carro, querida. El parque tampoco es suyo. —El hombre con el casco negro se apoyó en el manillar y la miró de arriba abajo—. Además, ¿desde cuándo nos tuteamos? —le dijo entonces—. ¿O es que nos conocemos de algo?

Sonrió con suficiencia y Maxie, que seguía sentada en el suelo, parpadeó por el sol y notó que se le irritaba la cara por el enfado. Pero ¿quién se creía ese tío?

—Pues espero que no —le soltó—. Los ególatras que se creen tan importantes como para ir soltando el rollo por el manos libres mientras montan en bici me dan ganas de vomitar.

—Vale, pues será mejor que siga pedaleando antes de que empiece —replicó el ciclista, impasible—. Porque yo no voy con mujeres histéricas que andan vomitando por el parque. Que tenga un buen día.

Y con esas palabras se montó sobre el sillín y poco después ya había desaparecido entre los árboles.

Maxie se quedó por un instante sin habla ante tal desfachatez. Se levantó a duras penas y se sacudió la tierra de los pantalones. El corazón le latía con fuerza y le dolía el trasero. Seguro que le saldría un buen moratón.

—No me lo puedo creer —murmuró mientras, enfadada, miraba hacia los árboles tras los que había desaparecido el ciclista—. ¡Va hablando por teléfono en la bici, casi me atropella y encima no se disculpa!

Lanzó un par de maldiciones más, luego continuó corriendo y poco a poco fue tranquilizándose. Cuando media hora más tarde abandonó el parque y cruzó la plaza Lenau, donde había sentados ya varios jubilados en los bancos hablando entre ellos, ya casi había olvidado el desagradable incidente.

16

LEONIE HABÍA TENIDO dolor de cabeza todo el día. Aquella semana habían sido los exámenes orales de segundo de bachillerato, que, al contrario de lo que pensaba la mayoría de los alumnos, no solo eran agotadores y agobiantes para ellos, sino también para los profesores. Afortunadamente todo había ido bien. Tan solo dos estudiantes irían a la recuperación después de las vacaciones de verano y había muchas posibilidades de que aquellos que en ese momento habían suspendido terminaran aprobando.

Ya era la tercera vez que Leonie daba clase a los alumnos de segundo de bachillerato y poco a poco había ido descubriendo una rutina para formular sus preguntas y que los alumnos pudieran responderlas de forma correcta. Después de los exámenes parecía haber un gran alivio en todo el centro. Los estudiantes se reunían en grupitos al sol, riendo y hablando los unos con los otros alegremente. Los chicos se daban en el costado de forma amistosa y las chicas se abrazaban por el cuello gritando histéricas en cuanto una salía del aula donde se realizaban los exámenes. Todos estaban contentos de haber terminado y ya solo charlaban sobre el baile de graduación en el Wolkenburg y del viaje de fin de curso que harían juntos a Lloret de Mar, donde durante diez días las noches de juerga se antojaban imprescindibles. Para su asombro, Leonie se había enterado de que existían agencias especializadas en viajes de fin de curso con discoteca y ocio nocturno incluidos.

Leonie se tomó dos aspirinas al entrar en la sala de profesores para recoger sus cosas. Ya por la mañana había hecho un calor insoportable y, mientras los afortunados alumnos de bachillerato se relajaban en algún lugar del parque del Rin y el resto de secundaria estaban sentados en sus sillas, letárgicos, sin apenas motivación para participar, los pequeños alucinaban de lo lindo. Por el aire volaban aviones de papel y esponjas cuando Leonie entró en la clase de Plástica, donde los de 6.º B estaban reunidos formando un gran grupo. Alguien tenía una pistola de agua y andaba disparando por ahí.

—¡Señora Beaumarchais, señora Beaumarchais, queremos el día libre, por favor! ¡Hace mucho calor! —se habían puesto todos a gritar, bailando a su alrededor como salvajes.

Leonie se quedó con la mirada perdida. No sabía por qué los niños siempre tenían que gritar tanto. Incluso cuando en el recreo hablaban entre sí lo hacían por lo general a voces. Por cómo sonaba aquello, parecía que estaban peleándose, pero no era así.

—¡Silencio! —había ordenado alargando el brazo como un guardia de tráfico—. Lo siento, pero tenéis que pintar un rato más. El día libre no se da a menos que haya más de treinta y cinco grados.

Una alumna preguntó si como mínimo podían ir a comprarse un helado al carrito que había frente al edificio del colegio.

—¡Sí! ¡Un helado, un helado! ¡Nos morimos de sed, señora Beaumarchais! —habían gritado todos, pero Leonie había negado con la cabeza enérgicamente e, impasible, había repartido los cuadernos de dibujo que se guardaban en la clase de Plástica con los nombres de los estudiantes.

En realidad, Leonie solo tendría que haber permanecido en el colegio hasta las dos, pero había tenido que sustituir a su compañera Baumann, que impartía la clase de Plástica y se había ausentado por una gripe intestinal. La señora Baumann, que se consideraba una pedagoga sumamente progresista, con los primeros cursos hacía lo que ella denominaba «clase de liberación». Una vez había llevado un aspirador con el que inflar tubos de plástico y hacer «algo creativo». La mayoría de los alumnos habían salido corriendo mientras gritaban de alegría y saltaban con los tubos de plásticos inflados en la mano, hasta que al final acabaron estallando. Las fundas de plástico vacías quedaron desperdigadas por todo el patio del colegio como si fueran preservativos gigantes. En otra ocasión, los niños tenían que hacer hombres y mujeres de arcilla, principalmente desnudos y con sus sexos reconocibles para eliminar sus posibles inhibiciones. Leonie se había preguntado qué inhibiciones eran esas, pues la mayoría de los alumnos de entre once y trece años estaban ya bastante desinhibidos.

El verano anterior Paloma Baumann —Leonie a veces no estaba segura de si ese era su auténtico nombre de pila, ya que Baumann era una ardiente admiradora de Picasso—, con el permiso de la directora del colegio, había pintado el patio con la ayuda de los alumnos. La directora del centro, la doctora Helene Krause, no quería que la tacharan de conservadora ni anticuada, por lo que en el patio lucía un exitoso proyecto de fin de semana con grafitis de colores psicodélicos y chillones en las paredes y los pilares, que le provocaba dolor de cabeza a Leonie con solo mirarlo. Al menos había conseguido que fuera alguien del periódico a sacar unas fotos y poner por las nubes las progresistas clases de Paloma Baumann.

Cuando los maravillosamente desinhibidos y liberados niños se tranquilizaron más o menos y se sentaron con las cabezas gachas a pintar con acuarelas en sus cuadernos —por suerte esa vez no figuraba en el programa la «clase de liberación» y solo tenían que dibujar flores y repollos durante esas dos horas—, Leonie advirtió que Emma no estaba. Por lo visto, la pequeña no había ido al colegio ese día, según le contó Maja, que había trabado cierta amistad con la tímida niña. Tal vez había pillado también aquel virus gastrointestinal.

Leonie fue notando que el dolor de cabeza iba menguando poco a poco. Sacó la bicicleta del aparcamiento a la calle. De hecho, su intención era acostarse un rato después del colegio, pero decidió pasarse a ver a su amiga Maxie, de la que no sabía nada desde hacía unos días. Al parecer estaba muy ocupada.

Al entrar Leonie en la cafetería, se dio cuenta de que algo había pasado. Aquella tarde reinaba el alboroto en La señorita Paula. Lavanda había desaparecido. Cuando Maxie abrió el negocio por la mañana, el gatito azul plateado ya no estaba. Lo había buscado con Anthony por todas partes, con el tiempo había terminado aprendiéndose todos sus escondites, pero parecía que se lo había tragado la tierra. Más tarde, los clientes habituales de la cafetería también se pusieron a buscar al gatito gris. El señor Franzen se había arrodillado gimiendo delante del sofá azul y hasta el tonto de Flo parecía participar en la búsqueda; de hecho había abandonado su puesto de observación en la butaca del rincón de la cafetería. Salió al patio interior con poco entusiasmo para mirar entre los arbustos, levantó un par de ramas y se fijó en lo alto del muro con la frente arrugada antes de colocarse bien el peinado con su famoso lápiz. Mimi también había dejado su sofá para recorrer el café con su cola peluda. ¿Echaba de menos a Lavanda? «¿Podían los gatos ponerse tristes por alguien? —se preguntó Leonie—. ¿O era el ambiente tenso que se respiraba en la cafetería lo que había puesto nerviosa a Mimi?»

Maxie estaba en la barra con cara de preocupación, inquieta. Leonie vio enseguida el chupetón del cuello que su amiga había intentado tapar con un pañuelito de flores. Levantó las cejas, pero reprimió cualquier comentario, ya que Maxie estaba abatida.

—No me puedo creer que Lavanda se haya escapado. Ayer estaba aquí en el local con todo cerrado. ¿Cómo ha podido salir?

Y el patio interior es seguro, los muros son demasiado altos para un gato tan pequeño.

—A lo mejor se ha metido en una de las estanterías —sugirió Leonie—. ¿Habéis mirado detrás de Proust?

Sonrió para animarla, pero Maxie negó con la cabeza.

—No, ahí no está. Hemos sacado ya todos los libros y no hay ni rastro de Lavanda.

—¿Y en la cocina?

—Nada, he buscado en todos los rincones. La cocina tampoco es tan grande. En mi desesperación hasta he mirado dentro del horno. —Maxie frunció el entrecejo—. A no ser que Lavanda haya salido corriendo a la calle cuando se haya abierto un momento la puerta, a no ser que…

Maxie se llevó la mano a la boca, asustada, y Leonie supo que estaba pensando en el trágico destino de la pequeña Lula.

—De ninguna manera —tranquilizó su amiga—. Ninguno de los gatitos se ha marchado de la cafetería. Y si así fuera, que no creo, no tiene que significar que… Bueno… ¿Cuándo viste a Lavanda por última vez?

Maxie se encogió de hombros.

—No lo sé exactamente. Sí, ayer por la tarde. Emma estuvo jugando con él en el patio interior. —Maxie se quedó pensando un instante—. Por cierto, ¿dónde está Emma hoy? No la he visto todavía. Ella sabrá dónde puede haberse metido Lavanda.

—Emma está enferma —dijo Leonie—. No ha ido hoy al colegio, hay un maldito virus gastrointestinal. —Torció brevemente el gesto y recorrió con la vista la cafetería—. ¿Están todos los demás gatitos aquí? —preguntó por decir algo.

Maxie asintió con la cabeza.

—Sí, así es. Todos menos Lavanda… —Puso cara de preocupación—. Emma se pondrá hecha una furia cuando se entere de que su gato preferido ha desaparecido.

—Uy, sí —afirmó Leonie—. Pero a lo mejor Lavanda vuelve a aparecer antes de que lo sepa, no te preocupes. Voy a volver a mirar, tengo práctica en la búsqueda de gatos.

Al cabo de una hora, Leonie se marchó de la cafetería. Lavanda seguía desaparecido y Maxie lo había cerrado todo con llave y cara de tristeza. Después subió con Florian a su apartamento.

LEONIE IBA PEDALEANDO por la calle Eichendorff con sentimientos encontrados. No podía hacerse a la idea de que Maxie, por lo visto, estuviera con Florian. En un día como ese se habría quedado con ella en su piso. Se habrían bebido una copa de vino juntas y habrían charlado; tal vez Maxie hubiera cocinado algo rico. Ahora hablaba de sus cosas con el tío del lápiz. Pero, aunque le hubiera preguntado —cosa que no hizo— si quería ir con ellos arriba, Leonie de todas maneras no habría querido acompañarlos. ¿Cómo iban a hablar de algo personal con el Florian ese delante? A Leonie seguía sin darle buena espina el estudiante de máster que, según se había enterado, tenía la misma edad que ella.

Por otro lado, Maxie no decía gran cosa sobre Florian. Su impulsiva amiga sin duda había advertido que Leonie no estaba muy entusiasmada con esa nueva relación.

—¿Es algo serio? —le había preguntado, y Maxie se había echado las manos al moño para enroscarse algunos mechones de pelo como siempre hacía cuando necesitaba tiempo para reflexionar.

—Él no dejaba de insistir. —Sonrió—. Flo puede llegar a ser muy perseverante, ¿sabes? Dice que para él soy la mujer ideal. Y de momento nos entendemos bastante bien. Ya veremos en qué acaba.

—Pero ¿y tú? ¿Estás enamorada de él?

—Puede —le había contestado Maxie sonriendo y poniéndose de pronto cada vez más colorada—. Apenas me he parado a pensarlo.

Hasta entonces Leonie había ignorado más o menos al joven rubio cuando llegaba a la cafetería. Cuando ella estaba con Maxie o Anthony, Florian la miraba siempre de reojo, y, cuando sus miradas se cruzaban por casualidad, levantaba las cejas y se reía, como si tramara algo.

Leonie aparcó la bicicleta y entró en el edificio. Mientras caminaba por el vestíbulo a oscuras, pensó que no era muy inteligente oponerse a Florian. Así solo pondría a Maxie en un aprieto y al final terminaría por no contarle nada. A lo mejor se equivocaba y Florian a pesar de todo era un buen tío. Así que Leonie se propuso ser un poco más simpática con él en el futuro. Pero, para ser sincera, tenía la esperanza de que las cosas se resolvieran pronto por sí mismas.

Se cruzó con el matrimonio de la primera planta y los saludó cordialmente. En el buzón encontró varios folletos de una pizzería a domicilio y una postal de la afortunada señora Siebenschön. Casitas coloridas, que colgaban como uvas de una montaña rocosa con una puesta de sol espectacular que teñía el mar de un tono rosado. «Saludos desde Positano.» En la zona por la que se movía ahora su vecina, las casitas coloridas eran parte del paisaje. Leyó por encima la postal mientras subía las escaleras. En la entrada se quitó las sandalias y se dirigió descalza a la cocina para clavarla en el tablón junto a las demás.

No le apetecía tomar vino y en su lugar se preparó un té y tostó un par de rebanadas de buen pan de ajo sobre las que puso lo que le quedaba del rulo de queso de cabra. En la fuente de barro, sobre el aparador, quedaban unas cuantas uvas negras, que también se sirvió en el plato, y con eso y una taza humeante de té verde se dirigió al sofá.

Aquel día no iba a hacer nada más para el colegio. Tan solo quería leer un poco. Volvió a levantarse para abrir todas las ventanas con la intención de que entrase algo de aire en el piso. Había una ligera corriente, era agradable. Leonie se quedó junto a la ventana y permitió que una cálida brisa le acariciara el rostro. Fuera continuaba el bochorno. Miró hacia el cielo, que había adquirido un tono blanquecino, y vio que el sol era ahora de color mantequilla. Seguro que habría tormenta, o al menos eso esperaba Leonie. No se podía soportar aquel ambiente sofocante.

Cogió el móvil y comprobó si tenía mensajes. Habían cancelado la clase de pilates de la próxima semana. Una compañera del colegio la invitaba a una fiesta de verano en el jardín. Una antigua amiga de la escuela en París le preguntaba si se verían de nuevo. Su padre le enviaba fotos de la enorme casa con las contraventanas de color turquesa que había alquilado en Ramatuelle, donde, como cada año, pasaría el verano entero con su nueva familia. La casa estaba situada en una pineda por encima del mar y su padre la invitaba a que fuera en vacaciones; también se lo preguntaría a su madre. Añadió con entusiasmo que Lucas y Clémence se alegrarían mucho de volver a ver a su hermana mayor, que allí se estaba muy bien y que la casa era lo bastante grande para todos. ¡Menudo cara dura!

Leonie sonrió de forma automática. A su padre le encantaba reunir a todas sus ovejitas, sufría de lo que su madre llamaba «el síndrome del buen pastor». Pero las personas no eran borregos. ¿O sí?

Leonie continuó leyendo. «Puedes venir con una amiga si quieres —le escribió—. O con tu novio (emoticono sonriendo). La casa es gigantesca, hay espacio para todos y será muy divertido.»

Al parecer, su padre pensaba que seguía con Jean-Philippe, pero ya podía esperar sentado. Leonie suspiró con indulgencia. Qué generoso era su padre. Pero no tenía ningún novio y aquella situación no iba a cambiar tan rápido. Y en cuanto a su amiga, aquel verano tendría mejores cosas que hacer que acompañar a Leonie a la residencia vacacional de la familia Beaumarchais en el sur de Francia. Aunque seguramente su padre no tendría nada en contra de que Maxie se llevara a Flo. Le encantaba tener a todo el mundo reunido alrededor de una gran mesa. La comida y la organización se las dejaría a las mujeres, como mucho iría al mercado y compraría «quesos maravillosos e higos frescos», unas botellas de Bandol Rosé o «la mejor dorada que jamás hayáis comido». Por supuesto él haría los honores y entretendría a todo el grupo con anécdotas de su variopinta vida. Cuando su padre hablaba, todos lo escuchaban absortos. Qué pena que su hija mayor fuera tan dura con él.

Mientras Leonie se metía en la boca la última rebanada de pan con queso de cabra, recordó la cara de espanto de su padre cuando le dijo que quería ser profesora.

—¿Estás segura de que eso es lo más adecuado para ti, *ma petite*? —le había dicho—. Eres tan guapa e inteligente que podrías ser cualquier cosa. ¿No te resultaría más interesante un puesto en la embajada? ¿O algo relacionado con la moda? No me entiendas mal, me encantan los niños, pero me imagino que debe de ser muy duro tratar con los diablillos de gente desconocida día tras día.

Su padre tenía razón, era duro. Pero Leonie no habría cambiado de trabajo por nada del mundo.

Estuvo un rato más mirando el móvil hasta que pensó en llamar a su madre. ¿Qué opinaba de los planes en Francia de su exmarido? Pero ella era una oveja bonachona. Tras el tono de llamada saltó el contestador, y entonces recordó que aquel día su madre iba al teatro con una amiga.

Antes habrían ido a pasear por Königsallee, que en las noches de verano aún tenía el encanto de los viejos tiempos, con el reloj de pie junto al antiguo quiosco de techado verde, donde su madre de joven quedaba con sus admiradores, y el puente de piedra con las gárgolas que se elevaban por encima del río Düssel.

Leonie dejó a un lado el teléfono y se estiró, agotada, en el sofá. Eran las siete y la noche no prometía ser muy emocionante. Tenía derecho a descansar. El día ya había sido lo suficientemente estresante. Pensó un instante en Lavanda y deseó que pronto encontraran al pequeño gatito, y que, con un poco de suerte, no fuera debajo de los neumáticos de un camión. Acto seguido cerró los ojos durante un momento.

CUANDO MEDIA HORA después sonó el teléfono, se sobresaltó. En efecto, se había quedado dormida y lo primero que había pensado era que Maxie la llamaba para decirle que Lavanda ya había aparecido. Pero en la pantalla lo que aparecía era un número desconocido. Cuando contestó, habló un hombre alterado al otro lado de la línea.

Le pidió disculpas por molestarla. La llamó por su nombre y Leonie necesitó un momento para darse cuenta de que se trataba de Paul Felmy, el padre de Emma. Parecía tener la voz tomada y un miedo subliminal se filtró por el teléfono.

—Es por Emma —dijo.

—Señor Felmy, ¿qué pasa? —Leonie de repente tuvo un mal presentimiento—. ¿No está bien la niña?

—No lo sé —respondió—. Al parecer mi hija hoy no ha venido a casa después del colegio. Cuando he llegado del despacho a las siete, ella no estaba. Y cada vez que no está, me preocupo mucho. Usted es su profesora, tenía su número y quería comprobar si Emma había ido esta mañana a clase.

—Entonces ¿no está enferma? —preguntó Leonie, confundida—. Su amiga Maja me dijo que estaba enferma.

—No —contestó Felmy y suspiró profundamente—. ¡Ay, Dios mío! Espero que no haya hecho ninguna tontería.

—Pero ¿por qué? ¿Qué ha pasado?

El padre de Emma parecía estar fuera de sí.

—Nos peleamos por ese maldito gato.

Leonie se sentó derecha en el sofá.

—¿Se refiere a Lavanda?

—Sí, creo que así se llama el gato que trajo ayer Emma.

Y entonces Felmy le contó que su hija había escondido a un gatito en su armario y que se lo quería quedar. La noche anterior Emma se había ido a su habitación demasiado pronto, y de madrugada él había oído un maullido y le había pedido explicaciones a su hija, que estaba sentada en la cama jugando con el gato. Primero Emma aseguró que el gatito la había seguido hasta casa y que ella lo había salvado. Pero poco a poco fue confesando toda la historia. Por lo visto, había sido Emma la que se había llevado a Lavanda de la cafetería. Al parecer, había estado por la tarde jugando con el gatito en el patio interior, lo había metido en su mochila en un momento en que nadie miraba y se había marchado. Emma consideraba a Lavanda su gato y quería quedárselo a toda costa.

—Cuidaré muy bien de Lavanda, te lo prometo —le había asegurado a su padre, que permanecía atónito.

Paul Felmy le había echado a su hija una bronca terrible.

—No se trata de eso, Emma. ¿Te has vuelto loca? No puedes robar un gato. ¡Esto es inaudito! Mañana mismo devolverás el animal y pedirás perdón. ¿Me has entendido?

Emma había llorado y se había puesto furiosa.

—Pero yo siempre estoy sola, quiero quedarme a Lavanda —había dicho sollozando.

—No, Emma, no puede ser; no voy a dejarme chantajear —había concluido Felmy al cerrar la puerta de la habitación de la niña.

Y así había terminado la discusión. Ahora se arrepentía y se sentía culpable.

—No tenía que haber sido tan duro —dijo—. Pero desde que Marie… Bueno, desde que la madre de Emma nos abandonó, no ha sido nada fácil para ambos. Intento ser el mejor padre para Emma, pero no siempre lo consigo. El trabajo me quita mucho tiempo y a veces no estoy seguro de poder cumplir con todo. Mi madre ayuda en lo que puede, pero no está aquí en estos momentos. Emma es lo único que me queda. —Leonie oyó que la voz se le quebraba—. Y ahora se ha marchado y yo tengo toda la culpa. Como le haya pasado algo no me lo perdonaré en la vida…

Leonie advirtió el pánico en su voz y ella misma sintió que se le estrechaba la garganta. ¿De verdad se había escapado Emma?

—No se preocupe, señor Felmy. Seguro que no le ha pasado nada a su hija. No es tan tarde. Seguro que pronto vuelve a casa. Tal vez solo temía que la regañara porque no ha llevado el gato de vuelta a la cafetería. —Pues en efecto, la niña no lo había hecho. Leonie se quedó pensando un momento—. ¿Ha intentado llamar a Emma? —le preguntó—. Supongo que tiene un móvil.

Cuando uno está tan nervioso y preocupado como lo estaba aquel padre, a veces no tiene en cuenta las cosas más sencillas.

—Por supuesto que la he llamado —respondió Felmy—, pero no ha contestado al teléfono. Y entonces he visto que no se había llevado el móvil.

Eso no sonaba bien.

—¿Podría haber ido a casa de alguna amiga? ¿O de un vecino?

—Emma no tiene muchas amigas. Y ya he llamado a Maja, pero no está con ella. Además, Maja no sabía nada del gato. También le he preguntado a nuestros vecinos.

Ambos se quedaron callados, sin saber qué más decir.

—¿Tiene Emma llave?

—Sí, claro. Nunca se la ha olvidado ni la ha perdido. En ese sentido, es muy ordenada. La verdad es que hasta ahora todo había funcionado muy bien. Desde que empezó a ir al instituto, va todos los días a clase en tranvía.

Leonie asintió. A diferencia de otros compañeros suyos, en cuya mochila reinaba un caos increíble, Emma lo tenía todo muy bien organizado. Quizá la niña necesitaba ser así porque su vida ya estaba lo suficientemente agitada.

—¿Y qué hay de su madre? ¿Podría haberse ido con ella?

—No lo creo. Mi mujer, quiero decir... mi exmujer... —se apresuró a corregirse Felmy—. Hace dos días que regresó de Kenia. De hecho, Emma iba a ir a visitarla el próximo fin de semana. Además, Marie vive en Bonn. Estoy seguro de que Emma no ha ido hasta allí. Ni siquiera tengo muy claro que sepa que su madre ha vuelto ya de África.

—¿No querría de todas formas llamarla por si acaso? —le preguntó Leonie con prudencia—. Podría existir esa posibilidad.

Felmy vaciló.

—Francamente, preferiría dejar a mi exmujer al margen de esto. Marie ya me ha echado en cara bastantes cosas. Es... complicado. Como se entere de que Emma se ha escapado, enseguida empezará con los reproches. Montará un escándalo y eso es lo que menos necesito. —Suspiró—. No me considera muy buen padre —dijo con tristeza.

La relación con su mujer era un tema delicado, por lo que Leonie decidió no seguir insistiendo. Pero se preguntó cómo una persona podía echarle algo en cara a alguien cuando era ella quien había abandonado a su familia y la mayor parte del tiempo se lo pasaba en Kenia ayudando a otros niños. Las relaciones de los adultos podían llegar a ser muy complejas y los perjudicados siempre eran los niños.

Felmy interpretó mal su silencio.

—Disculpe, señora Beaumarchais —dijo—, no quiero molestarla con mis problemas familiares, apenas nos conocemos. Es que... Emma siempre habla tan bien de usted que pensé que era una persona de confianza para ella. Y yo... yo esperaba que

pudiera ayudarme de alguna manera. Por favor, perdone…
Pero es que no sé qué hacer.

Se calló y por un instante Leonie temió que Felmy rompiera
a llorar. Cuando los hombres lloran sin duda se trata de una situación terrible. El desamparo de estos la desconcertaba. Leonie
escuchó atentamente en aquel silencio ahogado al otro lado de
la línea y notó que el corazón se le llenaba de compasión.

—Pero, señor Felmy, ¿qué está diciendo? Me parece bien que
me haya llamado para explicarme la situación. Al fin y al cabo,
soy la tutora de Emma y le tengo mucho cariño a su hija. Por supuesto que le ayudaré. ¿Sabe qué? —No en vano era una buena
pedagoga—. Venga usted a mi casa para que busquemos juntos
una solución y encontremos a Emma. Seguro que lo consegui-
mos.

Le dio a Felmy su dirección y él se lo agradeció, aliviado.

—En diez minutos estoy ahí.

Cuando colgó, Leonie llamó a Maxie. Su amiga no respondía
al teléfono. Volvió a intentarlo, dejó que sonara y sonara, y al final Maxie contestó.

—¿Sí… Leonie? ¿Qué pasa? —Parecía sin aliento y de fondo
se oía a Florian mascullar algo—. ¡Flo… No, déjame ahora un
momento!

Su amiga se rio entre dientes y se oyeron ruidos como de pelea. Al parecer, estaba molestando a los dos tortolitos.

—Ya sé dónde se ha metido Lavanda —dijo Leonie—. Está
con Emma, pero lo malo es que Emma también ha desaparecido.

17

Fue una tarde dramática.

Cuando Paul Felmy llegó a casa de Leonie totalmente deshecho y empapado en sudor —había ido en coche desde el barrio belga y había tardado una eternidad en encontrar aparcamiento cerca de la calle Otto—, Leonie le propuso ir juntos al café de los gatos para hablar con su amiga Maxie. Podría ser que, al hacerse de noche, Emma hubiera aparecido por allí para devolver al gatito robado. La niña sabía que Maxie vivía justo encima de la cafetería. Juntos averiguarían dónde se había metido. ¿Adónde podría haber ido una niña de diez años con un gato?

Se sentaron a debatir. Paul Felmy no tenía muy buen aspecto. Aún llevaba puesto el traje y la camisa blanca con la que había ido al despacho. Se había aflojado la corbata y en algún momento se la había retirado junto con su chaqueta azul. No dejaba de mover el pie, nervioso.

—¿No podemos empezar a buscar ya en lugar de quedarnos aquí sentados charlando? Dentro de una hora será de noche —les recordó.

Leonie asintió con la cabeza.

—Enseguida nos vamos, pero deberíamos organizarnos —respondió de un modo tranquilizador.

Maxie había puesto en la mesa algo de bizcocho marmolado con el fin de aliviar el mal trago, pero nadie lo había tocado. Luego llamó a Anthony, que se encontraba tomando una cerveza con unos amigos en el quiosco de la plaza Lenau. Le contó por encima que Emma había desaparecido y Anthony fue enseguida para unirse a la búsqueda, pues la calle Chamisso se encontraba a dos pasos.

—El dueño del quiosco me ha dicho que le ha parecido ver esta tarde en la plaza Lenau a una niña rubia con un transportín para gatos —dijo Anthony al entrar en el café.

—Entonces ha tenido que venir aquí —dedujo Leonie—. A lo mejor quería devolver a Lavanda y después se lo pensó mejor. Pero ¿de dónde ha sacado un transportín? Da igual, tenemos que salir ya.

Leonie dividió enseguida al grupo de búsqueda. No tenía sentido que fueran todos juntos. En una crisis debía mantenerse la cabeza fría, por lo que la estrategia se antojaba esencial.

Les indicó a los demás que cubrieran todos los caminos de los alrededores de la calle Chamisso y preguntaran por Emma a los transeúntes, mientras ella bajaba de nuevo al sótano del edificio para asegurarse de que no estaba allí; quería preguntar también a los vecinos.

Ninguna de las dos acciones tuvo éxito. Nadie había visto a una niña rubia con un gato.

Paul Felmy era presa del pánico.

—¿Dónde puede estar? ¿Dónde puede estar? —no dejaba de preguntarse, pasándose la mano por el pelo, que ya tenía bastante alborotado—. ¡Dios, como le haya pasado algo!

Leonie le apretó el brazo de forma tranquilizadora y le miró fijamente.

—Encontraremos a Emma, señor Felmy. Se lo prometo. —Solo esperaba poder cumplir esa promesa—. Ahora buscaremos en los parques —dijo entonces—. Nosotros dos probaremos en el que hay detrás de la plaza Lenau. Maxie, Florian, vosotros id al parque Blücher. Quizá Emma se haya escondido en uno de los huertos. Anthony, tú quédate en la cafetería y guarda el fuerte. Luego nos volveremos a encontrar todos aquí.

En cuanto Leonie terminó de dar las indicaciones, se dispersaron.

Mientras Leonie cruzaba el parque a paso ligero en dirección a los columpios, con Paul Felmy a su lado mirando en cada parcela de los huertos y gritando el nombre de su hija, el sol iba perdiendo intensidad bajo el cielo nublado.

Al llegar allí, los columpios se balanceaban ligeramente, pero no había nadie en ellos.

—Aquí no está —Leonie constató lo evidente.

Tenía la sensación de que debía hablar para que Felmy no se volviera loco. Hacía un bochorno impresionante. Leonie vio que Felmy se secaba las gotas de sudor de la frente. A ella se le pegó al cuerpo el fino vestido de verano al girar hacia un estrecho sendero que los adentraba más en la espesura.

—¡¿Emma?! —la llamó a voces.

Felmy tampoco dejaba de gritar el nombre de su hija. Cada vez sonaba más desesperado. A veces se detenían cuando creían haber oído un ruido, pero luego resultaba ser solo un pájaro que alzaba el vuelo o una ardilla trepando con agilidad por un tronco. Continuaron caminando y poco a poco el crepúsculo cayó sobre el parque. Los árboles y arbustos perdían sus colores y pasaron de una luz escasa a las tenebrosas sombras. Al llegar al tercer parque, sonó el teléfono de Leonie. Al contestar notó que el corazón le latía con fuerza.

Era Maxie.

—¿La habéis encontrado? —preguntó Leonie, mientras Paul Felmy abría los ojos con atención.

—No —respondió Maxie decepcionada—. Esperaba que la hubierais encontrado vosotros. Por aquí no la hemos visto y ya estamos de vuelta.

Cuando llegaron a la cafetería, ya era noche cerrada. Anthony estaba esperándolos con cara de preocupación. El desánimo los enmudecía.

Leonie tragó saliva.

—Creo que ahora debemos acudir a la policía, señor Felmy —dijo en voz baja—. ¿Tiene alguna foto de Emma en el móvil?

Felmy asintió con la cabeza y se llevó las manos a la cara.

Llamaron a la policía y relataron lo que había sucedido. El agente tomó los datos con una tranquilidad pasmosa. No era la primera vez que un niño no llegaba por la tarde a la hora a casa y la mayoría de los casos escondía una razón bastante banal.

—Muy bien, la policía ha tomado los datos y ha dado el aviso de búsqueda por radio. —Leonie le hizo un gesto a Maxie con la cabeza, casi aliviada—. ¿Podrías llamar a urgencias?

Mientras Maxie telefoneaba y Anthony preparaba café para todos, Leonie se acercó a Paul Felmy, que estaba sentado en una silla Thonet, totalmente devastado. Le llevó un expreso doble y apoyó un momento el brazo sobre su hombro.

—Bébase esto, señor Felmy; le sentará bien. Un café solo, ¿no? —A Leonie le sorprendía haberse acordado—. Seguro que la policía pronto encontrará a Emma, no puede estar muy lejos.

Paul Felmy asintió un par de veces antes de beberse de forma impulsiva el café.

—Sí, seguro —repitió con tono apagado.

Leonie no quería decirlo, pero al final lo hizo.

—Y tal vez estaría bien que informara a la madre de Emma.

Felmy apretó los labios y volvió a asentir con la cabeza. Luego se levantó y salió a la calle para hablar por el móvil.

Leonie vio que el hombre caminaba de un lado a otro de la acera mientras hablaba acaloradamente y ella trató de tranquilizarlo con un gesto de las manos.

—No, no ha sido así —oyó que decía un par de veces, alterado—. ¡Escúchame, Marie!

Florian estaba en la barra con cara de incomodidad. Aquel pequeño drama no encajaba con su estilo de vida hedonista. Después de tomarse un capuchino, le lanzó una mirada a Maxie, que seguía hablando con las urgencias de los hospitales, y se encogió de hombros.

—Bueno, yo creo que me voy a ir yendo —dijo—. Al parecer, no puedo hacer nada más aquí. Pero seguro que irá genial.

Le guiñó el ojo a Maxie y le dedicó una encantadora sonrisa a Leonie, que se limitó a levantar las cejas. No esperaba otra cosa de él.

—Bueno, no han ingresado esta tarde a ninguna niña que se llame Emma. Algo es algo —dijo Maxie—. En todo caso, significa que Emma no ha tenido un accidente.

Sí, era una buena noticia, pero nadie pareció alegrarse demasiado.

Tan solo Mimi se acercó ronroneando y frotó la cabeza contra las piernas de Maxie, invitándola a acariciarla. Seguro que estaba sorprendida de ver a todas aquellas personas a esas horas sentadas en la cafetería, cuando normalmente su pequeño reino solo le pertenecía a ella.

—Sí, Mimi, no pasa nada. —Maxie acarició el pelaje de la gata blanca, distraída—. ¡Menudo revuelo… por nada! —masculló consternada—. Emma podría haberse quedado con Lavanda. De todas maneras, quería regalar algunos de los gatitos.

Nadie dijo una palabra.

—Esta espera me está volviendo loco —confesó Felmy de repente y se levantó. Estuvo a punto de tropezar con Afrodita y Neruda, que se habían tumbado delante de su silla—. Alguien tiene que hacer algo. —Escribió su número de móvil en un trozo de papel y se lo puso a Leonie en la mano—. Tenga, llámeme si hay alguna novedad. Voy a volver a casa para ver si entretanto Emma ha vuelto allí.

—¿No prefiere llamar antes? —le preguntó Leonie, pero Paul Felmy ya había salido por la puerta.

Al cabo de un rato volvió a la cafetería. Se le quedaron todos mirando al entrar, pero él se limitó a negar con la cabeza y a dejarse caer sobre el sofá azul. Mimi se bajó de un salto, asustada, y desde una distancia segura clavó sus ojos verde claro en el alborotador. Aquel era su sofá, pero cómo iba a saberlo Paul Felmy.

—¿Quiere alguien otro café? —preguntó Anthony.

En su camiseta verde manzana se leía la frase *Keep calm and drink a coffee*, sin duda muy acertada para aquel día. El joven inglés contuvo un bostezo.

—Mejor un vaso de agua —dijo Leonie—. Tengo bastante calor.

Cogió su bloc de notas y se puso a abanicarse. Aunque ya eran las diez y media, no parecía refrescar. Leonie abrió la puerta y miró en dirección a la plaza Lenau. A lo lejos destelló un relámpago en el cielo y se oyó un trueno distante. «Emma, ¿dónde te has metido?», preguntó sin pronunciar palabra en la oscuridad. Ojalá la niña estuviera en un lugar seguro. Leonie dejó la puerta abierta, volvió al sofá y se sentó al lado de Felmy, que, con cara sombría, mantenía la vista clavada al frente.

Aquella espera en grupo no tenía mucho sentido; no podían hacer nada, pero de algún modo ninguno quería dejar solo a aquel padre preso del pánico.

—La policía la encontrará —le aseguró de nuevo Leonie—. No puede habérsela tragado la tierra. Apuesto a que Emma se ha refugiado en una caseta de algún jardín y se ha quedado dormida.

No quería imaginarse ninguna otra cosa.

—Parece que se acerca una fuerte tormenta —dijo Maxie, que se acercó a la puerta y miró hacia el cielo.

Fuera el viento de pronto soplaba con fuerza.

Y entonces entró alguien a toda prisa en La señorita Paula, que estuvo a punto de derribar a la dueña de la cafetería.

Marie Felmy tenía un aspecto muy llamativo. Sus rizos rojos, largos hasta los hombros, volaban a su alrededor como un fuego ardiente cuando se abalanzó como una furia sobre Paul Felmy.

—¿Dónde está Emma? ¿Dónde está mi hija? —gritó—. ¿Ya la han encontrado?

Felmy se sobresaltó al ver a su exmujer. Negó con la cabeza y extendió los brazos en un gesto de disculpa.

—La policía sigue buscando.

—¿La policía sigue buscando? —La pelirroja parecía apuñalar a Felmy con la mirada. Sus ojos oscuros eran como botones lustrados—. No puede ser verdad. ¡No me lo puedo creer! ¿Cómo ha podido desaparecer Emma? Eres un incompetente total, Paul. ¿No puedes cuidar mejor a la pequeña? Probablemente se pase el día entero sola. Tú tendrás la culpa si le pasa algo, tú solo. ¡¿Qué clase de padre eres?!

Todos permanecieron en silencio, espantados ante aquella diatriba.

Felmy, sentado en el sofá como un perro apaleado, no intentó ni siquiera defenderse.

Leonie, que tenía un fuerte sentido de la justicia, sintió que debía intervenir.

—¡Señora Felmy, cálmese, por favor! Emma ha desaparecido, sí, pero no vamos a echarle aquí la culpa a nadie. Su marido estaba trabajando —dijo. Aquella mujer hacía parecer que Felmy estuviera siempre tumbado en una hamaca bebiendo cerveza—. Y cuando ha llegado a casa, Emma no estaba. Ha sido entonces cuando se ha enterado de que tampoco había ido al colegio por la mañana. Está tan preocupado como usted. Si no más —añadió.

Marie Felmy se dio la vuelta.

—Ah, ¿sí? ¿Y usted quién es?

Miró a Leonie de arriba abajo.

—Yo soy Leonie Beaumarchais, la profesora de Emma —respondió Leonie—. La cuestión es la siguiente: Emma se llevó a escondidas a uno de los gatos pequeños de la cafetería y, como tenía miedo de que la obligaran a devolverlo, se ha escapado con Lavanda, ¿entiende? No es culpa de su marido.

—Mi exmarido, querrá decir. ¿Lavanda? Menudo nombre más tonto para un gato. Bueno, da igual. —Marie Felmy negó con la cabeza, irritada, y los rizos volaron alrededor de su atractivo rostro de cejas finas—. Paul, ¿puedes decirle a esta, a esta… profesora, por favor, que no se meta en nuestros asuntos privados? Me está sacando de quicio.

Leonie emitió un sonido de indignación. Estaba tan perpleja que no se le ocurrió una respuesta acertada. Pero su amiga se levantó y se colocó a su lado como la cabecilla de una banda callejera. Maxie cruzó los brazos sobre el pecho y le brillaron los ojos peligrosamente.

—¿Podría dejar de gritar tanto, por favor? —dijo con voz cortante—. No voy a permitir que se ponga aquí a ofender a mi amiga. Si no sabe comportarse, voy a tener que pedirle que se vaya.

—¿Tengo que aguantar esto, Paul? Se trata de mi hija —protestó Marie entre dientes y se quedó mirando a su exmarido con exhortación.

Maxie no se dejó impresionar.

—Sí, ya lo hemos oído, señora Felmy. Lo ha dicho bastante alto y no somos sordos.

—¿Quién es esta gente? Paul, no te quedes ahí sentado como un pasmarote. ¡Di algo!

Felmy intentó calmar los ánimos.

—Por favor, no te pongas así, cariño. Son todos amigos de Emma. Llevamos horas buscándola.

—¡Es demasiado! ¿Cómo es que yo me entero ahora de esto? —continuó Marie enfadada y Leonie de repente entendió por qué Felmy no había llamado enseguida a su exmujer. Era como una granada de mano. Y también muy injusta. ¿Por qué Felmy no le paraba los pies?

Leonie le dedicó una sonrisa de ánimo. «No permita que le trate así», decía su mirada. Pero Felmy se limitó a bajar los ojos.

—Lo siento, Marie —murmuró.

—Lo sientes, lo sientes. Eso te lo puedes ahorrar, idiota. Así no va a volver Emma. Si te hubieras ocupado mejor de ella, no se habría escapado.

—Señora Felmy, ya basta. Deje ya de insultar a su marido.

—Exmarido, ya se lo he dicho —replicó Marie Felmy torciendo la boca con ironía—. Por lo que veo, has encontrado a una apasionada defensora. Una profesora. ¡Qué mona! —Después se giró de nuevo hacia Leonie—. Y usted puede guardarse los consejos para sus alumnos. ¿Qué sabe usted? Usted no sabe nada.

—Sé lo suficiente —respondió Leonie con énfasis—. Al fin y al cabo es su marido, perdón, su exmarido, el que está ahí para Emma, mientras que usted…

Felmy hizo un gesto negativo con la mano.

—No se preocupe, señora Beaumarchais —dijo, cansado—. No se moleste. Ya nos las arreglamos nosotros. Vamos, Marie.

Agarró a su exmujer del brazo y la llevó con tacto a la puerta. Leonie los siguió con la mirada mientras salían juntos a la calle. Felmy se puso a hablar con su exmujer y Marie Felmy pareció tranquilizarse poco a poco, bajando cada vez más la voz hasta que Leonie casi dejó de oírla. Qué persona más desagradable. Pero parecía tener todavía —fuera o no su exmujer— un gran poder sobre el padre de Emma.

—*Good Lord*, menuda furia está hecha —dijo Anthony, que había visto el espectáculo desde la barra—. *But very sexy, indeed*.

Puso los ojos en blanco, todos se rieron y por un instante disminuyó la tensión.

—Gracias por tu apoyo, Maxie —dijo Leonie.

—No ha sido nada, ya lo sabes; no iba a dejar que te tratara así —respondió Maxie y le guiñó el ojo—. Para eso están las amigas.

De repente se reavivó aquella cercanía entre ambas y por un momento todo fue como siempre.

CUANDO PAUL FELMY volvió a entrar en la cafetería veinte minutos más tarde, se disculpó por el incidente.

—Marie no quería decir esas cosas —explicó—. Está muy nerviosa por lo de Emma. Y también trastocada porque acaba de regresar de Kenia. El *jet lag*, probablemente. Le he dicho que será mejor que espere en mi casa para que no llegue la sangre al río. En cuanto Emma aparezca, la avisaré.

Leonie asintió algo mosqueada. Le daba la impresión de que Marie sí había querido decir todas aquellas cosas.

—Bueno, creo que su exmujer se ha pasado un poco de la raya —dijo con tono aleccionador—. No tiene por qué aguantar eso.

—Lo sé —respondió Felmy y sonrió de medio lado—. Pero en estos momentos no tengo muy buenas cartas.

LA POLICÍA LLAMÓ poco antes de medianoche. Habían encontrado a una niña rubia frente al puesto de salchichas de la Estación Central de tren. No llevaba consigo ningún gato, pero sí se llamaba Emma. La niña estaba confundida, no se la entendía entre sollozos y aparte de su nombre de pila, no había dicho mucho más.

—La vamos a llevar ahora a la comisaría —había dicho el agente de la Policía Federal—. Pueden ir allí a buscarla.

—Voy enseguida —dijo Felmy al teléfono.

Se puso en pie de un salto, cogió las llaves del coche y salió corriendo de la cafetería.

—*Thank God, it's over!* —Anthony suspiró, expresando lo que todos pensaban.

—Espere, le acompaño —gritó Leonie, saliendo disparada detrás del padre de Emma mientras los demás recogían sus cosas, aliviados.

—¡Madre mía! Precisamente en la estación, qué horror —se lamentó Felmy cuando, poco después, se sentó en su Saab azul oscuro—. Por la noche allí siempre hay una gente horrible.

Solo pensar que su tierna niña andaba entre vagabundos y traficantes de drogas, se ponía aún peor. Estaba muy pálido.

Leonie asintió.

—Por suerte no ha pasado nada. Emma tiene un buen ángel de la guarda.

¿Qué habría sido del gato? Leonie bajó la ventanilla y una cálida brisa le alborotó el pelo.

Felmy recorrió la avenida de circunvalación con la vista clavada al frente. La ciudad nocturna pasaba volando a su lado.

—Cuidado, aquí hay que ir a treinta —le advirtió Leonie cuando Felmy pasó a una velocidad vertiginosa junto a un ciclista que iba sin luces por el cinturón Kaiser-Wilhem en dirección al Rin.

—Me da igual —gruñó.

Leonie se recostó en el asiento y lanzó una mirada furtiva de soslayo.

El caballero de la triste figura, que obedecía sin rechistar a su exmujer, de repente parecía muy decidido. Sus finas manos sujetaban firmes el volante. Iba sentado en su asiento con la cara muy concentrada, extremadamente tensa. «Como un puma antes de saltar», se le pasó a ella por la cabeza. Así de seguro estaría Felmy cuando presentara su alegato ante un tribunal.

El móvil sonó un par de veces, pero no pareció darse cuenta. Y Leonie tampoco pronunció una palabra. A aquellas horas solo podía ser la chiflada de su exmujer.

Al cabo de pocos minutos, llegaron a la Estación Central. Entraron a toda prisa, pero cuando irrumpieron en la oficina de la Policía Federal, les estaba esperando una desagradable sorpresa.

Había una niña rubia sentada en una silla de plástico, con el pelo largo, que caía como una cortina delante de su cara sucia.

Mecía indecisa las piernas y en las manos sostenía un vaso de cartón con zumo de naranja.

Pero no era Emma la que esperaba allí a sus padres.

El agente de policía salió a su encuentro y se disculpó por la equivocación. La niña se llamaba Emily Becker, no Emma Felmy.

—Lo acabamos de descubrir, lo siento —dijo—. He intentado llamarle, pero ya estaba en camino.

—No puede ser —gritó Felmy fuera de sí.

Estaba a punto de perder los estribos cuando Leonie lo cogió de la mano.

—Lo siento muchísimo —repitió el agente—. Como la niña dijo que se llamaba Emma, creímos, como es lógico, que se trataba de su hija. Menudo fastidio que hayan venido hasta aquí para nada.

Los miró con compasión. Por lo visto, creía que ambos eran los padres de Emma.

Felmy apretó la mandíbula mientras intentaba recuperar la calma.

—En cuanto sepamos algo, les informaremos —dijo el agente—. Será mejor que se vayan a casa. No tiene sentido que se pasen la noche entera en vela. Intenten tranquilizarse y duerman un poco, aunque resulte difícil. Encontraremos a su hija. El noventa por ciento de los niños que se escapan de casa terminan volviendo sanos y salvos.

Cuando se sentaron de nuevo en el coche, Felmy echó la parte superior del cuerpo sobre el volante y le temblaron los hombros.

Leonie notó que se le encogía el corazón.

Con cuidado le puso una mano en el hombro.

—Por favor, señor Felmy —dijo agitándole suavemente—. ¿Señor Felmy? ¿Paul? —le llamó, y luego repitió—: ¡Eh, Paul! Todo saldrá bien. No ha pasado tanto tiempo desde que Emma se ha marchado. La encontraremos.

Felmy negó con la cabeza, sin mirarla, y un fuerte sollozo estalló en su pecho.

—¡Ay, Dios! ¿Qué he hecho? Ojalá le hubiera dejado quedarse con ese maldito gato —se lamentó—. Así no se hubiera escapado.

—Ay, Paul… Paul… —Leonie rodeó con el brazo, consternada, al hombre que lloraba y le abrazó con fuerza. Se quedaron sentados en el coche a oscuras, ajenos al resto del mundo—. Todavía puede hacerlo.

Un trueno retumbó en el aire.

Leonie miró por encima del hombro de Felmy hacia la calle, donde se elevaba la catedral iluminada. Un cartel de neón deslumbrante en el edificio de la estación empezó a titilar. Luego cayeron las primeras gotas sobre el techo del coche.

¡Llovía… por fin!

—Quizá estaría bien que Emma tuviera un animalito que estuviera en casa cuando ella llegara y del que pudiera ocuparse —le dijo Leonie con tacto—. Así no se sentiría tan sola cuando usted tuviera que trabajar. Háblelo con ella luego, cuando vuelva.

Paul Felmy asintió con la cabeza y la miró con tristeza.

—Sí. —Vio que la cara se le transformaba en una mueca de dolor—. Si es que vuelve. —Se pasó la mano por el pelo oscuro e hizo un gran esfuerzo por mantener la calma—. Perdone. Dios mío, estoy desesperado. Marie tiene razón, soy un mal padre.

—Qué tontería —digo Leonie—. No se crea eso, Paul. Usted es un buen padre. Y estoy segura de que no es culpa suya que Emma no haya superado aún la separación del todo. Pero, créame, dele tiempo. Los niños se adaptan a las nuevas situaciones a menudo mejor que los adultos. Emma es algo reservada, pero va por buen camino. Es muy buena niña y lo conseguirá, estoy segura. Hay que pensar en positivo.

Paul Felmy asintió.

—Sí, eso. —Suspiró profundamente y se quedó mirando la lluvia que golpeaba el parabrisas—. Esperemos que todo vaya bien…

Arrancó el coche y los limpiaparabrisas comenzaron a moverse de un lado a otro.

—Gracias por acompañarme, Leonie. —Se la quedó mirando y alzó las cejas oscuras—. ¿Le parece bien que la llame Leonie?

—Sí, claro. —Leonie sonrió—. Y ha sido un placer acompañarle. No ha sido nada.

—No, no. —Negó con la cabeza y el coche empezó a rodar despacio—. Sí ha sido algo. ¿Puedo llevarla al menos a su casa?

Avanzaron en silencio a través de la lluvia, que caía sin parar del cielo. El carril se desdibujaba e iban muy despacio, pues apenas se veía nada.

Leonie advirtió que la invadía un cansancio terrible y cerró durante un momento los ojos. Al instante le apareció la cara de Emma en forma de corazón. Vio a la pequeña jugando con Lavanda en la cafetería y oyó su risa contagiosa. La compañía del gatito le sentaba bien. Todo había mejorado mucho desde que se había hecho amiga de Maja, que era muy popular en 6.° B. Desde el dibujo de Pippi Calzaslargas, Emma se encontraba bajo la protección de Maja, pero en ocasiones también salía de ese entorno y hacía sus propias cosas. Sonriendo, Leonie se acordó de cuando, tras la pelea en el patio, se había encontrado a Emma en la vieja casa del árbol, donde se había escondido para pintar, como si el mundo exterior no existiera.

Abrió los ojos y de repente vio la luz.

—¡Paul! —gritó, mirando exaltada al hombre pálido perdido en sus pensamientos que conducía su coche a través de la lluvia—. Creo que sé dónde está Emma.

EL COLEGIO, EN el límite de Ehrenfeld, no estaba lejos. Leonie dirigió a Paul Felmy por las estrechas calles, salpicando agua al atravesar los charcos profundos.

—¡Aquí es!

Se detuvieron delante del edificio del colegio, donde había encendida una sola farola. Al cabo de unos segundos, salieron corriendo hacia la entrada principal bajo la lluvia torrencial.

Leonie estaba tan nerviosa que se le cayeron las llaves de la mano. Los dos se agacharon a recogerlas al mismo tiempo y sus cabezas estuvieron a punto de chocar. Durante un instante el rostro de Felmy estuvo muy cerca del suyo. Al mirarse, Leonie sintió cómo el corazón se le paraba cuando aquellos ojos oscuros de Paul Felmy se fijaron en ella tan inesperadamente. Agarró el manojo de llaves y se levantó enseguida para abrir la puerta.

Poco después estaban atravesando el patio del colegio. Leonie, que iba delante y apenas veía nada, se metió en un charco y maldijo en voz baja. Continuó corriendo, seguida de Felmy, y señaló el árbol gigantesco, que se alzaba al final del patio.

Cuando llegó sin aliento al muro de piedra, Leonie se llevó el dedo a la boca para indicarle a Felmy que esperara. Estaban el uno junto al otro, escuchando con atención bajo las extensas ramas del viejo castaño, por cuyas hojas goteaba la lluvia.

Entonces oyeron un suave maullido encima de sus cabezas y una voz infantil que murmuraba unas palabras.

—¡Emma! —gritó Paul Felmy.

Arriba, en el árbol, se movió algo. Se apartó una rama y entonces apareció entre el follaje la cara pálida de Emma. La niña miró hacia abajo, sujetando a Lavanda bien pegado a ella.

—¡¿Papá?! —Sonrió aliviada y luego empezó a llorar—. Papá —sollozó.

Paul Felmy subió con agilidad los peldaños de la escalera de madera fijados en el tronco del castaño. Leonie vio cómo el hombre subía a la casa del árbol y abrazaba a su hija.

—Ay, Emma —se limitó a decir, y aquellas dos palabras reflejaron todo su amor.

—Ay, papá —murmuró la niña.

Y luego durante un buen rato ninguno de los dos dijo nada, mientras la lluvia continuaba cayendo sobre la copa del árbol. Hasta Lavanda había dejado de maullar. Reinaba el silencio.

—¿Todo bien ahí arriba? —preguntó Leonie al cabo de unos minutos.

El vestido mojado se le pegaba al cuerpo y tenía las sandalias empapadas. Pero qué más daba, de todas formas, hacía calor.

—¡Señora Bo-mar-ché! —gritó Emma, que miró sorprendida hacia abajo—. También está aquí.

Un terrible trueno retumbó en el aire y Leonie se estremeció.

—¡Suba deprisa, señora Bo-mar-ché, o se va a mojar!

—Ya me he mojado —contestó Leonie, que se quitó las sandalias de los pies y subió descalza por la escalera de la casa del árbol.

Allí arriba estaba oscuro como boca de lobo y sorprendentemente seco. Leonie se sentó sobre las gruesas tablas de madera colocadas las unas junto a las otras y estiró las piernas. Y así, mientras la tormenta rugía encima de sus cabezas, Paul, Emma, con Lavanda en su regazo, y ella misma se quedaron un rato en la casa del árbol, satisfechos y agradecidos porque aquella pesadilla hubiera terminado.

Poco a poco fue pasando la tormenta y reinó una gran paz en el escondite del viejo castaño. Escucharon atentamente el sonido de la lluvia, que iba amainando poco a poco, sentados juntos con tanta familiaridad como si se conocieran desde hacía años.

«Una casa en un árbol puede llegar a ser muy acogedora», constató Leonie sorprendida. No era de extrañar que Emma la hubiera elegido su lugar preferido.

Miró a la niña, que acariciaba a Lavanda sin cesar.

—Madre mía, Emma. ¿Sabes que nos has dado un buen susto? —dijo—. Mira que irte así.

Emma bajó la cabeza.

—No sabía qué hacer —respondió apocada—. Quería devolver a Lavanda, pero es que no podía. —Se le llenaron de nuevo los ojos de lágrimas—. Así que, con el dinero que tenía, fui a comprar algo de comida para Lavanda y un transportín en la tienda de la calle Subbelrather, y vine aquí porque quería pensar. Pero entonces llegó la tormenta y tuve miedo.

—No pasa nada, Emma —dijo Paul Felmy, que se llevó la cabeza de su hija al pecho y le acarició cariñosamente el pelo—. Pero por poco me muero de lo preocupado que estaba. Tienes que prometerme que nunca te volverás a escapar, ¿vale? En la vida a veces hay problemas y para cada problema puede encontrarse una solución. Pero escaparse no es lo correcto. ¿Lo entiendes?

Emma asintió con la cabeza y se acurrucó junto a su padre.

—¿Todavía estás enfadado conmigo? —le preguntó en voz baja.

—Ay, Emma, claro que no. Yo te quiero muchísimo, y, aunque nos peleemos alguna vez, te seguiré queriendo. Te querré siempre, ¿lo entiendes? Siempre. Siempre. Siempre.

Leonie notó que se le humedecían los ojos.

—Yo también te querré siempre, siempre, siempre, papá —dijo Emma.

Lavanda maulló y Emma apretó al gatito contra ella.

—Y a Lavanda también lo quiero. ¿No me lo puedo quedar?

Paul Felmy miró a Leonie con un suspiro de resignación y sonrieron con complicidad.

—Por mí bien, pelmacilla —respondió Felmy—. Si la señora Sommer no tiene nada en contra, yo tampoco. Pero ahora tenemos que avisar a mamá de que has aparecido. Está en casa esperándonos.

DESPUÉS DE QUE Felmy llamara a su exmujer, se marcharon. Emma se sentó con el transportín en el asiento trasero del Saab.

La pequeña fugitiva tendría que haber estado muerta de sueño, pero no dejaba de cotorrear más feliz que una perdiz porque podía quedarse con Lavanda y su madre había vuelto de África y los estaba esperando en casa.

Leonie también estaba contenta, por supuesto que sí, pero después de que Paul Felmy la dejara en su casa y volviera a darle las gracias, se quedó un poco perdida en la acera contemplando cómo el coche azul oscuro desaparecía en dirección a Ehrenfeld.

Aquella gran aventura había tenido un final feliz, pero ahora se sentía confundida ante la idea de que el abogado de tiernos ojos oscuros y su hija volvieran con la mujer pelirroja que los esperaba en su piso.

De repente se sintió excluida. Aunque, bien mirado, no hubiera motivo para sentirse así.

Felmy era el padre de su alumna. Nada más. Apenas conocía a aquel hombre. Y que llevara a la niña con su madre era lo lógico y lo correcto.

Sin embargo, ella no estaba del todo de acuerdo.

Todas esas horas de nervios que habían compartido, desde que Felmy la había llamado hasta la búsqueda por el parque, pasando por la espera, preocupados en la cafetería, el peligroso recorrido por la carretera de circunvalación, la desesperación al comprobar que no era Emma la que esperaba con la policía en la estación de tren, la mirada intensa de los ojos de Felmy cuando se le cayeron las llaves, la lluvia torrencial bajo la que habían corrido atravesando el patio del colegio con el corazón latiendo con fuerza, el momento en el que habían encontrado a Emma en la casa del árbol, donde se sentaron en la intimidad de la noche, exhaustos pero felices, mientras la *Sumatra Rain* caía sobre las hojas... Tras todo aquello tenía la sensación de que Paul Felmy se había acercado bastante.

Normalmente se necesita un tiempo para conocer de verdad a alguien. En ocasiones pueden pasar años. Se van observando poco a poco las características, las preferencias, los miedos y los anhelos. Pero bajo ciertas circunstancias, en algunos momentos existenciales de nuestra vida, cuando nos sacudimos el muro protector que nos rodea, se abren las grietas en la mampostería y de repente se ve el fondo del alma; al conocerse la esencia de una persona en toda su vulnerabilidad y autenticidad pueden anularse las normas del acercamiento humano. Y uno puede volar a la velocidad de la luz directo al corazón.

—Nos vemos, estamos en contacto —le había dicho Paul Felmy al girarse hacia ella en la penumbra del coche—. No sé qué habría hecho sin usted, Leonie. Es mi ángel de la guarda.

La había mirado y la había cogido de la mano, y ambos se habían quedado así demasiado rato, como si aquello careciera de importancia.

Leonie se quedó un poco más en la calle desierta, perdida en sus pensamientos, como si pudiera mantener la conexión con todo lo que había sucedido aquella noche. En Pane e Cioccolata hacía ya rato que habían apagado las luces.

Después de la tormenta el ambiente se había quedado despejado. Ya no había bochorno. Leonie respiró profundamente y miró el cielo nocturno.

Daba igual, ella sabía que había compartido un momento existencial con el padre de Emma y que jamás olvidaría aquella noche.

Tal vez Paul Felmy era un hombre al que le había abierto la puerta de su vida, como la señora Siebenschön predijo acerca de ellas dos la primera vez que se sentaron juntas en el restaurante italiano. Pero Leonie aún no estaba segura del papel que representaba la pelirroja Marie en la vida del padre de Emma.

172

18

Susann Siebenschön no tenía ni idea de todo aquello. Ni de la confusión del corazón de la chica encantadora que le cuidaba a la gata —que ya no le cuidaba a la gata— ni de que Mimi había sido madre de cinco gatitos, que uno de ellos se llamaba Lavanda y que toda la tropa felina se había convertido en la atracción de una cafetería en la plaza Lenau. Lo único que sabía era que los días con Giorgio Pasini eran maravillosos y que compartían horas emocionantes juntos.

Habían hecho una excusión a la costa de Amalfi con uno de esos anticuados barcos de vapor, habían anclado en Positano y se habían perdido en la belleza del laberinto de los empinados y estrechos callejones. Susann se había comprado uno de aquellos vestidos blancos de algodón con bordado inglés, que desde hacía décadas estaban tan de moda en Positano y, al salir dudando del probador, que tan solo estaba separado del resto de la atestada *boutique* por una cortina clara, Giorgio la había mirado con tanta admiración que enseguida se desvanecieron las dudas de si era un vestido apropiado para su edad. En aquellas vacaciones todo parecía posible.

Al final de la tarde se habían sentado en la terraza de Le Sirenuse, un antiguo y elegante hotel que ya existía en los años cincuenta, cuando Positano todavía era un pueblecito pesquero, aislado del mundo sin su importante carretera de acceso; un El Dorado para artistas y bohemios, con calas solitarias y lugares retirados. Allí se habían bebido un Aperol spritz helado y habían disfrutado de las impresionantes vistas al mar. Habían perdido totalmente la noción del tiempo. En algún momento Giorgio se había levantado para acercarse al borde de la terraza y mirar hacia el puerto, donde estaba zarpando un barco de vapor blanco, y había dicho:

—*Mamma mia*, me temo que ese era nuestro barco.

—¡Ay, Dios mío! —había exclamado Susann, que se había levantado de pronto para ir junto a Giorgio, mientras se agarraba su gran sombrero de paja con ambas manos para que no saliera volando.

—¿Y ahora qué hacemos?

—Nos quedamos aquí.

Giorgio había conseguido de algún modo una habitación en Le Sirenuse. Se trataba de una habitación doble minúscula, con vistas al mar; la cama ocupaba casi todo el espacio, y el precio, que Giorgio quería ocultar y que luego ella averiguó, dejó a Susann sin aliento, pero valió la pena cada céntimo. Cuando por la noche se acercó a la ventana, sin hacer ruido para no despertar a Giorgio, y miró hacia la cala y al macizo rocoso, donde brillaban cientos de luces de las casitas pegadas a la ladera y todo parecía estar sumido en una luz dorada, pensó que nunca había visto nada tan bonito.

Permaneció unos instantes en la ventana y se olvidó del tiempo. No vivía unas semanas tan libres de preocupaciones desde su luna de miel con Bertold. Y daba igual lo que pasara o cuándo terminara todo aquello —pues desgraciadamente en algún momento tendría que acabar—; no se arrepentía de nada, ni de un solo minuto. Era un regalo que le hacía la vida una vez más.

No había tenido que avisar en el Hotel Paradiso, porque, aunque no se lo hubiera contado a Leonie, Susann ya no se alojaba allí. Al querer alargar por tercera vez su estancia, Massimo había negado con la cabeza lleno de preocupación y se había quedado mirando el ordenador con el ceño fruncido.

—Oh, *signora* Siebenschön, me temo… me temo que no puedo hacer nada.

Era temporada alta en Ischia y, por más que buscara, en el balneario Paradiso ya no quedaban habitaciones libres; solo había abajo, en el Paradiso Garden. Pero allí se alojaban familias con sus ruidosos hijos y para cenar había que subir por un camino muy empinado que llevaba al edificio principal. Susann no quería cambiarse allí.

Con tristeza, empezó a pensar qué podía hacer y fue entonces cuando Giorgio le ofreció pasar el resto de las vacaciones en su casa, situada en las cuestas arboladas por encima de Ischia Porto.

Susann dudó en un principio, pero luego pensó que era una tontería no hacerlo. Al fin y al cabo, Giorgio Pasini era el motivo por el que estaba prolongando sus vacaciones.

—Son solo unos días, Ssussanna, *amore mia*. Ven a mi casa, me alegrará mucho. No es ningún palacio, pero tengo un cuarto de *invitatos* con baño propio. Allí estarás tranquila y podrás hacer lo que quieras. Por las mañanas yo voy a la tienda de antigüedades, podemos vernos durante la siesta. Y a última hora de la tarde vendrás a Ischia Ponte e iremos al castillo para ver hasta Nápoles. ¡Por *favore*, di que sí!

Se rio y al instante aceptó su invitación. Y lo cierto era que no se había arrepentido.

Por supuesto hubo algunos malentendidos y conflictos, como sucedía siempre entre los amantes, pero en líneas generales y teniendo en cuenta que cada uno cargaba con el peso de sus vivencias, se entendían sorprendentemente bien. Tal vez fuese porque ambos se habían vuelto tolerantes y no ambicionaban aleccionar al otro. Cuando uno se hace mayor, entiende que no puede cambiar a las demás personas. Y si es inteligente, se lo toma en serio y se concentra en las virtudes del otro, el resto de cosas se pasan por alto con cierta generosidad.

En su cumpleaños, Giorgio subió con Susanna al Epomeo y, allí arriba, en el mismo restaurante donde una vez ella había ido a comer con su marido, la tomó de la mano y le dijo:

—Ssussanna, no soy Bertold, solo soy Giorgio, pero te quiero con todo mi corazón. Seamos felices juntos. Quédate aquí conmigo, en Ischia. No te arrepentirás.

Entonces Susann Siebenschön por primera vez deseó no haber sido tan terriblemente alemana.

—Giorgio, me gustaría quedarme aquí contigo, pero tengo que regresar a casa en algún momento —respondió.

—Pero ¿qué tienes en Alemania? Hace frío y es desapacible, la gente se mata a trabajar y siempre está lloviendo. La *Dolce Vita* en Italia es mucho más bonita.

Susann sonrió.

—Sí, es verdad que llueve a menudo, sobre todo en Colonia. Pero ¿sabes qué dicen allí? ¡Que Colonia es la ciudad más bella del mundo!

Susann suspiró mientras pensaba en el Rin, junto al que paseaba ya desde niña, y en la catedral, que quería enseñarle a Giorgio sin falta. Y después pensó en su gata blanca, que hacía mucho tiempo que no salía a la terraza del ático en la calle Eichendorff.

—Y, claro, además está Mimi —dijo.

—¿Mimi? ¿Quién es esa Mimi?

Giorgio la miró sin entender nada. Por lo visto, se había olvidado completamente de aquella parte de su primera conversación en la tienda.

—Sí, es mi gata, que estoy segura de que me debe de echar muchísimo de menos. No puedo dejarla más tiempo con la vecina que está cuidándola. Tengo que estar de vuelta como muy tarde a mediados de julio. ¿Por qué no me acompañas, Giorgio? Podrías vivir conmigo. No tengo una casa como la tuya, pero mi piso es lo bastante grande para los dos. Para los tres —dijo sonriendo, pues estaba segura de que Mimi enseguida le cogería cariño a aquel buen hombre.

A Giorgio se le oscureció la cara y negó con la cabeza, lamentándose.

—Por desgracia, eso no es posible, *carissima* —respondió apocado.

Susann lo miró sorprendida. ¿Había algo que no sabía? ¿Otra mujer que tal vez Giorgio le había ocultado? ¿Es que acaso no era viudo? ¿Y si su hijo mayor, que trabajaba en un hotel en Nápoles, no estaba allí con su prometida, como él siempre afirmaba, sino con su madre, que esperaba a su marido en casa cuando terminara la temporada en Ischia? A Susann le vinieron de repente a la cabeza todos los clichés que se decían de los hombres italianos.

—Pero ¿por qué, Giorgio? ¿Por qué es imposible? Si lo he entendido bien, la tienda es para entretenerte. No tienes que estar allí trabajando.

Giorgio Pasini se echó hacia delante, incómodo, en la silla.

—No, no. No se trata de mi negocio, se pasa cerrado la mitad del año.

—Entonces, ¿qué es?

Susann, para su asombro, vio cómo su novio italiano iba poniéndose cada vez más rojo.

—No puedo vivir en tu casa, Ssussanna, no mientras Mimi esté allí. —Vaciló—. Tengo alergia a los gatos.

Susann se quedó mirando a Giorgio y no supo si echarse a reír o a llorar. Aquello sí que era una ironía del destino.

Y entonces se le cayó el alma a los pies.

19

Mientras tanto, la razón por la que Susann Siebenschön se apenaba estaba tan ricamente tumbada en el sofá de terciopelo de La señorita Paula, y abrió un instante los ojos cuando entró un nuevo cliente a la cafetería.

Henry Brenner, que iba a hacer la entrevista a la dueña del café, había llegado muy puntual, como siempre cuando tenía una cita. Su abuela siempre decía que la puntualidad era la cortesía de los reyes, lo que resultaba bastante extraño, pues ella era una mujer sencilla de campo, que cocinaba para todos y había vivido la mejor época de su vida en la región de Eifel; para ella una simple visita a la ciudad de la catedral era la mayor aventura.

A las nueve menos cuarto, Henry había apagado su cigarrillo en la plaza Lenau, el primero de aquel día. Estaba haciendo auténticos progresos en lo referente a su pequeña adicción y últimamente renunciaba al pitillo con el café de la mañana, lo que, por otro lado, le ponía algo nervioso. La desintoxicación de la nicotina tenía su precio. Brenner pensó que tal vez debía poner fin a todo aquello, continuar fumando y disfrutar a pesar de palmarla un poco antes. O a lo mejor no. Había algunos ejemplos, como Winston Churchill o Helmut Schmidt, que le daban esperanza, pues habían llegado a una edad avanzada siendo fumadores empedernidos.

«Sin embargo —le advirtió una vocecita al oído, que sonaba como la de su antigua novia Tabea—, el final desagradable de tu padre debería ser una advertencia, Henry.» Tabea, que se había dedicado en cuerpo y alma al fortalecimiento físico mediante el «señor Pilates», como ella siempre decía, no aprobaba que fumase. Había abierto su propio estudio en Rodenkirchen y frecuentaba con sus nuevos amigos esos bistrós saludables que estaban tan de moda y que ahora se extendían por todas partes, y comía hamburguesas vegetarianas o tofú con curry con muchísimo jengibre y cilantro. Brenner odiaba el jengibre y también odiaba el cilantro. Creía que era una cosa de mujeres. Decían la palabra «jengibre» y se morían de placer. Sin él. Y en cuanto al cilantro, era como meterse en la boca un trozo de jabón. A modo de alegato decía que ni por asomo podría imaginarse a personas importantes, como por ejemplo Sartre o Camus, dejando sus cigarrillos por el jengibre y el cilantro. Nunca. ¿Y qué había de Hemingway, el mayor aficionado de todos? El viejo se hubiera reído a carcajadas y se habría ido a pescar, o se habría subido a escribir a la torre de su mansión en San Francisco de Paula para crear una nueva novela que no tardaría en ser Premio Nobel.

Un cigarrillo seguía siendo un cigarrillo, igual que una rosa era una rosa. «Ja, ja, ja —pensó Brenner—. Estás muy gracioso esta mañana, Henry.» Pero no le servía de nada, tenía que ir a ver a aquella mujer de los gatos y no tenía ninguna gana. Hubiera preferido escribir una columna semanal titulada *Mi último cigarrillo*, sobre un hombre que intentaba dejar de fumar. Habría sido interesante. Y en cuanto tuviera unas cuantas columnas, incluso podría reunirlas en un libro. Era lo que hacían ahora todos los periodistas. Pero el maldito Burger estaba empeñado en ese café de los gatos. Brenner suspiró con fuerza y cruzó despacio la plaza Lenau, sobre la que se arqueaba un cielo celeste. Levantó la mano cuando lo saludó el hombre del quiosco que estaba colocando los periódicos por fuera. Luego miró el reloj. Las nueve menos cinco.

«La hora del espectáculo —pensó Brenner, acercándose con paso decidido a la pequeña cafetería que lo esperaba al principio de la calle Chamisso—. Terminemos con esto.»

Echó un vistazo por la ventana, junto a la que se encontraba tumbado un gato atigrado y, por un momento, Brenner se preguntó si estaba disecado. Después empujó la puerta.

En primer lugar, le llamó la atención una gata grande y blanca que estaba durmiendo encima de un sofá anticuado y abrió los ojos con pereza para después volver a cerrarlos. Aunque La señorita Paula en realidad abría a las diez, ya había dos mesas ocupadas. Un señor mayor estaba absorto en su periódico, con una gatita blanca descansando sobre su barriga. Un tipo con un moño ridículo estaba sentado en una mesa redonda en el rincón, con unos auriculares inalámbricos en los oídos, tecleando en su MacBook. Delante de él había un *chai latte*. Un joven con el pelo rojo como el fuego estaba de espaldas a la puerta, limpiando la máquina de café exprés detrás de la barra. Otro gatito dormía en una estantería de libros con la pata estirada sobre una edición de bolsillo de las obras completas de Goethe en verde lima. «Libros de ocasión», ponía en una etiqueta colocada ligeramente inclinada en el estante.

Brenner levantó las cejas. Era la librería de segunda mano más rara que hubiera visto jamás. Se acercó con curiosidad a las estanterías, que parecían estar ordenadas por criterios arriesgados. Había «Libros para locamente enamorados», «Libros con final feliz», «Libros para días lluviosos», donde por algún motivo ahí había encontrado su último destino Johann Wolfgang von Goethe, al lado de novelas como *Vinieron las lluvias* y *La lluvia antes de caer*. En la estantería titulada «Libros para amantes del jardín» había, entre consejos para el cultivo de solanáceas y flores silvestres en jardines privados, *El jardín de los Finzi-Contini*, de Bassani, y una edición antigua de la novela *Jardín junto al mar*, de Rodoreda. Y luego también estaba la categoría «Libros para la investigación de los murciélagos».

¿«Libros para la investigación de los murciélagos»? Las comisuras de los labios de Brenner se movieron hacia arriba.

Retrocedió un paso y el pequeño gato librero lo miró guiñando los ojos, somnoliento. ¿A qué clase de zoo había ido a parar? Sonrió y olisqueó con cierta desconfianza el ambiente, pero en vez del olor a amoniaco que esperaba, de pronto le llegó un aroma a canela y a pastelitos recién hechos.

La puerta de la cocina se abrió y una criatura rubia con el pelo recogido a punto de soltársele salió con una bandeja llena de rollos de canela recién hechos. Henry notó cómo se le hacía la boca agua. ¡Rollos de canela! Habían sido sus pastas preferidas de niño y el olor familiar lo transportó en un insólito instante de felicidad a la cocina de su abuela. Miró con buenos ojos a la guapa pastelera, que ahora dejaba la bandeja sobre el mostrador. Tal vez la historia sobre la cafetería iba a resultar más entretenida de lo que había pensado. En cualquier caso, se comería uno de aquellos rollitos de canela que olían de forma tan tentadora y que ahora estaba colocando la ayudante de cocina en la vitrina. Entonces la joven levantó la vista y a Henry Brenner casi le dio algo.

Se acordaba muy bien de aquellos ojos azul claro que ahora lo desconcertaban.

La joven frunció el ceño y entrecerró por un momento los ojos. Luego se puso delante de la vitrina de los pasteles y se cruzó de brazos.

—¡No me lo puedo creer, el ególatra! —exclamó—. Ya puede marcharse. Aquí no hay sitio para personas como usted.

Brenner tragó saliva, cogió la correa de su bandolera de cuero y volvió en sí.

—Bueno, por suerte eso no lo tiene que decidir usted.

—Ah, ¿no? —Sonrió de forma maliciosa—. ¡Claro que sí! Esta cafetería es mía.

—¿Cómo? ¿Es usted… la señorita Paula? —tartamudeó Brenner, confundido y algo pálido. ¿Era ella la loca de los gatos?

—Soy Maxie Sommer. ¿Y usted quién es?

—Henry Brenner, del *Kölner Stadt-Anzeiger*. Solo he venido aquí a hacer mi trabajo.

A la propietaria de la cafetería también se le cambió el color de la cara. Las mejillas se le tiñeron de un rosa suave.

—Es una broma, ¿no?

Maxie Sommer estaba cruzada de brazos y le dirigía una mirada hostil a Brenner, mientras pensaba, al igual que él, en el desagradable incidente en el parque. Se había mofado de ella en la cara y luego la había dejado allí tirada, nunca mejor dicho. Entonces había sabido contestar con bastante ingenio, pero con los nervios tal vez se había pasado un poco de la raya. A Brenner le vinieron sus propias palabras a la cabeza. Pero aquel caos de mujer había salido de entre los matorrales y había chocado con su nueva bicicleta Peugeot. Y después se había puesto a insultarlo como una loca.

Daba igual. Brenner negó con la cabeza y decidió comportarse con profesionalidad.

—No es una broma, señora Sommer. Bonito nombre, por cierto. Esta mañana hemos quedado para una entrevista.

Ignoró su halago y frunció el entrecejo.

—Buen intento. Pero le concederé una entrevista cuando las ranas críen pelo —respondió de manera impertinente—. No soporto a los hombres arrogantes.

Vale, ahora le estaba cantando las cuarenta, pero él estaba acostumbrado a interlocutores difíciles. No iba a dejarse provocar.

—Vamos, señora Sommer. Hace buenos pasteles y yo escribo buenos artículos. Podemos separar lo personal de los negocios, ¿no?

Maxie continuó mirándolo fijamente.

—Muy bien —dijo con frialdad—, pero antes quiero oír una disculpa por su parte. Es lo mínimo.

Sus ojos azules brillaron como dos témpanos de hielo del Polo Norte.

Aquella mujer, por lo visto, estaba totalmente chiflada.

—No estoy de acuerdo —respondió Brenner tranquilo—. Sin duda fue culpa suya. Si no mira por dónde va, no es mi problema.

Poco a poco iba recuperándose de la sorpresa. Bueno, era cierto que había juzgado un poco a la ligera aquel café de los gatos. El local parecía bastante agradable y no había ninguna anciana rodeada de gatos callejeros ni que leyera los posos del café, había que admitirlo. ¡Pero aquella mujer era una cabezota, por favor! No escribiría sobre La señorita Paula. Ella se lo había buscado. Brenner se colocó bien la bolsa de la cámara. Pero aquellos rollos de canela olían demasiado bien. Y quien los había horneado era preciosa, a pesar de toda su ira. Si no hubiera sido tan intolerante…

—Esto es in-cre-í-ble —contestó indignada, y los dos clientes levantaron interesados la cabeza—. Pero ¿usted qué se cree, señor Brenner?

Incluso el pelirrojo, que seguía detrás de la barra con la máquina de café exprés, pareció notar la tensión que imperaba en el ambiente. Estaba claro que no tenía ni idea de por qué su jefa estaba tan enfadada, pero sí sabía que un artículo en el periódico sería una publicidad estupenda para la cafetería.

—¡*Hello*, señor Brenner! —le saludó, contento. Henry reconoció al instante el acento inglés—. El otro día hablamos por teléfono y quedamos para la entrevista, ¿se acuerda? Soy… Anthony.

Era Anthony y en su camiseta roja se leía el viejo dicho de Shakespeare: *All's well that ends well*.

Brenner asintió con vacilación.

—¿No quiere sentarse, señor Brenner? —preguntó Anthony servicial—. ¿Le apetece un café? —Le dio unas sacudidas a la máquina—. ¿Y un *cinnammon roll*? Acaban de salir del horno.

Puso en un plato un rollo de canela que olía de maravilla y fue a llevárselo corriendo. Al menos había una persona que sabía cómo tratar a un periodista.

Henry recibió el plato con clemencia.

—No, el señor Brenner no va a sentarse —le increpó Maxie Sommer al joven y le quitó de las manos a Brenner el plato con el rollo de canela. Los ojos le echaban chispas—. No creerá en serio que va a conseguir un dulce por su desfachatez.

Lo que le faltaba a Brenner. Él quería un rollo de canela.

—¿Sabe qué? ¡Váyase a la mierda! —gritó enfadado y por el rabillo del ojo vio que el hombre rubio con el MacBook se quitaba el auricular del oído y que el señor mayor de la ventana bajaba el periódico, asombrado—. No tengo por qué escribir sobre su cafetería, ¿sabe? Hay muchos cafés en esta ciudad sobre los que puedo escribir y que se morirían por aparecer en un artículo de nuestro periódico.

—¡Pues hágalo, por el amor de Dios! Yo no le he pedido que venga aquí —exclamó—. Podemos renunciar a sus garabatos.

La chica se quedó allí bien firme, fulminándolo con la mirada.

—¿Mis garabatos? Pero ¿quién se cree que es? ¿La reina de Saba o qué? Todo esto es una mierda. Usted y sus rollos de canela y toda esta locura del café de los gatos. Además, ¿qué es esto del café de los gatos? No había oído nunca semejante tontería. Y ya que sacamos el tema, esas estanterías... son de risa. ¿Qué inculto las ha clasificado? ¿O mejor debería decir «inculta»?

Se dirigió a la puerta y se giró una vez más, emulando al inspector Colombo en sus mejores tiempos.

—Ah, una pregunta... ¿En serio tiene *El jardín de los Finzi-Contini* como un manual para jardineros? ¿O tiene claro que esa novela de Bassani es una de las obras más importantes de la literatura italiana?

Brenner advirtió con cierta satisfacción cómo la cara de la dueña de la cafetería se enrojecía automáticamente. Ella se le quedó mirando sin habla. «¡Estupendo!»

—Pero qué digo, a los gatos seguro que les da igual. —Henry Brenner se encogió de hombros con indiferencia y decidió añadir algo más—: Y a propósito… Me lo he estado preguntando todo el rato: ¿Dónde mean todos estos animales?

Le dedicó una sonrisa inocente a Maxie Sommer.

—¡Largo! —gritó la chica.

20

Susann Siebenschön seguro que hubiera dicho que aquel había sido un mal día.

Pero Maxie no conocía a la señora Siebenschön y resumió con sus propias palabras los acontecimientos de aquel martes, que ya de buena mañana había empezado de forma tan desastrosa.

—¡Menudo día de mierda!

Estaba sentada en la vieja mesa de la cocina de su piso encima de la cafetería, era tarde y Leonie ya se había ido a casa. Sobre la mesa había dos copas vacías y una botella de vino.

—No te hagas mala sangre. Créeme, te has ahorrado mucho lío. Mira, una cosa menos —le había dicho su amiga al despedirse.

Maxie le había servido el resto del reserva portugués que Leonie había llevado. El vino tinto se deslizó suavemente por la garganta.

Se recostó agotada en su silla de mimbre. La vida no siempre era grata. Apenas ocurrían un par de cosas bonitas que te hacían sentir bien, cuando todo se daba la vuelta de repente y cambiaba la situación. Siempre a mal. Como si allí arriba hubiera unos cuantos seres celosos que envidiaran la felicidad ajena.

Pensó en los dioses de la Antigüedad, sobre los que trató un seminario cuando estudiaba Historia. Por aquel entonces a Maxie le parecía extraordinaria la idea de que en el Olimpo causara estragos una gran familia bastante tocada, por no decir muy disfuncional, de inmortales, pero no precisamente bondadosos ni interesados en el bienestar de las personas como «el Señor», al que rezaba de pequeña. Los dioses griegos eran como los humanos, solo que disfrutaban de un poder mayor y eran capaces de predecir el futuro. Al menos algunos. Como Casandra, que podía presagiar las desgracias, pero a la que nunca nadie creía. Los dioses del Olimpo se peleaban a menudo, se envidiaban, velaban por sus propios intereses, eran sumamente manipuladores a la hora de conseguir sus objetivos —para iniciar las guerras se aliaban con un par de terrícolas, que eran su mano derecha—, se enamoraban, se engañaban, y definitivamente llegaba la venganza, el hundimiento y los ojos arrancados. Los portadores de malas noticias sin duda eran los responsables, por lo que no dudaban en cortarles la cabeza.

Maxie tampoco se había alegrado mucho cuando Leonie le había soltado la noticia que puso la guinda a aquel martes funesto. Había perdido los nervios y gritado a su amiga, que no podía hacer nada respecto a todo aquel embrollo. Luego le había pedido perdón.

Maxie bebió otro trago de vino. Con toda la agitación de aquel día, se sentía de repente muy vacía.

Primero aquel periodista sinvergüenza que desde el principio se había propuesto provocarla. Por desgracia, se había dejado llevar tanto que hasta el señor Franzen, aquejado de sordera, había oído cada una de sus palabras. Después de echar a Henry Brenner de la cafetería, aquel señor mayor se había acercado a ella para decirle: «Joven, no debería alterarse de esa manera, es muy malo para la presión sanguínea», y luego había pagado su café algo aturdido. Flo también le comentó que se había pasado y que el tío del periódico no se había portado tan mal con ella.

—¿No entiendes nada o qué? —le había dicho—. Ese tío que no se ha portado tan mal, como tú dices, por muy poco no me atropelló con su bicicleta en el parque, y luego se piró sin más.

—Por lo visto él lo ve de otra manera, angelito —contestó Flo de esa forma relajada que le caracterizaba—. Se tienen que oír ambas partes.

—¿Pero de qué vas? ¿Eres un árbitro alelado o mi novio?

Florian removió su *chai latte* algo avergonzado.

—Tu novio, claro —masculló. Pero sin duda para él su novia furiosa se había puesto demasiado dura.

Había soportado a desgana el discurso de Maxie sobre esa gentuza de periodistas que se creían mejores que nadie, y poco después se despidió aduciendo que tenía que seguir trabajando. No sin antes llevarse un gran trozo de bizcocho de limón.

—Nos vemos luego, angelito… Bueno, nos vemos mañana. Esta noche he quedado con unos compañeros de clase y terminaremos tarde. —Le dio a Maxie un beso rápido en la mejilla—. Y no te enfades tanto, el escritorzuelo volverá. —Estaba claro que creía que su vida dependía de aquel periodista—. Ya sabes, es un profesional y no dejará que se le escape una historia como esta.

—No volverá —había dicho Anthony, negando con la cabeza y lamentándose—. Es una pena, porque un artículo nos habría venido bien. ¿Por qué no le has dejado hacer su trabajo, Maxie? A veces no te controlas.

—¿Hola? ¿Os habéis vuelto todos locos? La cafetería va de maravilla —replicó, y acto seguido desapareció en la cocina.

¿Por qué todos pensaban que lo había estropeado todo? ¿Por qué nadie veía lo insoportable que era aquel periodista? Al recordar el comentario sarcástico sobre aquel jardín de los Finzi-Contini y su ignorancia, a Maxie se le subieron los colores de nuevo a las mejillas. Aquello la había enfurecido incluso más que lo del pipí de los gatos. Con aquella pregunta solo había pretendido que se sintiera peor, estaba claro. Pero también era evidente que, a pesar del pequeño grupo de gatos, la cafetería estaba impecable. Las bandejas de arena estaban colocadas en un hueco en el pasillo, detrás de una planta de interior, y los cuencos para la comida los había puesto de forma ordenada al lado del rascador que había en un rincón de la cafetería. Todas las mañanas a las seis llegaba la señora Gonzales, su mujer de la limpieza portuguesa, no solo para fregar el suelo de piedra del café, sino también para limpiar y desinfectar todas las superficies y aspirar la tapicería. De todos modos, los gatos no se subían a las mesas ni entraban en la cocina.

Maxie decidió cocinar un bizcocho marmolado para tranquilizarse un poco.

Mientras mezclaba con la batidora los huevos y el azúcar en un gran recipiente hasta conseguir una masa espumosa para añadir después unos trocitos de mantequilla y algo de leche, pensó en su tremenda mala suerte al ser precisamente el imbécil del parque el periodista con el que había quedado. No lo había reconocido sin el casco en un principio —mientras ojeaba los libros—, con aquel pelo rubio oscuro y su chaqueta de ante marrón. Por un momento, aquel hombre en cuclillas junto a la estantería le había resultado bastante agradable.

No cayó en la cuenta de quién era hasta que la miró horrorizado con sus ojos azules. Y para entonces ella ya había perdido los estribos. La sonrisa de suficiencia de Brenner la había sacado de quicio. Y ahora no había entrevista. Anthony tenía razón: era una pena. Una verdadera lástima incluso. Ella misma sabía que aparecer en un artículo siempre era beneficioso para un negocio, no era tonta. Y el *Stadt-Anzeiger* no era un diario cualquiera, pues la realidad era que en Colonia lo leía todo el mundo.

Suspirando, Maxie tamizó la harina en el recipiente.

Las primeras liquidaciones evidenciaban que su cafetería iba por buen camino, pero no podía hablarse aún de una empresa próspera. Era cierto que había reducido los costes de los alimentos y las bebidas, pero el alquiler mensual, el minisueldo de Anthony, la mujer de la limpieza —que estaba asegurada— y el asesor fiscal suponían demasiados gastos. Por lo general, era necesario un buen año para determinar si un negocio pequeño era realmente rentable y aportaba algún beneficio, según había aprendido en sus dos semestres de Economía. Y pronto comenzarían las vacaciones de verano y muchos clientes dejarían de ir, al marcharse de viaje. No solo en el periodismo había épocas de vacas flacas.

Maxie empezó a mezclar la mitad de la masa con cacao oscuro en polvo, luego lo vertió todo en un molde concéntrico y removió cuidadosamente la masa dulce con un tenedor, haciéndolo girar sobre sí mismo para crear el marmolado.

«Bah, no importa —pensó—. No sirve de nada lamentarse, y Henry Brenner puede irse a freír espárragos.» Sonrió con cierta satisfacción al recordar cómo le había arrebatado de las manos el plato con el rollo de canela. Brenner se quedó como un niño pequeño cuando le quitan su juguete preferido.

Maxie fregó la batidora y se propuso no perder más tiempo pensando en el *intermezzo* matutino. No solía llorar por las causas perdidas. Eso solo empeoraba las cosas.

Cuando un rato después introdujo en el horno el molde del pastel, su humor había mejorado considerablemente. Tenía su propia cafetería, tenía un novio guapo que le daba unas noches excitantes y que pronto terminaría su máster en Ciencias Ambientales, tenía una buena amiga y a Mimi, que había dado a luz a unos gatitos monísimos, y tenía un montón de simpáticos clientes.

Se apartó un mechón rubio de la cara y volvió a la cafetería.

—¿Va todo bien, jefa? —preguntó Anthony.

Maxie asintió con la cabeza y se limpió las manos en el delantal.

—Todo bien.

Sonrió sin saber que el maldito dicho de que las desgracias nunca vienen solas se confirmaría aquel día.

Aquella tarde entró en la cafetería una antigua compañera. Ariane Lindner había trabajado con Maxie en Backfrisch, en la calle Venloer. Era una persona baja y regordeta, con el pelo corto y oscuro, y un flequillo que le cubría la frente al completo y acentuaba sus grandes ojos. A diferencia de Maxie, Ariane estaba completamente entregada a su empleo en Backfrisch. Ya llevaba bastante tiempo trabajando allí antes de que llegara Maxie, y le encantaba su empleo y los clientes que por las mañanas hacían cola en busca de sus panecillos o bollos con pasas. Cuanto más ocupada estaba, mejor se encontraba. De esa forma, y sin cansarse, Ariane llevaba más y más pan y pasteles a los estantes. Incluso le encantaba el *streusel* que, según Maxie, solo sabía a azúcar y polvo y estaba seco tras un par de horas.

Pero Ariane también había estado algo celosa de la Maxie de hacía dos años. Su jefe tenía una clara predilección por la estudiante alta y rubia, e incluso le había ofrecido dirigir una de las filiales cuando más tarde empezó a trabajar a tiempo completo. A veces las dos chicas tomaban juntas un café con un bocadillo en la pausa para comer, pero Maxie nunca había llegado a sentirse cómoda con Ariane. Aunque su compañera era siempre agradable y nunca había tenido problemas con ella mientras trabajaban juntas tras el mostrador, Maxie veía el recelo en aquellos ojos oscuros cada vez que el jefe bromeaba con sus empleadas. Maxie era mucho más aguda que Ariane, no pasaba ni una, no hacía horas extras, y eso tampoco le hacía ninguna gracia a la compañera mayor.

Pero el verdadero motivo de sus celos era más personal. Ariane se había enamorado un poco de Stefan Kürten, era la primera que por las mañanas metía los panecillos precocidos en la máquina de hornear y la última en marcharse de la panadería por las tardes. Le regalaba el oído al jefe cada vez que aparecía, pero Stefan Kürten no se enteraba de nada o no quería enterarse, y en su lugar se encaprichó de la descarada Maxie, que de todas maneras no tenía intención de quedarse en Backfrisch.

Cuando Maxie presentó su dimisión en la panadería tras la muerte de su tía con la intención de abrir su propio café, Ariane pensó que quizá se estaba precipitando un poco.

—Todavía no tienes tanta experiencia —le advirtió—. ¿Estás segura de que en ese barrio funcionará bien una cafetería?

Maxie había percibido cierta envidia en sus palabras. Pero, a pesar de todo, Ariane Lindner por supuesto se alegraba de que por fin se marchara la compañera que tanto le molestaba al atraer tanta atención. El día de su despedida, cuando al terminar el trabajo acudieron todos al Bieresel para tomar unas cervezas, percibió el alivio en los ojos de Ariane Lindner, sobre todo cuando Kürten, que había lamentado en el alma la dimisión de Maxie, a altas horas de la madrugada rodeó con el brazo de manera muy campechana a Ariane diciendo que se alegraba de que al menos la señora Lindner le fuera fiel. Ariane se había aferrado a aquellas palabras, aunque no hubo cambios en el puesto de trabajo de su propia filial y Stefan Kürten, igual que sucedía antes, en lugar de interesarse en su comprometida empleada, idolatraba a sus nuevas compañeras.

Por eso a Maxie le sorprendió bastante ver en La señorita Paula a aquella chica, que lo miraba todo con recelo.

—Bueno, ¿cómo te va? —le preguntó Ariane, que había pedido un capuchino y un vaso de agua mineral—. Pasaba por aquí y he pensado en venir a ver tu negocio.

—Gracias, no puedo quejarme —había contestado Maxie.

Aquella tarde no había mucho movimiento en la cafetería. El señor Franzen había regresado y tres amigas charlaban sentadas en una mesa frente al sofá. En el rincón había tomado asiento un señor de mediana edad, con traje y una corbata azul cielo, al que jamás había visto antes. Le había echado con interés un vistazo al local y ella había cruzado con él un par de palabras al llevarle un café de filtro y una gran porción de bizcocho marmolado. Después, el hombre comenzó a hablar con el señor Franzen, que estaba sentado justo en la mesa de al lado.

El simpático señor del traje advirtió que Maxie miraba en su dirección y le hizo una seña para indicarle que quería la cuenta. Ella asintió con la cabeza. Cuando se regentaba una cafetería era fundamental tenerlo todo a la vista para que los clientes se sintieran bien atendidos.

—Entonces ¿no te arrepientes de haberte marchado de Backfrisch? —preguntó Ariane con suspicacia.

—No, para nada. Cada día me alegro de tener mi propia cafetería. —Maxie la miró sin malicia—. ¿Y tú? ¿Sigues trabajando en la calle Venloer?

Ariane se rio con cierta falsedad.

—Hasta ahora sí. Pero espero tener pronto mi propia filial.

—Espero que así sea —respondió Maxie sin poder evitar que su voz sonara algo dubitativa.

Ariane también se había dado cuenta. Frunció entonces el entrecejo y después miró a su alrededor.

—Así que ahora tienes un café con gatos —observó con un tono despectivo.

—Sí, bueno, ante todo es una cafetería librería. Los gatos llegaron después, pero esa es otra historia —zanjó Maxie.

—Ajá… Vale. Me alegro de que te vaya tan bien. Aunque… en este momento parece que hay más gatos que clientes. —No había podido reprimir aquella indirecta.

—Bueno, no siempre es así —replicó—. Normalmente hay más movimiento. Hay mucha gente que viene a ver a los gatos.

—Ah, ¿sí? —Ariane levantó las cejas—. Anda… No lo sabía. —Apartó con cuidado con el pie a uno de los gatitos que estaba frotándose en su silla—. En mi opinión, debería separarse la comida de los animales. De lo contrario, puede ser realmente antihigiénico.

—No te preocupes, lo hacemos —respondió Maxie, dándose cuenta de que ya no tenía ganas de continuar aquella inoportuna conversación—. ¿Quieres un trozo de pastel? Tengo una tarta muy rica de merengue con grosellas espinosas.

Ariane Lindner asintió de buena gana. Nunca decía que no a los pasteles.

Maxie le cobró al señor simpático, que elogió sus pasteles y le dejó una generosa propina. Ella se lo agradeció y le contó que todos los dulces que se preparaban en la cafetería salían del libro de recetas de su tía favorita, que justamente se llamaba Paula.

Poco después, cuando el hombre ya se había marchado del café, ella le llevó el pastel a Ariane.

Su antigua compañera no dejaba de llevarse trozos a la boca sin mucho apetito, hasta que al final dejó el tenedor a un lado.

—Qué asco, hay un pelo de gato dentro —exclamó con repugnancia, y algunos clientes la miraron perplejos.

Maxie se apresuró a correr hacia su mesa. Un sudor frío se apoderó de ella. ¡Era lo único que le faltaba!

Le echó un breve vistazo al plato y negó entonces aliviada con la cabeza.

—Eso no es un pelo de gato —le había dicho sonriendo. Tomó el tenedor para retirar hacia el borde del plato el hilo que, como podía verse claramente, pertenecía a la grosella espinosa, y al parecer no se lo había arrancado—. Eso es de la grosella.

—No —había dicho Ariane riendo con malicia—. Eso es un pelo de gato.

Su tono de voz había subido de forma considerable.

Si hubiera sido por ella, le habría retorcido el cuello allí mismo. ¿Por qué montaba la Lindner aquel numerito? Por lo visto, tenía un gran problema con que Maxie saliera adelante con su propio negocio.

—Ariane, estás loca —le había dicho antes de retirarle el plato—. No hay ningún pelo de gato y lo sabes muy bien. Ahora será mejor que te vayas, el pastel corre a cuenta de la casa.

Ariane Lindner agarró su bolso y se marchó mientras soltaba un par de palabras desagradables, argumentando que a los gatos no se les había perdido nada en una cafetería. Maxie se la quedó mirando mientras negaba con la cabeza. Acusaciones como esas podían afectar a un negocio. Preocupada, llevó la vista hacia las otras mesas, pero el resto de clientes ya habían retomado sus conversaciones como si nada hubiera sucedido.

Después de aquella desagradable escena con su antigua compañera de trabajo, Maxie se sintió aliviada al cerrar la cafetería a última hora. Mientras recogía, encontró un paquete de Gauloises arrugado en el que aún quedaban algunos cigarrillos. Estaba segura de que eran del tal Brenner, que parecía cumplir con todos los clichés de un periodista: chaqueta de cuero, cigarrillos y pelo rizado que se echaba para atrás con un movimiento rápido constante. Probablemente también bebería un montón de café y se sentiría de lo más intelectual mientras escribía su artículo en el ordenador.

Cogió el paquete azul y lo tiró al cubo de la basura.

Al regresar a la cafetería, vio a Leonie por la ventana. Estaba dando unos golpecitos en el cristal y en la mano sostenía una botella de vino.

—¿Podemos hablar tranquilas? —le preguntó cuando abrió la puerta, y Maxie miró sorprendida a su amiga, que parecía algo apocada.

—Sí, claro. Vamos arriba. Flo no se ha quedado esta noche, no nos molestará nadie.

—Bueno —masculló Maxie cuando se sentaron en la mesa de la cocina—. ¿Qué te pasa?

Leonie bajó la vista hacia sus manos, que estaban estiradas sobre el tablero de la mesa. Se hizo un poco la remolona. Luego inspiró profundamente, y Maxie esperó que lo que tuviera que contarle no fuera nada malo. Su cupo de pequeñas y grandes desgracias ya estaba cubierto aquel día.

—Tengo que... decirte algo, Maxie. —Leonie la miró con incomodidad—. Creo que deberías saberlo.

Se mordió el labio inferior.

—Pero no sé cómo hacerlo. Es sobre... sobre... —se calló y se puso bastante pálida.

—Madre mía, Leonie, pero ¿qué es lo que pasa? —Maxie le cogió la mano a su amiga. De repente le vinieron cosas terribles a la mente—. ¿Has ido al médico? ¿Te han diagnosticado algo malo o qué?

Leonie negó con la cabeza y sonrió avergonzada.

—No, no es una enfermedad. Se trata de... un hombre. Ay, Maxie... Llevo todo el día pensando en si te lo debería contar. Pero es que creo que tienes que saberlo.

¿De qué estaba hablando? Hacía ya tiempo que se había dado cuenta de que Leonie se había enamorado del tal Felmy. Desde la dramática Operación Búsqueda, su amiga hablaba muy a menudo del hombre reservado que vivía en el barrio belga. No obstante, al parecer Felmy era tan tímido que desde la noche en la que habían encontrado a Emma en la casa del árbol, no se había vuelto a poner en contacto con Leonie. O quizá su exmujer lo tuviera aún en vilo.

Maxie se recostó aliviada. Era evidente que Leonie iba a contarle algo de Paul Felmy. A lo mejor había avanzado el tema.

—¿Se trata de Paul? —preguntó.

—Eh... No. Se trata de Florian.

Entonces Maxie frunció el ceño, perpleja. ¿Qué sucedía con Florian?

—¿Qué pasa con él? —quiso saber.

Leonie se movió incómoda sobre la silla, y entonces por fin lo soltó.

Florian la había seguido el día anterior, mientras Maxie aún estaba trabajando en la cafetería, hasta la heladería Liliana. Leonie se había sentado en una mesa de fuera para tomarse una copa de fresas, cuando de repente apareció él con aquella cara de seguridad, sonrió y le preguntó si podía sentarse con ella. A la chica le sorprendió bastante, pero no quiso ser maleducada y le dijo que sí.

Florian se había sentado a su lado y había cogido una fresa de la copa de Maxie. Y entonces se había puesto a ligar con ella descaradamente.

Maxie miró a su amiga riéndose porque sabía que siempre se preocupaba sin necesidad.

—Ay, Leonie, ya sabes cómo es Flo, siempre le gusta echar piropos. Seguro que ha sido un malentendido.

Estaba claro que su amiga había malinterpretado la situación, pero entonces Maxie sintió que la duda comenzaba a invadirla.

Vio que Leonie se ponía firme.

—Maxie, yo no malinterpreté nada. Sé diferenciar un piropo de cuando te entran a saco. Florian se sentó allí y me dijo que soñaba conmigo desde la primera vez que me había visto en la cafetería. Me aseguró que llevaba semanas esperando aquella oportunidad. Y luego me sugirió que pasáramos una bonita noche juntos.

—¡No me lo creo! —exclamó Maxie y se quedó allí atónita.

—Sí, yo tampoco podía creérmelo, y por eso le pregunté a tu novio si se le había ido la olla. Le dije: «¡Pero si estás con Maxie!». Y me soltó que eres una buena chica, pero que no… —Leonie se calló.

—¿Pero que no… qué? —preguntó Maxie—. ¡Dime ya lo que te dijo!

—Pero que no se podía comparar con una mujer como yo. Que yo era de otra clase. Y que además una cosa no excluía a la otra.

Maxie notó que se le cortaba el aire. ¡No podía ser verdad!

—¡Esto ya es el colmo! ¡Lo que faltaba! ¿Es que estoy rodeada de idiotas? —gritó furiosa y notó que la adrenalina le recorría las venas por tercera vez aquel día. Si aquello seguía así, le iba a dar algo.

—Lo siento mucho —le dijo Leonie apurada—, pero ya te lo advertí. Ese tío no es de fiar. Es un creído. Alégrate de que lo haya intentado conmigo y no con otra. Al menos yo te he contado la verdad.

Maxie se quedó mirando a su amiga, que estaba sentada delante de ella con su vestido inmaculado de delicadas rosas, desvelándoselo todo de sopetón. Sí, desde luego era de una clase muy distinta a la suya.

Su corazón herido se disparó y de pronto descargó toda su ira contra la perpleja Leonie.

—¿Quieres que te diga algo, querida? ¡No creo ni una palabra de lo que me has dicho! Nunca te ha gustado Florian y desde el principio has hecho campaña en su contra. Por qué, no lo sé; seguramente estés amargada porque te han engañado siempre todos los hombres. Y ahora te inventas estas historias espantosas para separarnos a Flo y a mí. Yo soy su mujer ideal, me lo dijo ayer mismo, ¿entiendes? ¡Todas esas mentiras te las acabas de inventar! ¡Te… te odio!

Comenzó a sollozar y hundió la cabeza en sus manos.

—Maxie… ¡Maxie! —Leonie se levantó y fue a abrazarla—. ¡Por favor! No digas eso, yo soy tu amiga. Sí, es verdad, nunca me ha gustado Florian, pero si fueras feliz con él, no iba a intentar separaros. —Le pasó a Maxie su móvil—. Mira. No te miento. Florian me quería invitar a cenar esta noche. En su apartamento. Siento muchísimo todo esto. Pero ¿cómo no iba a contarte algo así?

Maxie se quedó mirando la pantalla con los ojos llenos de lágrimas.

Preciosa, me he dejado la tarde libre para ti y, si quieres, la noche entera. He preparado algo para picar y he puesto el champán a enfriar. Ven a mi casa, te espero, y luego ya veremos a dónde nos lleva el deseo y el amor…

—Y me dijo que había quedado con unos compañeros de clase —dijo Maxie—. Menudo cabrón.

De repente la ira se había desvanecido.

Leonie asintió.

—¡Me lo cargo! Como se deje ver otra vez en el café, lo echo de allí con mis propias manos.

—Muy bien.

—Perdona por haberte gritado. La verdad es que todo eso no iba dirigido a ti. —Maxie se quedó mirando a su amiga, arrepentida—. Y… ¿Leonie? Ha estado bien que me lo hayas contado. Espero que ese cerdo se ahogue en su vino espumoso.

—No caerá esa breva. —Leonie sonrió con reserva—. Créeme, hubiera preferido contarte algo más bonito. No es la ilusión de mi vida tener que ser la portadora de malas noticias.

—Lo sé —dijo Maxie—. En otros tiempos te hubieran cortado el cuello por una mala noticia como esa.

Leonie se rio.

—Pues entonces me alegro de vivir en la actualidad.

—Sí, puedes alegrarte de seguir viva. El día de hoy ha sido realmente atroz.

Al final le cortaron el cuello a la botella del Portada Reserva. Alguna cabeza tenía que rodar.

Cuando Leonie se marchó, Maxie se quedó sentada un rato más, sola en la mesa de la cocina, junto a la última copa de vino que dio la botella. No tenía ganas de irse a la cama, donde todavía estaba la camiseta de Florian. No tenía ganas de volver a estar sola. Al final bajó a la cafetería con los gatos y se tumbó en el sofá azul de la tía Paula. Era lo bastante grande como para poder dormir allí cómodamente. Una sombra clara apareció de la nada. Mimi se acercó con paso silencioso y la miró con sus ojos brillantes, como si estuviera al corriente de todo. Después saltó con agilidad al sofá, se subió a Maxie, se estiró, la miró con devoción y le dio un toque suave con la pata en la barbilla.

—Ay, Mimi —dijo Maxie conmovida, acariciando el pelaje blanco—. ¿Por qué es todo siempre tan complicado? ¿Es que una nunca puede ser feliz?

Mimi ronroneó contenta. Para preguntas como esa no tenía respuesta, pues la felicidad de un gato es mucho más sencilla que la de los humanos.

Maxie se quedó allí tumbada mirando el techo. Cuando dejaron el asunto de Flo y las dos amigas estuvieron de acuerdo —bajo los efectos del vino tinto— en que lo mejor era olvidarse enseguida de un tío miserable como aquel, Leonie le abrió su corazón y le habló del «momento existencial» que había compartido con Paul Felmy y de que, desde aquella noche, no había podido quitarse de la cabeza al padre de Emma. Pero Leonie no iba a llamar a Felmy porque sí. Suponía que él tendría también un sinfín de problemas, tal vez demasiados para una joven medio francesa que ya contaba con algunas malas experiencias con los hombres y tenía muchas cosas por las que preocuparse.

Maxie cruzó los brazos detrás de la cabeza, pensativa. No podía decir que hubiera tenido un «momento existencial» con Florian. Puso en duda que hubiera momentos importantes en la vida de un parásito hipócrita que usaba con maña su cara bonita y había estado disfrutando durante semanas a su costa en la cafetería. Para él seguro que todo sería reemplazable. Hasta su propia novia. Por un momento, Maxie se imaginó cómo le echaría la bronca a Florian —que no sospechaba nada— al día siguiente, cuando entrara en la cafetería. Luego pensó en llamarlo en ese momento y enfrentarse a él por teléfono, pero al final descartó esa opción. Aquel tipo no se merecía que le dedicara más tiempo del necesario. Se defendería con más mentiras e intentaría convencerla y tranquilizarla con halagos, y al final tal vez comentara, sorprendido, que jamás habría pensado que era tan conservadora.

Maxie cogió el *smartphone*, decidida. Se limitaría a echarle de su vida con un SMS. No se merecía más atención. ¡Que se bebiera sus próximos capuchinos y *chai lattes* en la luna! Desde aquel momento ya no pensaba servirle más.

Florian Gerber, eres lo peor —escribió—. Mi amiga Leonie acaba de estar en mi casa y me lo ha contado todo. No cuentes con ella ni esta noche ni nunca. Ni conmigo tampoco. Ni se te pase por la cabeza aparecer por la cafetería ni una sola vez, tienes prohibida la entrada desde hoy mismo. Te echaré a patadas junto con tu maldito MacBook. Ah, sí, y una cosa más. Siento mucho no ser tu tipo, pero ¿sabes qué? Tú tampoco eres el mío. No eres más que un buitre cutre que vive a costa de los demás. Maxie.

Envió el mensaje sin volver a leerlo. Luego bloqueó el número de Florian y lo eliminó de sus contactos en el móvil. «Borrón y cuenta nueva», pensó mientras se tapaba con una manta fina que había a los pies del sofá, y finalmente se durmió. La gata ronroneaba suave a su lado. Al menos tenía a Mimi. La dulce y fiel Mimi.

Pero ¿hasta cuándo?

21

Para Henry Brenner el día tampoco había transcurrido de forma satisfactoria.

Después de que la dueña histérica de la cafetería se hubiera negado no solo a concederle la entrevista, sino incluso también a darle su rollo de canela, caminó durante un rato por la calle. Ni siquiera le había ofrecido un café la muy arpía. Aunque aquella especie de príncipe Harry ya se hubiera puesto a prepararle uno.

El día no había comenzado bien. A Brenner le rugió el estómago y se compró un café y un bocadillo correoso de jamón en la siguiente panadería. Lo abrió y le quitó las hojas de lechuga mustias. Nunca había entendido qué se le había perdido a la ensalada en un bocadillo, probablemente era para que pareciera más sano. Hoy en día todo debía ser saludable y hasta en aquella filial de Backfrisch lo tenían en cuenta.

Una dependienta rolliza con una sonrisa agradable le dejó el café sobre el mostrador. Brenner se comió el bocadillo y se bebió el café, que al menos era bastante aceptable. Luego continuó en dirección al tranvía y buscó el tabaco en su chaqueta de cuero. ¿Dónde estaba el maldito paquete? ¿Acaso se lo había dejado en aquel café de los gatos?

A mediodía tuvo un altercado con el editor local. Robert Burger, que se había topado con Brenner de camino a la redacción del periódico, se mostró enfadado porque su subalterno había vuelto sin la historia prometida.

En aquel instante Brenner puso los ojos en blanco y alzó las manos con la intención de tranquilizarlo.

—Madre mía, señor Burger, su compromiso le honra, pero este asunto es de archivo.

—Ah, ¿sí? ¿Y eso? —había dicho el editor local, poniéndose recta la corbata azul cielo.

—Porque, créame, allí no hay nada. He estado esta mañana, pero la dueña de la cafetería es una paranoica que odia a los hombres. No ha querido que la entrevistara, está como una cabra. —Se encogió de hombros—. Se ha puesto a decirme a gritos que me concedería una entrevista cuando las ranas criaran pelo y entonces me he marchado.

Henry Brenner puso ojos de corderito.

Robert Burger levantó las cejas y se quedó mirando con gesto de desaprobación a su periodista por encima de la montura dorada de sus gafas.

—¿Cómo, que ya ha ido? ¿Qué me está diciendo, Brenner, que había quedado con la señora? Me parece que ha sido muy poco profesional.

A Brenner le había costado reprimir la respuesta, pero debía ser prudente. Su jefe no tenía por qué enterarse del motivo por el que la «odiahombres» del café de los gatos no quería concederle la entrevista.

—Lo siento —concluyó—, pero me temo que no hay nada que hacer. Quizá tenga más suerte si envía a una mujer. ¡Pregúntele a Katja Sieger!

PARA SU DESGRACIA, y porque en la vida a veces hay casualidades absurdas, ese mismo día su jefe tenía cita con el médico cerca de la plaza Lenau. Y cuando Burger salió de la consulta del doctor —que le había asegurado que sus molestias tenían que ver con comer demasiado y no con el páncreas, que lo tenía tan bien como el de un recién nacido—, iba de camino a su coche, cruzando por la calle Chamisso, cuando pasó por La señorita Paula. Precisamente la cafetería que, según su redactor, estaba dirigida por una loca que no concedía entrevistas a los hombres.

Burger entró al café porque le picaba la curiosidad. —Sin una buena dosis de esta jamás se hubiera hecho periodista. Se colocó recta la corbata y eligió una mesa al lado de un señor mayor que estaba tan tranquilo leyendo el periódico junto a un gato.

¿Pero qué decía Brenner? Aquella no era una cafetería solo para mujeres.

Burger se sentó; después lo saludaron y lo atendieron amablemente. El bizcocho marmolado tenía la cantidad idónea de chocolate —a Burger no le gustaba nada cuando el bizcocho marmolado no contaba con suficiente chocolate— y la joven que se lo había llevado a la mesa tenía la misma risa cariñosa que su querida hija Friederike. Los gatos eran adorables y Burger se había puesto a conversar con el señor mayor, que le habló de las horribles obras que había desde hacía ya semanas en su edificio. Y de su soledad. Aquella cafetería, según le aseguró el anciano, que por lo visto estaba un poco sordo, en cierta forma le había salvado la vida, y se estaba planteando adoptar a uno de los mininos. Tal vez a Afrodita que, por así decirlo, había sido ella la que lo había elegido a él.

—Cómo puede llegar a cambiarlo todo una criatura tan pequeña —dijo con sensatez.

¿Que aquello no era una buena historia? El mismo Burger estaba conmovido. En su opinión, aquella preciosa cafetería mostraba un inmenso lado humano. Le hizo una seña a la encantadora propietaria, que era una joven sorprendente, pues al parecer ella misma lo hacía todo, incluidos los pasteles. Entonces la chica le llevó la cuenta a la mesa y el hombre pagó lo correspondiente. Iba a tener unas palabras con Brenner. Aquello era «insubordinación».

Cuando al día siguiente llegó al periódico, Robert Burger le echó la bronca a su periodista local.

—No sé qué le pasa, Brenner. Esa cafetería da para un artículo estupendo y la dueña es encantadora.

—Pero…

Burger levantó la mano.

—No, ahórrese sus excusas. No tengo tiempo para esas tonterías. Espero que me entregue un artículo acompañado de unas cuantas fotos buenas. Y pronto, si no es mucho pedir. De lo contrario, se irá a escribir a la revista *Bäckerblume*, ¿entendido?

La *Bäckerblume* desde luego no era una opción para ningún Egon Erwin Kisch* en potencia.

Henry Brenner asintió en silencio cuando Burger lo dejó en el rellano de las escaleras y se marchó a su despacho. A él no le parecía una tontería. A veces su jefe se obcecaba en pequeñeces y cuando alguien se oponía, lo llevaba a tal punto que se convertía en un verdadero pulso. En realidad, aquel artículo era de lo más prescindible.

Brenner se acercó malhumorado a la ventana y pensó si cabría la posibilidad de librarse de aquello. Burger parecía empeñado en aquella maldita cafetería. Probablemente porque siempre se dejaba encandilar por las rubias guapas, como se había podido comprobar con Sieger.

Katja Sieger pasaba en ese preciso instante por allí cuando el jefe se topó con él en el pasillo e inmediatamente redujo el paso para poder enterarse de lo que estaban hablando. Caminó a cámara lenta en dirección a la máquina de bebidas.

Ahora volvía de nuevo.

—¿Qué, hay problemas? —le preguntó con hipocresía.

—No, ¿por? —respondió Brenner con un tono ácido.

---

* Reputado periodista checo que escribía en alemán y participo en la Guerra Civil Española.

—Es que creía…

Se quedó delante de él con su vestido de tubo mini del que sobresalían sus largos y delgados brazos y piernas. En la mano sostenía un portafolio de cuero naranja y el pelo rubio le caía en perfectas ondas sobre los hombros.

—No se estruje su bonita cabeza —replicó despectivamente—. Aquí le pagan por escribir.

Tardó un momento en comprenderlo. Después tomó aire y, ofendida, se marchó taconeando.

Brenner sonrió con suficiencia. Parecía sacado de una de esas buenas comedias antiguas de Doris Day. Pero su auténtico problema no estaba resuelto. Maxie Sommer sí sabía replicar. Era un hueso duro de roer, aunque el jefe la encontrase tan encantadora. No podía ir a la Catwoman con la máxima de un anciano sabio, porque enseguida le sacaría las garras. Si se daba cuenta de que quería algo de ella, le habría ganado.

Brenner suspiró y tomó el ascensor para bajar. Iba a ser una peregrinación a Canossa. Delante del edificio de la editorial encendió un cigarrillo. Mientras soltaba el humo y poco a poco iba relajándose, se convenció de que en realidad todo podía ser muy sencillo. Solo tenía que cambiar de estrategia. «Sé simpático y agradable, haz las preguntas y no te dejes provocar por esa quisquillosa —se dijo a sí mismo—. Vamos, Henry, esto no es nada para un periodista hecho y derecho como tú. Eres bueno, incluso muy bueno.»

Apagó el pitillo y cuando se volvió a topar con su jefe aquella tarde y este, señalándolo con el dedo índice, dijo en tono jocoso: «¿Brenner? ¡Confío en usted!», se limitó a reír y respondió: «No se preocupe; el artículo ya está escrito».

A LA MAÑANA siguiente Henry Brenner se encontraba de nuevo antes de la nueve frente a la pequeña cafetería de la calle

Chamisso. «Igual que en el Día de la Marmota», pensó. Echó un vistazo por el cristal. En esa ocasión aún no había clientes. El pelirrojo, junto a la máquina de café, cogió algo del mostrador y desapareció en la cocina. No se veía a Catwoman por ninguna parte.

Brenner llevó hacia abajo el picaporte y entró con cautela en el local. Enseguida le vino un aroma a vainilla, canela y levadura. Se sentó en una mesa en el rincón del fondo y se atrincheró detrás de un periódico. Ojeó un artículo sobre el balneario Neptunbad, que él mismo había escrito. No creía que estuviera tan mal. Entonces notó que le arañaban el zapato. Un gatito atigrado había descubierto sus cordones y estaba jugando con ellos. Todo estaba tranquilo. Todavía.

Al cabo de unos minutos, se abrió la puerta de la cocina y Maxie Sommer salió con una bandeja llena de rollos de canela. La dejó, animada, encima del mostrador y alzó la mirada. Fue entonces cuando vio al primer cliente. Tenía unos ojos azules muy claros.

Henry tuvo un *déjà vu*. Y por lo visto la mujer junto al mostrador también.

Dejó caer los brazos y se la quedó mirando, compungido, por encima del periódico.

Ella cruzó los brazos y se apoyó en la barra.

—¡Anda! ¿Mira a quién tenemos aquí?

—Solo he vuelto por los rollitos de canela.

Brenner intentó sonreír.

—Eso es tremendamente interesante. ¿Algo más?

—Lo del pis de los gatos no lo dije en serio. —Hizo un esfuerzo—. Quería disculparme por eso.

—Ajá.

La chica ni se inmutó.

—Pues… Bueno. Ya lo hemos aclarado. ¿Tendría tal vez ahora algo de tiempo para una entrevista?

—Me temo que no.

Brenner puso los ojos en blanco. Por dentro, claro. La «joven encantadora» se lo estaba poniendo muy difícil, aunque no esperaba lo contrario. «Contrólate, Henry —se ordenó—. ¡Contrólate!»

Sonrió haciéndose el simpático.

—Pero ¿por qué? Ya no pasa nada.

—Pasa todo —replicó ella de mala gana y continuó junto a la barra sin inmutarse.

Hasta entonces Brenner no se había percatado de las sombras que tenía bajo los ojos. Por lo visto, la dueña de la cafetería no había dormido bien. Maxie Sommer parecía bastante harta.

—¿Le pasa algo? —preguntó.

No era parte de su estrategia, simplemente le salió así.

—¿Por qué? ¿Es que quiere ayudarme? ¿O es curiosidad profesional?

—¿Ambas cosas quizá? Oiga, no soy tan malo como aparento.

Lo veía como el lobo malvado con piel de cordero.

—No es que lo aparente, señor Brenner. Es que lo es —respondió y sonrió con descaro.

—Lo sé. —Le devolvió la sonrisa burlona—. ¿Significa eso que me concede la entrevista?

Vio que vacilaba.

En ese instante apareció el joven inglés detrás de ella y este interpretó la situación con solo una mirada.

—¡Oh, *mister* Brenner! Ha vuelto. *That's wonderful* —exclamó contento—. ¿Significa eso que escribirá un artículo sobre nuestro bonito *Cat-Café*?

El pelo rojo de Anthony brillaba como una zanahoria y en su camiseta de color rosa se leía *I'm a sex bomb.*

Brenner movió las comisuras de los labios. El chico tenía sentido del humor.

—Eso parece —contestó—. Bueno, si la jefa no vuelve a echarme.

—¡Oh, no, no! —Anthony se acercó a su jefa y la empujó hacia la mesa de Brenner, aunque Maxie fue a disgusto, y la sentó en una silla libre—. La jefa le concederá con mucho gusto una entrevista. ¿Quiere un café? ¿Un rollo de canela?

—Está bien —dijo Maxie con condescendencia. Se sentó en la silla Thonet y se puso a balancear el pie, impaciente—. Le doy un cuarto de hora, no más. Como ve, tengo mucho que hacer.

Brenner asintió con la cabeza y sacó su cuaderno. No veía que estuviera tan ocupada, pero daba igual. Era el lobo más tranquilo del gallinero. Le haría las preguntas a aquella criatura arisca y después ¡hasta luego, Mari Carmen! Pero cuando Anthony, segundos más tarde, le puso un rollo de canela delante de la cara, no pudo resistirse. Cogió la pasta del plato, ansioso, y le dio un bocado.

—¡Vaya! Está de muerte —exclamó masticando y se olvidó por un instante de todas sus reservas—. Saben igual que los rollos de canela que me hacía mi abuela siempre en Eifel cuando era pequeño.

—¡No me diga! —Maxie contuvo una sonrisa—. Su abuela.

Por lo visto, le sorprendía que un monstruo como él tuviera una abuela o que, en general, mostrara sentimientos humanos.

—Sí, mi abuela —confirmó y sacó un bolígrafo—. Bueno, se llama Maxie Sommer —empezó—. Maximiliane, supongo.

Él sonrió con sarcasmo y ella se puso roja.

—Bueno, estoy segura de que usted tampoco se llama Henry en realidad —replicó—. Me apuesto lo que sea a que en su pasaporte pone Heinrich.

Henry, que de hecho se llamaba Heinrich por el marido de su abuela de Eifel, apretó los labios y asintió con la cabeza.

—Exacto. Sí, como el Heinrich de *Fausto* o Heinrich Heine —dijo—. Y mi pasión secreta es acechar a mujeres jóvenes en el parque para atropellarlas con mi bicicleta.

Vio que la chica reprimía la risa.

—Podría haber tenido más cuidado, señor Brenner —replicó entonces con dureza—. Todavía tengo un morado enorme en… en…

—En el culo —terminó él la frase—. No se preocupe, eso no saldrá en el artículo.

Los ojos le brillaron de la gracia que le hacía. Durante un breve instante se permitió la visión de un trasero encantador, verde y azulado como el mar de la costa Azul.

Ella se lo quedó mirando detenidamente.

—Eh, menudo descaro, ¿no? —«¿Podía leerle la mente?»—. Podría haberle pedido una indemnización, porque fue culpa suya.

Aquello no tenía nada que ver con el artículo. Brenner decidió no seguir discutiendo sobre quién tenía la culpa y se calló. Ceder es cosa de sabios. Al menos en las cosas insignificantes.

—Sí —se limitó a decir—. Las circunstancias de nuestro primer encuentro no fueron afortunadas, en eso le doy la razón.

Pareció tranquilizarse.

—Pero cuénteme: ¿por qué la cafetería se llama La señorita Paula? Es un nombre poco corriente para un negocio.

Los ojos de Maxie adoptaron un brillo suave.

—Paula era mi tía favorita —respondió—. Nunca se casó, y le daba mucha importancia a que se dirigieran a ella como «señorita». —Maxie sonrió—. Eso por supuesto fue hace mucho tiempo. Sin embargo, mi tía, a su modo, era muy independiente, era una persona increíble. Sin ella jamás habría existido esta cafetería. —Miró hacia las estanterías—. También eran de ella todos esos libros.

—Ajá. —Brenner escuchaba con atención y de vez en cuando tomaba notas—. ¿Y los gatos también eran de su tía? ¿O fue idea suya una cafetería así?

—Ninguna de las dos cosas. Los gatos llegaron más tarde. Son de mi amiga Leonie, o, mejor dicho, la verdad es que son de la vecina de mi amiga, que está de vacaciones y no ha vuelto… Bueno, al principio solo estaba Mimi… pero luego llegaron de repente los pequeños…

El periodista intentaba seguir sus explicaciones.

—Lo que quiero decir es que… todo esto no estaba planeado, ¿sabe? Pero sí, así fue cómo mi cafetería se convirtió en el café de los gatos —terminó y se llevó una mano a la boca—. Ay, Dios…No sé si debería haberle contado eso.

Miró a Henry asustada y a él se le despertó el interés.

¿Había algún secreto?

—Señora Sommer, me lo puede contar todo primero y luego pondremos en el artículo solo aquello con lo que esté de acuerdo, ¿vale?

—Vale —pareció aliviada—. Mejor quitamos lo de la vecina. No hay nada claro todavía.

Suspiró profundamente y de pronto se mostró preocupada.

Henry asintió, comprensivo, aunque no entendía muy bien de qué iba aquello. A partir de entonces la entrevista fue bastante distendida. Maxie le contó que siempre había soñado con abrir su propia cafetería y que su tía, la señorita Paula Witzel, le había dejado el capital inicial necesario. Le habló de las dificultades de los inicios y también de las recetas de los pasteles, que eran todas de su tía. Del día en que llegó a su vida una gata blanca llamada Mimi y del momento en el que descubrió a los pequeños en el armario. De las personas que iban a la cafetería y de las historias que habían tenido lugar allí. De la búsqueda de una niña triste, a la que al final le permitieron quedarse a un gato llamado Lavanda, y de un señor mayor que se sentía solo, que leía el periódico allí todos los días y que pronto se llevaría a su casa a uno de los gatitos. De Anthony, el estudiante de Manchester, que la ayudaba por horas y siempre llevaba esas camisetas con frases tan graciosas. De los días que empezaban muy temprano por la mañana para poder hacer todo el trabajo.

Y de la suerte que tenía de poder llevar una cafetería como aquella.

—¿Y todo esto lo hace más o menos sola? No le debe de quedar mucho tiempo para su vida privada —comentó Henry, que seguía tomando notas en su cuaderno.

De repente Maxie se mostró algo distinta. ¿O solo eran imaginaciones suyas?

—La vida privada se queda al margen —respondió entonces tan decidida que él renunció a seguir haciéndole preguntas. Le interesaba saber si Maxie tenía novio o marido. Solo por cuestiones laborales, por supuesto.

—Vaya, qué pena —se limitó a decir.

—Bueno, tengo mi cafetería —contestó—. Y a Mimi, claro.

Como si hubiera entendido que hablaban de ella, la gata blanca se acercó a la mesa y empezó a ronronear y a frotarse en las piernas de Henry. El periodista se inclinó y acarició a Mimi, que se le quedó mirando con aquellos ojos verdes penetrantes que le inquietaban bastante.

—¿Le gustan los gatos? —Maxie levantó sorprendida las cejas.

Brenner asintió, pero entonces le vino un estornudo.

—No cuando aparecen cientos de ellos con una mujer vieja y jorobada que lee los posos del café —respondió sonriendo con ironía—. Pero, de lo contrario… sí.

—¿De qué mujer vieja y jorobada habla? —preguntó Maxie mientras Brenner volvía a estornudar—. Eh, ¿qué le pasa? ¿Tiene alergia a los gatos?

Brenner negó con la cabeza.

—No, la verdad es que no —dijo con voz ronca.

—Aquí se pasa el aspirador y se friega todas las mañanas —le aseguró la dueña de la cafetería, que de repente se puso a la defensiva.

—¿Se quedan los gatos día y noche aquí dentro? —preguntó Brenner.

—Sí. ¿Por qué no iban a hacerlo? Aquí tienen todo lo que necesitan. Incluso un patio interior privado.

—Y su propio váter para gatos —se mofó.

—Sí, exacto.

CUANDO SE DESPIDIÓ, una hora y media más tarde, ya habían entrado a la cafetería los primeros clientes. Henry Brenner recorrió de nuevo las estanterías. No solo sabía cómo habían llegado los gatos al café, sino también de dónde habían salido todos aquellos libros tan variados.

—¿Puedo coger uno? —preguntó—. Por supuesto se lo pagaré.

Sacó con decisión un volumen fino de la estantería «Libros con final feliz» y se lo entregó a Maxie.

La chica se fijó en el título y, sorprendida, se quedó mirando al hombre con curiosidad.

—¿Por qué ha elegido este libro? —preguntó.

—Ni idea. —Se quedó mirando la cubierta anticuada en la que aparecía una joven con un vestido de fiesta—. *La particular historia de amor de Tipsy*. Suena bastante… original. —Se rio—. ¿No cree? Bueno, ¿cuánto le debo?

—Nada, señor Brenner. Este libro se lo regalo yo. —Sonrió de forma misteriosa—. Pero solo si en otra ocasión me cuenta si le ha gustado.

—Lo haré, prometido —contestó—. Ahora sé dónde encontrarla.

MAXIE NO ERA alguien que creyese en las señales. Cuando el periodista se dispuso a elegir un libro, ella estaba segura de que escogería una obra de la categoría «Libros para mentes brillantes». Pero sorprendentemente Brenner se había decantado por una novela de la estantería «Libros con final feliz». Y aunque ella no fuera una persona que le diera un significado especial a las cosas que sucedían, le había parecido relevante que hubiera elegido precisamente uno de los libros preferidos de su tía. Paula Witzel, en algún momento, se había resignado a que su sobrina no fuera una gran lectora. Sin embargo, a veces, cuando Maxie pasaba alguna tarde en su casa, señalaba ese libro y le decía que debía leerlo algún día.

—Ese librito me ha acompañado toda la vida —le había dicho—. Lo leí cuando era joven y lo he disfrutado muchas otras veces después. Es deliciosamente decimonónico y encantador, y sé que la heroína te gustaría mucho. Prométeme que lo leerás. Al fin y al cabo, es el libro preferido de tu vieja madrina y ya solo por eso debería interesarte.

Maxie se lo había prometido riendo. Pero no había cumplido su promesa. Siempre estaba tan ocupada que no tenía tiempo para leer.

Maximiliane Sommer, pensativa, siguió con la mirada a Henry Brenner, que en realidad se llamaba Heinrich. Sonrió. Era cierto que no era tan malo. Tal vez algo vanidoso y pagado de sí mismo sí que fuera, pero el hecho de haberse acordado de su abuela gracias a los rollos de canela había sido, de alguna manera, entrañable. Había habido por un instante algo conmovedor detrás de su insolencia.

Maxie devolvió su atención a la cafetería y recogió su plato. Al menos Brenner había reconocido que había sido culpa suya el haber chocado en el parque. Y con los ojos brillantes le había hablado de su bicicleta Peugeot nueva, que había probado por primera vez justo aquella mañana.

—A la velocidad con la que salió de entre los arbustos fue una suerte que no me la abollara —bromeó Henry.

—¡¿Yo?! —exclamó Maxie haciéndose la enfadada—. A mí sí que me dejó usted abollada.

Se la quedó mirando y a continuación se rio.

—Si saliéramos juntos, que no creo que suceda, la anécdota del parque sería la bomba, ¿eh? Como en esas películas en las que una pareja está sentada en un sofá y se ponen a hablar de cómo se conocieron. Y cada uno tiene su propia versión de la historia.

—¿Se refiere a una del tipo *Sr. y Sra. Smith*?

—Bueno, aunque espero que nosotros no nos matemos, ¿eh? —Le guiñó el ojo—. Hagamos las paces, al menos de momento. Necesita un bonito artículo sobre su cafetería y yo… yo necesito urgentemente otro de esos rollos de canela.

La entrevista había ido bien. Había resultado agradable. El tal Brenner podía llegar a ser un tipo gracioso y ella tampoco se quedaba corta. Sin duda se había divertido con aquellas réplicas ingeniosas. Para terminar, el periodista se había dado una vuelta por el local y había tomado unas cuantas fotos: Anthony y ella en la barra, el libro azul con las recetas de la tía Paula, Mimi y sus hijos en el sofá de terciopelo y Konrad Franzen, sentado mientras comía un gran trozo de pastel de manzana con nata montada.

Maxie tenía curiosidad por ver lo que escribiría Brenner sobre la cafetería.

—¿Cuándo sale el artículo? —le preguntó impaciente.

Y Brenner respondió:

—Lo publicaremos mañana, como muy tarde pasado.

Ya tenía la historia en la cabeza, solo faltaba pasarla al ordenador. Sin duda les haría grandes elogios a los rollos de canela de la tía Paula, a los que también había captado su cámara. Y luego había tomado una foto de Maxie, delante de la gran pizarra situada al lado de la ventana, en la que con una bonita letra curva estaban anunciados los pasteles del día.

Después, el hombre del *Stadt-Anzeiger* se había marchado de buen humor. Pero Maxie sentía cierta desconfianza. El comentario del váter de los gatos sin duda la había molestado. De aquel hombre podía esperarse cualquier cosa…, incluso una dura crítica arrogante sobre el café de los gatos.

22

A LO LARGO de la semana siguiente, lo primero que hacía Maxie todas las mañanas era ir al quiosco para comprar el *Kölner Stadt-Anzeiger*. Todavía no había salido de la plaza Lenau cuando se apresuraba a hojear la sección local buscando el artículo de Henry Brenner y luego regresaba con cara de decepción a la cafetería.

—¿No ha salido aún? —preguntó Anthony.

—No. —Maxie negó con la cabeza y dejó el periódico encima de la barra—. No entiendo nada. Estaba empeñado en hacer la entrevista y ahora no sale.

Anthony cogió el periódico y pasó las páginas.

—*Strange* —dijo—. Estaba muy entusiasmado con el café.

—Por lo visto, a ese hombre no solo le gusta comer rollos de canela, sino que al parecer él mismo también tiene un rollo raro —comentó Maxie disgustada.

Luego se marchó a la cocina para hornear el bizcocho de manzana con nueces de la tía Paula. Mientras preparaba la masa, partía en cuartos las manzanas y cortaba la superficie con un cuchillo, se convencía de que lo que había sucedido era algo típico. Le había hecho la pelota y se había atiborrado con sus pasteles para luego... nada. Probablemente Brenner había encontrado entretanto alguna historia más emocionante que escribir, aunque le hubiera dicho que la suya era genial. Le hubiera venido bien algo de promoción. Habían comenzado las vacaciones y los fines de semana La señorita Paula ya estaba bastante vacía. Además, le molestaba bastante no haber vuelto a saber nada más del periodista. Tenía un mal presentimiento.

—No seas tan impaciente —le insistió Leonie cuando se pasó por la mañana por la cafetería de su amiga. Estaba disfrutando de su primer día sin colegio y, en contra de lo habitual, estaba bastante relajada—. Perdona que te lo diga así, pero la historia de tu negocio seguro que no es la noticia destacada del día.

—Eso ya lo sé —respondió Maxie algo mosqueada—; no pretendo aparecer en primera página. Pero los otros artículos que he visto en la sección local no es que los encuentre especialmente interesantes.

—¿Y si llamas a la redacción y preguntas?

Maxie le acercó en la barra un café con leche a su amiga.

—¿Estás loca? Eso ni se me ha pasado por la cabeza. No pienso ir detrás de ese hombre.

—No, solo te chocas con él. —Leonie se rio entre dientes—. Vete por la mañana al parque a buscar a ese periodista que va a toda mecha, a lo mejor os volvéis a topar y así puedes mencionarle lo del artículo.

El hecho de que el periodista y el ciclista del parque fueran la misma persona le había hecho mucha gracia a su amiga.

—Si eso no fue una señal… —dijo Leonie poniendo los ojos en blanco de forma significativa.

—Pero como yo no creo en las señales… —replicó Maxie—. Madre mía, Leonie, antes eras más graciosa, ¿sabes? —continuó—. Será mejor que me olvide del artículo. Creo que ya no va a salir.

—*You wait, take tea* —intervino Anthony.

—Sí, esperemos a ver qué sucede —coincidió Leonie.

Maxie miró a su amiga.

—¿Y tú? ¿Sigues esperando? ¿O el señor Felmy ha tenido la amabilidad de ponerse en contacto contigo?

Leonie removió inquieta su café.

—Por desgracia, no.

—Y… ¿no le vas a llamar?

—No.

—¿No? —Maxie sonrió con ironía y le dio un empujoncito a Leonie—. Creía que habíais tenido un momento existencial —dijo dibujando unas comillas en el aire.

—Bueno, ni idea. A lo mejor fueron solo imaginaciones mías. —Leonie parecía avergonzada—. Seguro que está demasiado ocupado.

—¿Demasiado ocupado para pasarse a darte las gracias? —Maxie levantó las cejas—. Te involucraste mucho aquella noche.

—Sí, pero lo hice porque quería. Y desde luego lo hice por Emma, no para que me dieran las gracias. Además…

—¿Además qué?

—Además, no sé si es adecuado para mí un hombre separado que todavía está tan controlado por su exmujer. Lo he estado pensando y me parece todo demasiado complicado. Seguro que Paul Felmy lo ve de forma parecida.

Leonie sonrió, pero Maxie percibió la desilusión en los ojos de su amiga.

—¡Ay, pues sí que tiras pronto la toalla! ¿Qué pasa, cariño? La vida entera es complicada. La muerte es lo único que no lo es. ¿No recuerdas las palabras del famoso Alexis Zorba? *Life is trouble. Only death is not*. ¿Bailamos? —Maxie alargó los brazos y empezó a chasquear los dedos y a tararear los primeros compases del Sirtaki.

Leonie se rio.

—No, no quiero bailar. Déjalo ya, los clientes están mirando.

—Bueno, ¿y qué? Seguro que les gustaría bailar con nosotras —contestó Maxie—. Esta cafetería es alegre. —Bajó de nuevo los brazos—. Bueno, además creo que, si las cosas se complican, la historia se pone más interesante. De lo contrario, es tremendamente aburrido. —Le hizo un gesto con la cabeza a una mujer que se encontraba sentada junta a su hija pequeña y quería pagar—. Voy enseguida —le dijo y cruzó la cafetería brincando. Le cobró y, momentos después, tomó la comanda en otra mesa.

—¿Y cómo está Emma? —preguntó al volver.

—Oh, está muy contenta con su gatito. Los primeros días no hablaba de otra cosa en el colegio. —Leonie sonrió—. Por lo visto, para Emma y Lavanda sí ha habido un final feliz.

—Y para el señor Franzen y Afrodita.

—Y para Florian y su lápiz.

Los ojos de Leonie brillaron.

No dejaba de sorprender a Maxie que detrás de aquellos enormes y tiernos ojos de cervatilla se escondiera su parte correspondiente de granuja. Sonrió irónicamente. Por extraño que pareciera, Florian ya casi le daba igual. Lo único que le fastidiaba era haberse dejado engañar por aquel farsante.

—Estoy harta de oír hablar de él —dijo.

—Pero ¿has sabido algo más?

Maxie negó con la cabeza.

—Mi mensaje de despedida por lo visto no le gustó ni un pelo.

Leonie movió la cabeza, preocupada.

—Lo de ese mal bicho era bastante fuerte. —Se bebió el café y dejó la taza sobre el plato—. Yo también habría caído —añadió después.

Al cabo de un rato, Leonie se despidió de Maxie diciendo que se marchaba al barrio belga de compras. Allí había una tiendecita estupenda donde vendían marcas francesas.

—Por fin tengo tiempo para hacer algo entre semana —dijo Leonie suspirando con satisfacción—. Necesito urgentemente un nuevo par de zapatos.

—No es verdad —replicó Maxie guiñándole el ojo.

—Sí, no bromeo; recuerda que Mimi me destrozó mis bonitos zapatos rojos. Hay que encontrarles sustitutos.

—Pues que tengas suerte —dijo Maxie, que como siempre vestía sus sandalias marrones Birkenstock.

Leonie asintió.

—Con esas sandalias no tendrás los pies planos —dijo con asombro—. Bueno, al menos son el modelo One-Buckle con la hebilla dorada. ¿Dónde las has pillado? El año pasado estaban agotadas en todas partes.

—Sí... más o menos —repitió Maxie que, cuando cogió las sandalias de pasada en la estantería y las compró, no sabía que fueran un calzado tan preciado.

Se despidieron con un abrazo y Leonie propuso quedar a cenar *flammkuchen* en Wackes y pedir un Edelzwicker para brindar por el principio de las vacaciones de verano.

—Seis semanas de libertad —dijo Leonie—. ¡Casi no me lo creo!

Y entonces se marchó y su falda veraniega azul cielo se abombó como una pequeña nube.

Maxie la siguió con la mirada, sonriendo. Tenía ganas de esa noche de amigas en Wackes.

Pero cuando cerró la cafetería, fue a revisar el correo y abrió de pasada un sobre de color gris claro que le habían metido en el buzón. Entonces se quedó sin aliento.

23

LEONIE HABÍA TENIDO una tarde muy animada. Había deambulado por el barrio belga, había comprado para ella en Simon und Rinoldi un maravilloso vestido veraniego de batista —azul claro con florecillas color amapola— con una chaqueta de punto a juego, y una vela aromática para Maxie. Había comido fuera, en el Cafedel, al sol, bajo los árboles cuyas hojas filtraban los rayos que caían sobre la acera, y se había tomado un café con leche magnífico, fuerte pero no amargo; el dueño del minúsculo local le había sonreído y ella le había devuelto la sonrisa. Era verano y la vida de repente resultaba más sencilla. Todos los pequeños negocios de aquel lugar le ponían de buen humor. Había mucho que ver y mucho por descubrir. Pagó la cuenta y siguió paseando. En la plaza Brüsseler se encontraban charlando un par de jóvenes de raza negra con unas imponentes cadenas doradas mientras escuchaban rap por sus altavoces; unos taxistas, apoyados en sus coches, esperaban apáticos a los clientes, y dos chicas en pantalón corto, sentadas en las escaleras de Sankt Michael, se comían tranquilamente un helado. Leonie se miró en un escaparate que reflejaba su grácil figura y admiró las flores colocadas con cariño en las ligeras estanterías metálicas que lucían en una pequeña y encantadora floristería. Pasó por una zapatería, en cuyo escaparate y para su gran satisfacción, descubrió un par de zapatos con hebilla, rojos como un tomate, que le alegraron el día solo con verlos. Poco después, aquellos zapatos ya eran suyos.

El sol todavía calentaba cuando Leonie se dirigió a Wackes. El restaurante estaba al otro lado del cinturón que separaba el barrio.

Mientras recorría con sus bonitas bolsas de papel la calle Brabanter, vio de pronto a unos metros delante de ella a un hombre alto con el pelo oscuro que vestía traje. Se trataba de Paul Felmy, que acababa de salir de su bufete. El corazón de Leonie latió emocionado. Automáticamente se le aceleró el paso y tuvo la intención de llamarlo, pero cuando Felmy se detuvo en la esquina de la calle, se le acercó una mujer pelirroja detrás de la que iba dando saltitos una niña. Oyó la voz clara de Emma y observó cómo los Felmy discutían por algo, pero por desgracia no entendió de qué se trataba.

Tal vez era mejor así. Leonie se puso las gafas de sol y cruzó la calle. No quería molestar de ningún modo. Por lo visto, el señor y la señora Felmy aún tenían muchas cosas que decirse.

Mientras atravesaba la ronda y subía por la concurrida calle Ehren, donde se sucedían las tiendas y cafeterías, reconoció que su amiga tenía razón. Paul Felmy debería haberse puesto ya en contacto con ella, tal como le había prometido. En el momento en que se despidieron, tras aquella intensa búsqueda, se la había quedado mirando fijamente durante un buen rato y le había apretado la mano. Justo antes de bajarse de su coche tuvo la sensación de que algo había pasado. Pero al parecer se había equivocado.

«La vida no es una novela», pensó y se enfadó consigo misma. Quizá tendía a ver cosas donde en realidad no las había. Al menos había resistido la tentación de preguntarle a su alumna en el colegio por su padre. En todo caso, de quien no paraba de hablar Emma era de su gato. La única información que le había dado la niña era que por primera vez no se marcharía durante las vacaciones porque su madre se quedaba en el país.

Leonie giró en la calle Benesis y se detuvo frente al restaurante alsaciano que tenía el nombre de su propietario: Romain Wack. En su opinión, hacía el mejor *flammkuchen* de la ciudad, y las patatas a la vinagreta con canónigos que servía en una fuente de cerámica rústica eran un poema.

Echó un vistazo por la ventana al pequeño local con manteles en las mesas a cuadros rojos y blancos, que ya estaban puestas, y notó que se le abría el apetito.

Maxie estaba sentada en una de las mesas junto a la pared, esperando. Leonie saludó a su amiga con la mano, se abrió paso por el restaurante y agitó sus bolsas.

—¡Menudo botín! —exclamó y se dejó caer en la silla—. ¡Hasta he encontrado un par de zapatos rojos!

—Genial —dijo Maxie sin mucho entusiasmo.

Leonie se dio cuenta en ese instante de la mirada lúgubre de su amiga.

—¡¿Maxie?! ¿Ha pasado algo?

—Se podría decir que sí.

Maxie sacó un escrito en papel reciclado y lo dejó sobre la mesa.

Leonie frunció el ceño. El papel reciclado no presagiaba nada bueno. Aquello era una multa o una notificación de impuestos; en cualquier caso, una carta oficial desagradable que llevaba el sello de la ciudad de Colonia.

—¿Qué es esto? ¿Una carta de Hacienda? ¿Tienes que pagar?

Maxie resopló.

—¡Peor! Algún cabrón me ha denunciado al Departamento de Sanidad, porque hay gatos en la cafetería y poca higiene. Ahora van a venir a hacerme una inspección y puede que tenga que cerrar el negocio. Esto era justo lo que me faltaba.

—Ay, Dios mío, ¡Maxie! —Leonie cogió la carta de la Administración y le echó un vistazo. Negó con la cabeza, consternada—. Esto es horrible. ¿Quién habrá hecho algo así?

—Supongo que alguien que quiera hacerme daño. Esto es muy injusto. Mi cafetería está realmente limpia, se puede comer en el suelo.

Maxie se puso colorada de rabia.

El dueño del restaurante se acercó con cara amable a la mesa; había reconocido a Leonie, que iba allí con bastante frecuencia con amigos o compañeros de trabajo. Una vez había celebrado su cumpleaños en el piso superior, una noche inolvidable en la que todos habían comido el menú sorpresa.

—¿Quieren las señoras un poco de vino? —preguntó educadamente.

Pidieron, y al poco rato tenían una jarrita con un suave vino Edelzwicker y dos copas delante.

—Estoy hecha polvo —se quejó Maxie cuando el chef de la casa volvió a desaparecer en la cocina—. Como se enteren los clientes, puede ser mi ruina.

—Pero no van a encontrar nada.

—Eso lo dices tú, esta gente siempre encuentra algo —gruñó Maxie—. Es una inspección de Sanidad. No van a hacer el trabajo en vano. Algo saldrá al final.

—No digas tonterías. Llevas la cafetería de maravilla, no tienes por qué preocuparte. Desde luego tal acusación es muy desagradable, pero se la han sacado de la manga. Allí todavía no he visto ni una cucaracha.

Quería hacer reír a Maxie, pero su amiga la miró desafiante.

—Sí, muy graciosa.

Leonie se mantuvo en silencio un momento y luego negó con la cabeza, algo desconcertada.

—Bueno, es que no entiendo nada. Todos los clientes están muy a gusto en tu café y alaban tus pasteles. Aunque yo, como ya sabes, pienso que llevan demasiados ingredientes y las raciones son demasiado generosas. Podrías ganar el doble.

—Es por los gatos —aseguró Maxie.

—Pero si todos dicen que son monísimos. ¿O es que se ha quejado alguien?

Maxie se quedó pensando mientras el dueño del restaurante les servía el primer *flammkuchen* con queso de oveja y les dejaba en la mesa una fuente grande de ensalada de canónigos.

—*Bon appetit* —les deseó.

—*Merci.*

Leonie le dedicó a *monsieur* Wack una sonrisa encantadora. Se había planteado muy en serio hacer uno de esos cursos de cocina que impartía, pero al final había decidido que era más agradable ir a comer allí que preparar ella misma la comida.

Cuando Leonie se mudó a Colonia, un ligue la invitó a Wackes y fue así como conoció aquel pequeño restaurante en el estrecho edificio pintado. Pero al final resultó ser mucho más interesante la cocina alsaciana que el psicólogo que se compadecía de sí mismo y se pasaba horas lloriqueando por su exnovia.

Leonie cortó el primer trozo de *flammkuchen* en la tabla de madera aún intacta.

—Bueno, a comer —dijo Leonie—. ¡No hay nada mejor que esto! Hoy te invito yo, mi tarjeta está ya que echa llamas.

Le puso algo de ensalada a Maxie en un cuenco. A lo mejor le regalaba un curso de cocina a su amiga para que le preparara algo alsaciano.

Vacilando, Maxie cortó su *flammkuchen* y luego dejó los cubiertos a un lado.

—A lo mejor ha sido mi excompañera de trabajo —dijo pensativa.

—¿Qué excompañera de trabajo?

—Una de Backfrisch. Ariane Lindner. —Maxie frunció el ceño—. Me he estado preguntando por qué vino a mi cafetería. La tía no me soportaba porque el jefe de Backfrisch me creía más capaz que ella. —Maxie golpeó con el tenedor el plato—. Hace poco la muy zorra vino y me preguntó cómo me iba con mi café de los gatos. Y después se puso a gritar a los cuatro vientos que había encontrado un pelo de gato en un trozo de pastel. Fue muy desagradable.

Maxie le contó a Leonie el incidente, del que se acordaba a la perfección. Al fin y al cabo, aquel había sido uno de los peores días para ella en todos los sentidos.

—Pero Lindner ya no tiene que preocuparse por mí. Es decir, ahora tiene al jefe para ella solita.

Maxie sonrió con ironía y comió algo de *flammkuchen*.

—Tal vez le dé envidia tu éxito —sugirió Leonie—. Ese podría ser un motivo de peso.

—¿Qué éxito? La cafetería tampoco me va tan bien como para pensar que esto es una mina de oro.

—Yo no lo veo así. Para el poco tiempo que lleva abierto el café, te va de maravilla. Por encima de todo, tu cafetería tiene un gran encanto. Y cuando salga ese magnífico reportaje en el *Stadt-Anzeiger*...

—Ay, déjalo ya, hablas como Anthony. —Maxie clavó malhumorada el tenedor en otro trozo de *flammkuchen*—. Además, por lo que parece, ese periodista de poca monta al final decidió no escribir nada sobre La señorita Paula. No tenía que haberme involucrado tanto.

—Bueno, tampoco te volcaste tanto, por lo que comentó Anthony.

—¿Ah, sí? ¿Y qué es lo que comentó Anthony? Él le habría besado los pies a aquel tipo arrogante. «¿Un café, señor Brenner? ¿Le apetece un rollo de canela? Por favor, siéntese. Sí, ahora le llevo el libro de recetas de la estantería. Con mucho gusto, aquí tiene.» Y luego... nada. De todos modos, no estoy segura de que me hubiera gustado su artículo. —Maxie removió la ensalada de canónigos y Leonie frunció el entrecejo—. Con lo petulante que era, mi cafetería le parecería, en el mejor de los casos, grotesca. —Continuó moviendo la ensalada—. Es de los que van a Le Massonier, ¿sabes?

—¡Por favor, Maxie! El señor Wack cree que no te gusta su comida.

—Ay, el señor Wack, el señor Wack —masculló Maxie irritada.

—Querida amiga mía, podrías empezar a acostumbrarte a tratar a la gente con un poco más de tacto. —Leonie le lanzó a su amiga una mirada reprobatoria—. ¿Seguro que a ese periodista no le echaste algo en cara que no le hizo ni pizca de gracia?

—Al contrario —replicó Maxie indignada—. Se llevó un libro gratis y se marchó tan contento. Y el que fue un desconsiderado fue él y no yo. Al fin y al cabo, me preguntó dónde meaban mis gatos y se burló de las bandejas de arena.

Masticó con cara amargada y apartó el plato de ella. Luego se recostó y de repente dio un manotazo sobre la mesa.

—¡Sabía que había gato encerrado! —exclamó.

Leonie la miró sorprendida.

—¿A qué te refieres?

—¿Es que no lo entiendes? Ha sido ese Brenner. No es casualidad que su artículo no haya salido, y no porque no pensara publicarlo. Lo único que pretendía era venir a husmear para luego denunciarme a Sanidad. —Maxie asintió. Estaba a punto de estallar—. Se va a enterar el tío —añadió con la mirada cargada de rabia.

—Maxie, estás como una cabra. Eso no lo haría el tal Brenner. Vamos a ver, que es un periodista del *Stadt-Anzeiger*. ¿Por qué iba a actuar así?

A Leonie le parecía un disparate la nueva teoría de su amiga. Ella apostaba más por la excompañera de trabajo envidiosa. O por cualquier otra persona.

—Ni idea. Probablemente para jugarme una mala pasada —refunfuñó Maxie—. El tipo no soporta ni una crítica. De eso me di cuenta enseguida. Al fin y al cabo, le puse a caldo por lo del parque, ¿recuerdas? Quizá quería vengarse por eso. A él solo le interesaba que no le hubiera ocurrido nada a su bicicleta. Deberías haberlo oído.

—¡*Mon Dieu*, Maxie, se te ha rayado el disco! Lo del parque ya era historia cuando el tal Brenner se presentó en la cafetería. ¡Deja de montarte películas, por favor! Te pones paranoica cada vez que hablas de ese hombre. Créeme, él no ha sido. Estás muy equivocada.

—Y yo creo que estoy en lo cierto. De lo contrario habría sabido ya algo de él. O habría salido su artículo. A ver, ¿por qué no se ha publicado el artículo? ¿Me lo puedes explicar?

Maxie se la quedó mirando triunfante mientras el jefe de cocina les servía otra tabla con *flammkuchen*.

—*Voilà* —dijo frotándose las manos con satisfacción—. Esta vez con beicon y nata. ¡Que aproveche!

Leonie le hizo una señal de agradecimiento con la cabeza.

—¡Tiene una pinta estupenda!

El dueño del restaurante se alejó con paso ágil.

—Bueno… ¿Por qué? —insistió la obstinada Maxie.

Leonie guardó silencio, encogiéndose de hombros.

—Pues… No tengo ni idea. Puede haber miles de razones. Que Brenner haya perdido el archivo, que hayan aplazado la publicación o que se haya caído de la bicicleta y se haya roto una mano.

Maxie asintió furiosa.

—Sí, claro. O que lo hayan abducido los extraterrestres.

24

Henry Brenner dejó un momento el dedo índice sobre el teclado y entonces puso un punto tras la última frase. Estaba sentado en la redacción. Por supuesto, no le habían secuestrado los extraterrestres. Tampoco se había caído de la bicicleta ni había perdido el interés en la historia sobre el café de los gatos o en su propietaria. No había pasado nada de eso. Sin embargo, había un motivo por el que el artículo acerca de la cafetería de la plaza Lenau aún no se hubiera publicado.

Una gripe de verano había tumbado a Brenner justo después del encuentro con la jefa de La señorita Paula. Ya en la cafetería había comenzado a estornudar. Eso debería haberle puesto sobre aviso, ya que él jamás había tenido alergia. Un rato después empezó a picarle la garganta. Los cigarrillos ya no le sabían a nada y aquello no era en absoluto buena señal.

A la mañana siguiente se levantó con un terrible dolor de cabeza y molestias en toda la musculatura, como si le hubieran dado una paliza. Le ardía la frente, el termómetro marcaba 39,2. Henry no recordaba cuándo había sido la última vez que había tenido fiebre. Llamó al periódico para disculparse. A renglón seguido volvió a la cama dando tumbos. Se sumergió en un estado de semiinconsciencia que solo se vio interrumpido por esporádicos viajes a la cocina, donde con las piernas débiles se preparaba una infusión o cogía algo de pan tostado y unos plátanos. También había encontrado un par de vasos de sopa de pollo. La sopa de pollo era buena, siempre la cocinaba su abuela de Eifel cuando alguien se ponía enfermo. En el cuarto de baño dio con una caja de pastillas para el dolor de garganta y se tomó dos antiinflamatorios. Después, volvió a meterse en la cama y tuvo unos sueños febriles en los que aparecían una gata blanca y una joven rubia. La chica olía a canela y tenía las manos preciosas. Se soltaba su larga cabellera con un solo movimiento y le sonreía enamorada. Más tarde se dio cuenta de que había tenido un delirio febril. Encima de su mesilla de noche se encontraba *La particular historia de amor de Tipsy,* de Else Hueck-Dehios. No sabía por qué motivo aquel fino volumen estaba en la categoría de precios más altos de la extraña librería de segunda mano. Ojeó el libro y leyó unas cuantas líneas. «Reconfortante», pensó. Luego se volvió a quedar dormido.

Así había transcurrido a grandes rasgos la semana. Los días se mezclaban con las noches, pero al menos el dolor de cabeza iba remitiendo poco a poco.

En algún momento entró la señora de la limpieza, que tenía llaves de su piso. Se sorprendió mucho al encontrárselo en la cama, rodeado de tazas de té, pan tostado y cuencos con restos de sopa secos.

—Ay, Dios, ¡señor Brenner! —exclamó Elena—. Sí que lo ha pillado bien.

Henry asintió agotado y se tapó con la manta, porque volvía a tener frío. Así estaba todo el tiempo: calor-frío-calor-frío, su cuerpo no terminaba de decidirse.

Elena ventiló, sacudió las almohadas y recogió con cuidado todo lo que había alrededor de la cama. Por suerte realizaba su trabajo con aplomo y no era una de esas personas ruidosas, que lo hacían así porque no tenían otra forma de hacerlo o porque querían demostrar que trabajaban como unas locas. Henry Brenner por lo general no estaba en casa cuando acudía la señora de la limpieza y por eso nunca había pensado demasiado en cómo desempeñaba la mujer su trabajo. Parpadeando somnoliento, vio a Elena quitando el polvo de la habitación como una bailarina. Recogió con garbo los platos y las tazas y le dejó una botella de agua con gas y un vaso limpio en la mesilla de noche. Luego cerró con cuidado la puerta y limpió el apartamento. Henry oyó un golpeteo relajante en la cocina mientras continuaba dormitando. Poco antes de que Elena se marchara, le llevó a Henry a la cama un plato con puré de patata y compota de manzana. Tomó un par de cucharadas de puré y la compota se deslizó fresca por su garganta. Se recostó agradecido sobre las almohadas y al cabo de unos minutos volvió a quedarse dormido.

Cuando más tarde fue a la cocina, encima del aparador había dos paquetes de puré de patata y varios tarros más de compota de manzana. Con eso se había alimentado el resto de la semana. Así de simple podía ser la vida.

El fin de semana ya se encontraba mucho mejor. Sentía todavía algo de debilidad en las piernas, un poco débiles, pero al mismo tiempo estaba tranquilo y descansado. «Punto para el enfermo», pensó Henry. De vez en cuando venía bien un poco de paz. Terminó de leer la novela de Else Hueck-Dehio, pensó en Maximiliane Sommer y soñó con rollos de canela recién hechos. No necesariamente en ese orden.

Hacía un día ya que había regresado al periódico y después de abrir un aluvión de correos electrónicos, se puso a trabajar en el artículo sobre La señorita Paula. Henry estaba convencido de que aquella historia era realmente buena y lo mismo pensaba su jefe, con el que se topó en el pasillo tras la pausa para almorzar.

—Bonita historia, Brenner —dijo Burger saludándole con un gesto de cabeza—. Al parecer no le fue tan mal con la paranoica que odiaba a los hombres.

Le guiñó el ojo detrás de sus gafas de montura dorada.

Henry se encogió de hombros.

—Sí, pude soportarlo —dijo fingiendo impasividad.

—Vaya, vaya —fue lo único que su jefe añadió.

Cuando Henry volvió a sentarse al escritorio, sonó el teléfono.

—Una tal señora Sommer —dijo la recepcionista de la centralita—. Se la paso.

Eso sí era telepatía. Henry se recostó en su asiento, sorprendido.

—Henry Brenner —contestó y empezó a dibujar triangulitos en un bloc.

—Soy Maxie Sommer, la mujer del café de los gatos. ¿Se acuerda de mí?

Su voz sonaba un tanto… hostil. Rara. Tal vez solo eran imaginaciones suyas.

—Pues claro que me acuerdo de usted —respondió Henry de buen humor—. Acabo de…

No continuó.

—¿Sabe qué, Henry Brenner? ¡Es lo peor! —le soltó por el auricular.

—Eh… ¿Cómo? —Henry se incorporó, perplejo. ¿Qué mosca le había picado? ¿Por qué le decía eso?—. Pero ¿ahora qué pasa? ¿Ha dormido mal o qué?

—Pues, de hecho, sí.

Sonaba como si él fuera el responsable.

—¿Y tengo yo la culpa?

Levantó las cejas. La pastelera era guapa, pero estaba como una auténtica cabra. Era una loca. Qué lástima. La última vez que la había visto le había parecido muy mona, por no decir irresistible. Pero ahora no tenía tiempo para exaltados.

—Sí, usted tiene la culpa, Henry Brenner, y no haga como si no supiera de qué le hablo, eso aún lo empeora más.

Hizo una pausa dramática y él volvió a tener delante a la reina de Saba, bien erguida y con los brazos cruzados.

—Ajá —dijo Henry. No tenía ni idea de a qué se refería—. ¿Podría informarme de qué es lo que está echándome en cara?

Se le pasó una idea por la cabeza que era tan absurda como tentadora. Demasiado tentadora como para no pronunciarla en voz alta.

—No me diga que no ha podido dormir porque no dejaba de pensar en mí —dijo animado.

Oyó que soltaba un rugido furioso.

—Se ha pasado de la raya, señor Brenner, se ha pasado de la raya —dijo antes de liberar sobre él un torrente de ira que le hizo bajar automáticamente la cabeza—. Que se burlara de mi cafetería, vale. Que su puñetero artículo no se haya publicado aún y que no vaya a publicarse nunca, vale. ¿Qué podría esperarse de un periodista tan cochambroso como usted? Todo gira en torno a usted. ¡Pero que me haya echado encima a los de Sanidad, no se lo perdonaré nunca!

Henry se quedó durante un momento sin habla. Eso le ocurría con muy poca frecuencia. Aquella mujer estaba loca perdida.

—¿A los de Sanidad? —balbuceó—. No tengo ni idea de qué me está hablando.

—¡Ay, venga ya, señor Brenner! ¿Quién ha estado riéndose todo el rato del váter de los gatos? ¿Y de mi cafetería en general? Es que no entiendo cómo alguien puede ser tan cruel, pero es probable que me la esté devolviendo porque le eché la bronca y es algo que no puede soportar su ego de macho. Y yo que había pensado, había pensado…

—¡Pare! —gritó Henry y, al hacerlo, no pudo oír lo que Maxie Sommer había pensado—. Basta, se acabó, fin. ¡Ahora me toca hablar a mí y usted cierre el pico, querida! No sé quién quiere fastidiarla, pero yo no he sido. Se lo juro. Por mi abuela de Eifel —añadió.

Oyó que la chica tomaba aire.

—Sí, pero… —se calló, confundida.

Que hubiera mencionado a su abuela era muy fuerte. El periodista notó cómo ella vacilaba.

—¿Y por qué no ha escrito el artículo? —le preguntó, obstinada.

Henry puso los ojos en blanco. Aquella mujer realmente le sacaba de quicio.

—¿Porque estaba enfermo, tal vez? Con gripe. ¿Le suena?

Henry tosió un par de veces al auricular para confirmárselo.

—¿Y me lo tengo que creer?

¡Madre mía! La chica era terca como una mula.

—Mi querida señora Sommer, puede creerme o no, usted crea lo que le da la gana. Lo único que le puedo decir es que ayer fue el primer día que volví al periódico y lo primero que hice fue escribir el artículo sobre su maldita cafetería.

—¿Sobre mi maldita cafetería?

—Exacto —respondió tajante Henry—. Compre mañana el diario si no me cree. Y ahora perdóneme, por favor. No sé a qué se dedica usted durante todo el día, pero yo no tengo tiempo para este tipo de discusiones tan absurdas.

—Que le den —gritó furiosa.

—Sí, y a usted también.

Colgó.

Un minuto después se encendió un cigarrillo y echó el humo por la ventana de su despacho. Estaba prohibido fumar en las oficinas, pero le daba igual. Henry Brenner estaba tan enfadado como no lo había estado en mucho tiempo. Casi hasta se arrepentía de haber escrito el artículo. Había sido demasiado amable con una persona tan impertinente. Sus ojos azules, su risa, sus rollos de canela… Todo eso le había hecho perder la cabeza, pero la realidad parecía diferente. La tía de las tartas era una camorrista, estaba claro. Allí donde estaba ella siempre había una bronca. Desde el principio hubo algo en esa mujer que lo alteraba. Sabía muy bien qué tecla tocar para sacarle de sus casillas.

Henry dio una buena calada y expulsó el humo. Poco a poco fue tranquilizándose. Desde la entrevista no había dejado de pensar en la guapa dueña de la cafetería, aquella con la que se podía debatir de maravilla. Con una mujer así nunca se aburriría. Cuando por la mañana escribió el artículo y ojeó de nuevo las fotos, se puso de muy buen humor. De hecho, pensó en volver pronto a La señorita Paula.

Maxie Sommer saltaría de alegría por la oda que había escrito a su local, no podía ser de otra manera. Lo invitaría a café y a pastel, y luego charlarían sobre la novela que le había regalado, con la sonrisa significativa que había creído percibir en ella.

Henry Brenner suspiró. Así se lo había imaginado, pero parecía que eso ya no iba a ocurrir. Maxie Sommer estaba enfadada con él. Sin ningún motivo real. Como siempre.

Oyó unos pasos en el pasillo, empujó el cigarro con el dedo para lanzarlo fuera y cerró la ventana.

Entró el editor local. Se detuvo delante del escritorio de Henry y le miró con suspicacia.

—¿Ha estado fumando aquí dentro, Brenner?

Henry negó con la cabeza y puso esa mirada de leopardo con ojos de conejito.

—No, claro que no.

—No me tome el pelo, Brenner.

—No, de verdad, creo que viene de fuera —se apresuró a asegurarle Henry—. Acabo de cerrar la ventana. Me ha llamado la atención que fuera oliese como a quemado. —Se quedó mirando por la ventana con preocupación, como si se hubiese producido un incendio forestal. Luego volvió a mirar a Burger—. Además, ahora estoy intentando dejar de fumar. —Sonrió de forma cautivadora—. Todavía no me ha dicho qué le ha parecido mi idea de escribir una columna sobre un reciente exfumador. *Mi último cigarrillo.* ¿Qué le parece?

Burger negó con la cabeza.

—¿Cuántos últimos cigarrillos se va a fumar? —preguntó.

—Oh, muchos, hasta reunir las suficientes columnas para poder sacar un libro. —Henry esbozó una sonrisa—. Ya ve que lo doy todo por este periódico. Incluso mi salud.

Madre mía, se ponía a hacer bromas aunque no estuviera de humor para eso. Pero su superior no estaba receptivo. Al parecer, la idea de la columna de un exfumador a él no le resultaba tan cautivadora.

—Si quiere destrozarse la salud, es asunto suyo, Brenner —dijo—. Pero, si es tan amable, no lo haga en la oficina. Y ahora en serio. —El jefe se sentó en el canto de la mesa y levantó ligeramente la pernera del pantalón de su traje hasta la rodilla—. Oiga, Brenner, he recibido un aviso. Hay irregularidades en una residencia de ancianos de Marienburg. Debería ir a investigar el asunto.

Burger le explicó brevemente de qué se trataba. Era una residencia de la tercera edad en la que habían detectado un brote de salmonela, por lo visto, debido a la comida en mal estado. La dirección de la residencia había reaccionado demasiado tarde e intentaba encubrir el asunto. El Departamento de Sanidad estaba al tanto.

Mientras Henry Brenner escuchaba a su jefe, de repente se le ocurrió una idea.

—Dígame, señor Burger, ¿tiene usted buena relación con el Departamento de Sanidad?

Burger asintió con la cabeza.

—Por supuesto. Tengo informadores por todas partes. En mi puesto de trabajo debo estar muy bien relacionado. ¿Por qué lo pregunta?

Henry se quedó pensando.

—¿Podría su… eh… contacto averiguar algo para mí? Me refiero de manera extraoficial.

—Habla como James Bond, Brenner. ¿De qué se trata?

El editor local le miró detenidamente.

Henry se recostó sonriendo. No sabía quién había denunciado a Sanidad al café de los gatos, pero sí sabía con certeza una cosa: si su jefe se enteraba de que la «joven encantadora» que horneaba aquellos maravillosos pasteles se encontraba en dificultades, él movería los hilos necesarios.

Al cabo de una hora, Henry Brenner ya sostenía una nota en la mano con el nombre del denunciante. Jamás había oído aquel nombre. Respiró hondo, después descolgó el teléfono y llamó a La señorita Paula.

Tras el tercer tono de llamada, descolgaron y entonces respondió el inglés. Al oír el nombre de Brenner, lo saludó exaltado.

—Oh, *hello, mister* Brenner. Me alegra oírle —dijo—. ¿Qué tal está? Aquí todos esperamos con impaciencia su artículo.

—Lo sé —contestó Henry—. He estado enfermo. Pero mañana lo podréis leer.

—¡Oh, *that's wonderful*! —exclamó Anthony y dio unos golpes en la máquina de café exprés.

—Oye, ¿está tu jefa por ahí? —preguntó Henry—. Tengo que hablar con ella urgentemente.

Se oyeron unos cuchicheos, luego le pasó el teléfono y habló Maxie Sommer con una voz fría.

—¿Qué pasa? ¿Es que no puede dejarme en paz, Brenner?

«Respira hondo, respira hondo», se ordenó.

—Nada me gustaría más. Pero no podía ignorar sus terribles acusaciones. Me dejó atónito que pensara eso de mí.

—Me voy a echar a llorar —respondió con una frialdad que atravesó el teléfono.

Se calló.

—Sí… ¿y? ¿Tiene algo más que decir? —preguntó al final—. ¿O eso era todo? No tengo tiempo hasta el siglo que viene, señor Brenner.

No iba a dejar que le provocara.

—No, no, por supuesto que eso no es todo —replicó—. Tengo novedades respecto a ese asunto y por eso la he llamado.

—¿Ah, sí? ¿Y qué novedades son esas?

Ya había mordido el anzuelo.

—Bueno, qué quiere que le diga… He tirado un poco de mis excelentes contactos en el Departamento de Sanidad… —comenzó a decir en un tono jovial.

A decir verdad, eran los excelentes contactos de Burger, pero al fin y al cabo había sido a él a quien se le había ocurrido la idea.

—Sé quién se ha quejado de usted a Sanidad.

—¡¿Qué?! —No pudo ocultar su sorpresa.

Henry hizo una pausa dramática.

—Ahora no me deje aquí con la intriga. ¿Quién ha sido? —preguntó impaciente.

—¿Le dice algo el nombre de Florian Gerber?

La chica soltó un improperio.

—¡Y tanto que me dice algo! ¡Menuda rata miserable! —gritó enfadada.

—Sí —afirmó Henry. Estaba bien que, para variar, la hermosa colérica dirigiera su disgusto hacia otro hombre—. ¿Y bien? —preguntó.

—Es mi exnovio. Me lo voy a cargar —dijo—. ¡Qué hijo de puta!

—Bueno, yo siempre digo que hay que tener ojo con quién te juntas —comentó Henry—, pero en realidad lo que le estaba preguntando es: ¿No os he complacido, *milady,* y me he ganado vuestro agradecimiento?

—No me hable de esa manera, señor Brenner. Seguro que la idea ni siquiera ha salido de usted, ¿eh? —Parecía hacerle gracia—. Pero sí: ¡Gracias! ¡GRACIAS! En letras mayúsculas.

—*María Estuardo*, de Schiller —respondió—. Y acepto su humilde agradecimiento. —Sonrió satisfecho—. Por cierto, en lo relativo a Sanidad, ya no debe preocuparse. Me he ocupado de que no vayan a verla. Me debían un favor. Ya sabe… —Henry tarareó el principio de la banda sonora de *El padrino*—: «Siempre es bueno conocer a las personas adecuadas».

Robert Burger le había cantado las cuarenta con firmeza al funcionario correspondiente y al final habían decidido, entre todos, no continuar con el proceso de la denuncia.

—Menudo fantasma está hecho —replicó Maxie Sommer, pero sonaba bastante aliviada.

Por un momento reinó el silencio en la línea.

—Perdone por haber sospechado de usted —dijo avergonzada—. Me temía que era una idea descabellada.

—Me alegra que lo reconozca. —Henry se atrevió a hacer un intento—. Y… ¿se le ha ocurrido cómo compensármelo?

Ella se quedó reflexionando un instante.

—¿Con rollos de canela? —le sugirió.

—Suena bien.

—¿El sábado por la tarde?

—Perfecto.

25

La historia de Henry Brenner salió como titular principal en la sección de noticias locales.

—«La cafetería con gatos que cautiva a todos los clientes. En La señorita Paula, en Neuehrenfeld, te sientes como en casa» —leyó Anthony, orgulloso. No había podido esperar y había llegado el primero al quiosco para comprar el periódico. Llevó tres ejemplares del *Kölner Stadt-Anzeiger*—. ¡*Yeah*! —gritó entusiasmado—. ¡El titular ya es *awesome*!

Anthony se apoyó en la barra y leyó el artículo en voz alta, mientras Maxie se ponía colorada de alegría y Leonie escuchaba con atención las palabras del inglés, sentada en compañía de Mimi.

Era temprano de buena mañana, pero el acontecimiento del día ya era que el café de los gatos hubiera salido en la prensa. El periodista se había superado a sí mismo. Su artículo era una auténtica oda a la pequeña cafetería de la plaza Lenau, a los fabulosos pasteles caseros, a los gatos tan monos, a los libros de segunda mano clasificados de forma «sumamente original» —donde el mismo Henry Brenner había encontrado un pequeño tesoro—, a los acogedores muebles antiguos, a la tía Paula y su libro de recetas azul, pero sobre todo a la encantadora Maxie Sommer, que dirigía con desparpajo su bonita cafetería, una especie de heroína del trabajo que había hecho realidad el sueño de tener su propio negocio gracias a su corazón y a su compromiso, y que trataba a los clientes con amabilidad.

A continuación, relataba a grandes rasgos unas cuantas historias conmovedoras que habían tenido lugar en La señorita Paula. Se mencionaba cómo aquel anciano señor Franzen había recuperado la alegría de vivir gracias a una minina llamada Afrodita y también se narraba la historia de una niña que se había quedado con un gatito llamado Lavanda.

Mimi también disfrutaba de una mención especial. Maxie Sommer se había enamorado a primera vista de la gata blanca. El destino las había unido y su encuentro había traído suerte a la cafetería. Y cuando de manera inesperada llegaron las crías de Mimi, la cafetería se convirtió en el café de los gatos, y se afirmaba que para muchos clientes tenía un efecto casi terapéutico.

«Rebuscar en las estanterías de libros, sentarse en un cómodo sillón, acariciar a un gato, beber un café excelente y acompañarlo de un rollo de canela recién hecho —que te lleva la encantadora dueña de la cafetería a la mesa con una cariñosa sonrisa— es pura felicidad hasta en esos días que parece salir todo mal.»

Anthony dejó el periódico y miró a Maxie con admiración.

—¡Vaya! —exclamó—. «La encantadora dueña de la cafetería con una cariñosa sonrisa.» ¡Esa eres tú! *Good Lord*, sí que te ha puesto ese periodista por las nubes. ¡Es una superreseña! Tu cafetería se va a inundar de gente.

—*Quelle gloire énorme* —dijo Leonie y asintió mirando a Maxie con una sonrisa benévola-burlona—. ¿Le has echado droga en el café a ese periodista? ¿O es que hay una receta que aún no conocemos de tu tía con afrodisiaco en el pastel? Creía que ese hombre era insoportable. Esto es una declaración de amor en toda regla.

Maxie no dijo nada. El corazón le iba a mil por hora y la felicidad la envolvía como una ola gigantesca que mezclaba unos pensamientos con otros. Había confiado en que el tal Henry

Brenner fuera a escribir algo bueno, pero no un artículo como ese en el que destacara la excelencia.

—Y las fotos también han salido muy bien. Bueno..., creo que esta es la mejor. —Anthony se sumió de nuevo en el periódico abierto y señaló la foto en la que salían Maxie y él en la barra. Llevaba la camiseta donde se leía *I'm a sex bomb*, rodeaba con el brazo a Maxie, a la que le sacaba dos cabezas, y regalaba una simpática sonrisa a la cámara. Se quedó contemplando la imagen, satisfecho—. Ahora ya sabe todo el mundo en Colonia que aquí trabaja un inglés joven y seductor. Qué bien que ese día llevase la camiseta adecuada.

Sonrió de oreja a oreja y Leonie no pudo contener la risa. Luego se giró hacia su amiga, que permanecía callada.

—¿Qué pasa, Maxie? ¿Se te ha comido la lengua el gato? Este artículo está para enmarcarlo y colgarlo en la cafetería.

Maxie sonrió algo aturdida y se quedó mirando a sus dos amigos.

—Bueno, tengo que decir que estoy totalmente abrumada —respondió.

«Los últimos días han sido una auténtica montaña rusa emocional», pensó Maxie al encontrarse el sábado en la cocina metiendo una bandeja de rollos de canela en el horno. El calor salió en dirección a su rostro y arremolinó algunos de sus mechones de pelo rubios. Maxie se los echó hacia atrás. La cafetería estaba llena, como cada uno de los últimos días desde la publicación del artículo. Incluso había contratado a otra ayudante, Lisa, una estudiante de bachillerato que buscaba un trabajo para verano y tenía bastante experiencia en hostelería. En cuanto empezó a trabajar allí, el entusiasmo de Anthony por su gloriosa jefa se trasladó a la chica larguirucha que lucía aquel peinado anticuado con trenzas.

—*She is very british* —le había susurrado a Maxie guiñándole el ojo en señal aprobatoria.

En la cafetería reinaba ahora un ambiente inmejorable. Las palabras y las miradas iban de aquí para allá y Lisa hacía las cosas de maravilla.

Maxie se enderezó con una sonrisa y acto seguido se llevó la mano a la región lumbar. Se estiró suspirando. Durante los últimos días había trabajado como una bestia y ahora todo parecía ir viento en popa.

Maxie cogió la bayeta húmeda y la pasó, pensativa, sobre la encimera cubierta de harina. Era increíble la cantidad de cosas que podían llegar a suceder en una semana. Primero ese Florian traicionero por el que se dejó engatusar, después el mal trago cuando llegó la carta del Departamento de Sanidad, posteriormente la llamada a Brenner hecha una furia —de la que ahora se avergonzaba—, o el alivio al oír que al final se había solucionado todo ese asunto. La ira provocada porque Florian hubiera intentado vengarse de una manera tan vil, la llamada nerviosa a Leonie para contarle la última atrocidad del «tío del lápiz» o aquella felicidad que había sentido mientras Anthony leía el artículo.

Ese mismo día su ayudante había enmarcado el recorte del periódico y lo había colgado encima del sofá azul.

—Sí, sí, esto es importante para la *publicity* —había dicho cuando Maxie protestó.

Pero la chica, después de que todos se hubieran marchado, se había quedado delante de ese artículo, meditando, y se había sentido muy, muy orgullosa.

Era el primero sobre la cafetería, un momento clave. Bueno, el *Kölner Stadt-Anzeiger* no era la *Guía Michelin*, pero aun así... Y Henry Brenner no solo la había ayudado a salir de un apuro, sino que también la había sorprendido gratamente con sus elogios. Lo que había escrito sobre ella y su cafetería había halagado a Maxie, pero también la había desconcertado. ¿La veía de verdad de ese modo tan positivo? ¿O no era más que la típica palabrería periodística? Recordó algo avergonzada cómo se había precipitado al acusarlo y que al final todo había resultado ser una equivocación. Por otro lado, aquel hombre no dejaba de provocarla y aprovechaba cualquier oportunidad que tenía para reírse de ella. Aquello al menos no eran imaginaciones suyas.

No sabía cómo tratar a ese nuevo Brenner que se las daba de bueno. Aquello de devolver un favor no iba con ella. «Ni siquiera voy a darle un puñetero rollo de canela», pensó con tozudez. Entonces se rio de sí misma. Estaba siendo muy infantil. Sin embargo, su próximo encuentro le despertaba una mezcla de sentimientos. Probablemente Brenner esperase grandes muestras de gratitud por su parte y se decantara por hacerse el chulo. Para su gran sorpresa, se dio cuenta de que le causaba un hormigueo de lo más agradable la posibilidad de volver a ver pronto al inteligente periodista que podía sacarla de quicio como ningún otro y al mismo tiempo escribir cosas tan bonitas sobre ella.

—Será interesante —murmuró cuando cerró la puerta del café por la noche.

Aquel día tan especial le había propuesto a su amiga Leonie, de forma espontánea, ir a Bagatelle después del trabajo, lugar donde podían sentarse en el exterior a disfrutar del verano acompañadas de unas tapas francesas y un buen vino.

Pero esa noche le aguardaba otra sorpresa.

Mientras las dos amigas caminaban por la calle, pasaron por el Café de Soleil, de repente Leonie se detuvo y retrocedió unos pasos.

—Mira a quién tenemos ahí —había dicho señalando hacia la gran ventana de la cafetería donde a esas horas solo había sentado un cliente.

Maxie miró hacia el café y frunció el entrecejo.

Un hombre rubio con el pelo recogido con un lápiz se encontraba repantingado en una mesa junto al cristal. Tenía abierto el

MacBook plateado y charlaba con una camarera morena a la que le lanzaba largas miradas.

La joven se echó el pelo hacia atrás y se rio, halagada.

Maxie había respirado hondo. De hecho, había seguido el consejo de su amiga Leonie, según el cual era mejor apartar el asunto con Sanidad y no malgastar más energía en aquel tipo horrible. Pero echó la cabeza hacia delante de manera agresiva y los ojos se clavaron como puñales en el hombre que se encontraba tras el cristal y que seguía lanzando piropos sin ser consciente de que ella estaba allí.

—Te vas a enterar, Florian Gerber —había mascullado, pero Leonie la retuvo.

—No, por favor, déjame a mí —dijo y le sonrió con complicidad.

Habían entrado juntas al café y se habían acercado con paso decidido a la mesa de la ventana.

Florian levantó la cabeza y los ojos se le abrieron de par en par.

—Vaya, menuda sorpresa —dijo Leonie con una voz que sonaba peligrosa. Enarcó las cejas y lo miró fijamente—. Pero si está aquí sentado nuestro viejo amigo Florian Gerber. ¿O mejor debería decir: «Aquí está sentada la rata miserable que por su orgullo herido echó pestes a Sanidad de la maravillosa cafetería de mi amiga»? Cosa que no fue muy decente por su parte, sobre todo cuando esta rata miserable llevaba semanas comiendo y bebiendo a su costa. —Observó a Florian de arriba abajo—. Vaya, me temo que lo tienes bastante mal, amigo. A nadie le gustan los denunciantes.

Maxie se había quedado asombrada. Su amiga había estado a la altura de Botines Colombo en *Con faldas y a lo loco*.

La camarera morena había apartado la vista, asombrada, de las dos chicas con mala cara y miró al joven, que se había quedado pálido.

—Pero te alegrará saber que el tiro no le dio a nadie, como suele sucederles a los hombres que manejan armas de fogueo. El

Departamento de Sanidad no consideró necesaria una inspección y en su lugar se ha publicado un artículo formidable sobre La señorita Paula. —Leonie sacó del bolso su ejemplar del *Stadt-Anzeiger*, lo abrió por la página correspondiente y le dejó el periódico encima de la mesa a Florian, que para entonces ya se había puesto colorado—. ¡Disfruta de la lectura! Y vaya…, sin duda es una auténtica lástima que ya no puedas volver a degustar todos esos maravillosos pasteles.

Después se había girado hacia la camarera.

—Ah, por cierto, este hombre tiene la costumbre de ponerse a ligar con todas, pero supongo que de eso ya se habrá dado cuenta. Se cree irresistible. —Leonie había suspirado con decepción y negado con la cabeza—. En nuestra cafetería ya tiene prohibida la entrada. No nos ha quedado más remedio, las clientas se sentían acosadas.

Se encogió de hombros.

—Pero bueno… —protestó Florian—. Esto es, esto es…

—Esto es la verdad —intervino Maxie y se lo quedó mirando desafiante.

—Venga, Maxie, vámonos —había dicho Leonie—. Ya está todo dicho. —Le lanzó una última mirada al rubio estudiante de máster, que se quedó allí sentado con cara de tonto—. ¿Sabes lo que siempre me ha molestado de ti, Floooori? Ese peinado de imbécil que llevas. Con perdón.

Le había quitado el lápiz del pelo con un garboso movimiento y lo había partido en dos.

—Tal vez deberías pensar en un nuevo peinado.

Florian estaba demasiado perplejo para reaccionar. Se quedó mirando a Leonie, estupefacto, y se pasó la mano por su larga melena, bastante enredada.

Leonie agarró del brazo a Maxie y ambas salieron del café como unas reinas.

En la calle se habían partido de risa.

—¿Has visto su puñetera cara? —dijo Leonie—. Se ha quedado ahí como un pasmarote, sin creer lo que le estaba pasando.

—El poder de las mujeres —había añadido Maxie alzando el puño.

EN ESE MOMENTO, mientras se encontraba en la cocina de su cafetería metiendo la bandeja con aquellas pastas que olían de maravilla dentro del horno, Maxie sonrió al recordar aquel encuentro con el tipo del lápiz, que seguramente sería el último de su vida. Florian Gerber ya era historia.

Se miró en el espejo sin marco que había junto a la puerta de la cocina y se colocó bien un mechón de pelo. Aquel día acudiría Henry Brenner para reclamar el rollo de canela que le correspondía. Maxie sonrió nerviosa en el espejo, se ató su nuevo delantal y se puso recto el vestido a lunares entallado que llevaba ese día. Y de repente se encontró tan encantadora como la había descrito el periodista en su artículo.

Henry Brenner había llegado. Y después de tomar su pasta preferida y su café, todavía no parecía dispuesto a marcharse. Estaba sentado en el patio interior de la cafetería, fumando y viendo pasar a Maxie, que tenía muchísimo trabajo. A última hora de la tarde había todavía tantos clientes que aún no habían podido intercambiar más que un par de palabras.

Cuando el periodista apareció por fin en la cafetería a eso de las cuatro y media, Maxie, que se encontraba detrás de la barra cortando en trozos un bizcocho de manzana con nueces con un voluminoso cuchillo, lo vio enseguida. No era de extrañar, porque llevaba toda la tarde embriagada por la expectación y observando a través de la ventana, donde Tiramisú estaba estirado en el alféizar al sol, lamiéndose las patas negras y blancas.

Henry Brenner había cruzado la puerta y había mirado a su alrededor. Entonces vio a Maxie y se dispuso a atravesar el local, que estaba hasta los topes. Ella lo había saludado alegremente, pero cuando él se acercó a la barra, sintió una repentina timidez.

Después de tantos duelos elocuentes, aquel encuentro consensuado era casi como pisar un planeta desconocido que había que explorar con las debidas precauciones.

Brenner llevaba las manos metidas en los bolsillos del pantalón y había sonreído a Maxie cohibido.

—Pues aquí estoy —dijo él.

—Pues aquí está —repitió Maxie antes de preguntarse por qué no se le había ocurrido algo más inteligente.

La mirada de Brenner la confundió. Vio cómo enarcó las cejas observando, divertido, el enorme cuchillo para cortar pasteles que ella aún sostenía en la mano.

—Vaya, ¿no querrá matarme? Puede bajarlo tranquilamente, he venido en son de paz.

—¿Qué…? Ah. —Maxie sonrió, dejó el cuchillo a un lado y se pasó las manos por el delantal.

A su lado Anthony estaba preparando dos cafés con leche, armando un gran escándalo, mientras Lisa esperaba al otro lado de la barra con la barbilla apoyada en la mano, siguiendo todas las maniobras del inglés con una mirada soñadora.

—No, no, no hay problema —le había dicho Maxie—. Saldrá vivo de esta, prometido.

—Pues me siento muy aliviado —respondió Brenner—. Con usted nunca se sabe.

—Pero no antes de haberse tomado su rollo de canela. Ese era el trato.

—Exacto, todavía está en deuda conmigo —dijo él guiñándole el ojo—. Y por supuesto no diré que no. Aunque odie tener que admitirlo, estoy enganchado a sus rollos de canela.

Advirtió que la mirada se le iba a su vestido de lunares que asomaba bajo el delantal.

—¡Oh, mira qué lunares! —exclamó—. ¿Hoy va con vestido? —Sonrió con aprobación—. Se ha puesto especialmente guapa. ¿Por mí, tal vez?

—Ya le gustaría —respondió Maxie y notó que le subían los colores. Se alegraba de que Brenner se hubiera fijado en el vestido y, al mismo tiempo, le molestaba—. No se monte películas.

El hombre se había apartado los indomables rizos de la frente y puesto cara de jovencito ingenuo.

—No lo haría jamás, pero ya me conoce.

—Es cierto, le conozco —le dijo Maxie en tono burlón—. ¿Quiere sentarse fuera, en el patio? Ha quedado una mesa libre.

Poco después le había llevado un café con los rollos de canela.

Henry Brenner estaba sentado en una mesa de bistró junto a las hortensias y jugaba con un gatito atigrado que no quería moverse de su lado.

—¿Cómo se llama la peque? —preguntó cuando Maxie dejó la taza y el plato delante de él.

—Es un gato —contestó— y se llama Neruda.

—¿Neruda? ¿Como Pablo Neruda? —dijo Brenner, y las comisuras de la boca se alzaron—. Un nombre bastante ambicioso para un gato tan pequeño. ¿También escribe poesía?

Maxie había hecho como si reflexionara.

—Si lo hace, es en secreto. En cuanto al nombre, tendrá que dirigir sus quejas a mi amiga Leonie, ella fue quien se lo puso. Yo no soy la literata aquí, como ya se habrá dado cuenta. Yo solo hago pasteles.

—¿Sigue enfadada? —le había preguntado.

Maxie puso los brazos en jarras.

—Sí, ¿qué pensaba? —respondió—. Dijo que yo era una ignorante. Pero después de escribir un artículo tan bonito sobre mi cafetería, le perdono.

Había estado todo el tiempo dándole vueltas a cómo sacar el tema del artículo sin tener que agradecérselo al periodista de rodillas. Ahora ya lo había hecho.

Henry Brenner había acariciado el brillante pelaje de Neruda y la había mirado fijamente bajo los rizos de su frente.

—Me alegro de que le haya gustado —dijo.

—Sí, me ha gustado —se había apresurado a contestar Maxie, sintiendo que se sonrojaba de nuevo—. Anthony recortó el artículo y lo colgó en la pared.

—Ya lo he visto. —Brenner lo señaló con la cabeza—. Encima del sofá.

El hombre se fijaba en todo.

—Por lo visto, la sección local la lee más gente de la que pensamos —había comentado Maxie—. Ya ve cómo está esto. Así que he de continuar trabajando. Si quiere algo más, pídalo. No sé por qué, pero hoy tengo el día generoso.

Brenner asintió encantado y levantó el rollo de canela del plato.

—Pues me voy a aprovechar —respondió mientras Maxie daba media vuelta para marcharse—. Y sobre la otra historia hablaremos más tarde.

—¿Qué otra historia?

—Bueno, el libro que me regaló. —Dio unos golpecitos sobre el bolso de cuero marrón que había dejado en la silla libre a su lado—. *La particular historia de amor de Tipsy*. Me lo he leído, como le prometí. Quería saber si me había gustado. ¿Ya no se acuerda?

Maxie se lo había quedado mirando, perpleja. Desde luego que se acordaba del libro preferido de su tía y que Henry Brenner había tomado de la estantería «Libros con final feliz». ¡Lo sorprendente era que se acordara él! Le dedicó una sonrisa al pasar por el adoquinado cubierto de musgo del patio interior para limpiar un par de mesas.

—Hablamos más tarde —le dijo antes de desaparecer en el interior de la cafetería.

UN RATO DESPUÉS estaban sentados con un par de copas de vino en una mesa metálica verde que había en un rincón del patio interior. Cuando pasadas las seis se hubo marchado el último cliente, Maxie se había quitado el delantal, había abierto una botella de Chardonnay, y, con dos copas y su vestido veraniego, se había dirigido a Henry Brenner, que se la quedó mirando con admiración.

—¿Qué pasa? —dijo Maxie algo cohibida—. Deje de mirarme como si fuera la octava maravilla.

—Disculpe, pero es que está realmente encantadora esta tarde. Debería llevar vestidos con más frecuencia. Tiene cuerpo para ello, si es que me permite decirlo.

—Vale.

Maxie tiró del dobladillo de su vestido a lunares, después cruzó las piernas largas y bronceadas, y comenzó a balancear el pie dentro de su manoletina azul. Le ponía nerviosa que Brenner de pronto fuera tan agradable.

—¿No le gusta que le hagan cumplidos?

La miró sonriendo.

—Depende.

Como siempre que se sentía cohibida, se llevaba la mano a la cabeza para comprobar con los dedos que llevaba bien colocada la cinta del pelo. Pensaba que los cumplidos eran un arma de doble filo. Eran gratificantes, pero al mismo tiempo la dejaban indefensa.

Volvió a fijarse en su mirada y vio la fina sonrisa que se adivinaba en sus labios. Entonces se incorporó.

—¿Qué es lo que le pasa hoy, Henry Brenner?

—Nada —le aseguró, pasándose los dedos por la boca.

—¿Nada?

Asintió con la cabeza y la miró como un corderito.

—Y ¿en qué está pensando?

—En nada.

—No le creo ni una sola palabra. Siempre hay algo que ronda por la cabeza de uno. ¿En qué está pensando?

—Bueno…, me estaba preguntando…

—¿Sí?

—Qué aspecto tendría si… se soltara el pelo.

Las comisuras de sus labios se movieron y ella no supo si estaba diciéndolo en serio, o si simplemente estaba tomándole el pelo.

—De verdad, señor Brenner, me parece que debe de tener fiebre. ¿Que cómo me queda el pelo suelto? ¿Es una broma? ¿De qué película se ha escapado?

—¿Se soltaría el pelo por mí? —preguntó, y le brillaron los ojos con picardía.

—Por supuesto que no, ¡qué machista!

Maxie se rio de pronto.

—Qué pena. —Brenner se dejó caer en su asiento con un suspiro—. Bueno, merecía la pena intentarlo.

Levantó la copa de vino y brindó con ella.

—Por el café de los gatos —dijo—, que me ha permitido conocer a su encantadora dueña —añadió, galante.

—Bueno… No fue por mi cafetería —respondió Maxie—. Ya habíamos tenido el placer en el parque.

—Ay, venga ya. ¿No querrá empezar en serio de nuevo con eso? —Puso los ojos en blanco y alzó las manos en señal de súplica.

Maxie sonrió.

—No, en serio no —dijo entonces.

Bebió el vino y miró a Mimi, que correteaba con energía por el patio interior antes de sentarse debajo del viejo banco de madera, junto al muro cubierto de hiedra. Una brisa suave les acercó el perfume de los heliotropos.

—De todas maneras, me alegro de que mi artículo haya ayudado a dar a conocer un poco más su cafetería —comentó Brenner—. A mí me encanta.

—¿Lo dice por los pasteles?

—Y por otras cosas.

Sonrió.

Maxie entrelazó los dedos.

—Dígame, ¿piensa de verdad todo lo que escribió?

—Cada una de las palabras. Pero ¿a qué se refiere exactamente?

—Me refiero a lo que escribió sobre mí. Eso de… eso de la encantadora dueña de la cafetería y la pura felicidad. ¿Opina eso en serio?

Henry se rio entre dientes.

—Pensé que le gustaría leerlo.

—¿Y solo lo escribió por eso? —Maxie notó una ligera punzada de decepción.

—¿Le importa lo que yo piense?

Se recostó en el asiento y se quedó mirando al cielo, donde había unas nubecitas color melocotón. Reinaba el silencio en el patio. Un pájaro pio en el abedul y Mimi alzó la mirada con interés.

—Este es un lugar muy acogedor. El escenario perfecto para un romance. —Frunció los labios.

—¿Tiene que estar siempre burlándose, Brenner?

—Yo no me burlo. Al menos no siempre.

Dio un sorbo y se quedó mirando la copa durante un buen rato, a la vez que a ella se le aceleraba el corazón.

—¿Está insinuando que en lo más profundo de su endurecida alma de periodista hay un romántico?

Brenner sonrió, pensativo.

—Podría ser. Habrá que intentarlo. —Se inclinó hacia su bolso y sacó el libro que un día estuvo en la estantería de su cafetería—. En todo caso, esta novela sí es muy romántica y conmovedora, y lo digo sin ironía, y además pega mucho con su vestido de puntitos.

—¿Y eso?

—Porque la protagonista se llama Tipsy, y esa palabra en Estonia, donde está contextualizada la historia, significa «puntito».

—¿Y cómo es esa Tipsy? —A Maxie se le despertó la curiosidad.

Brenner sonrió.

—Tipsy es una chica joven; es la pequeña de varios hermanos. Sabe montar a caballo, es muy impaciente y un auténtico torbellino, como decían por aquel entonces. —Inclinó la cabeza y se quedó mirando a Maxie—. Esa Tipsy me ha recordado a usted en cierta manera, aunque la historia se desarrolla a finales del siglo XIX en una finca en Estonia.

—¿Y qué más?

La miró asombrado.

—¿Cómo es que le interesa saber de qué va la novela?

—Porque era el libro preferido de mi tía. Eso me dijo la mujer.

Brenner levantó las cejas.

—¿Y no se lo ha leído nunca? Es muy cortito. Porque... sabrá leer, ¿no?

—Claro que sé leer —replicó, irritada. Aquel hombre no dejaba de conseguir que le hirviera la sangre—. Pero nunca me he decidido a leerlo.

—¿Qué tal ahora? Yo me lo terminé con fiebre en pocas horas.

—Sí, claro, usted es un héroe.

—Es una historia encantadora, no la deje escapar.

—Sí, lo sé, era lo que siempre decía mi tía Paula.

—Su tía tenía razón. Debería leerla —insistió.

Maxie notó que le subían los colores.

—Madre mía, ¿no puede dejar de sermonearme? Mejor cuénteme lo que pasa en el libro. ¿Qué es lo que hace tan particular la historia de amor de esa tal Tipsy?

Henry Brenner negó con la cabeza.

—No.

—¿No qué?

—No se la voy a contar, pero… —Levantó la mano—. ¡No, no, espere! Se me ha ocurrido una idea mejor. —Brenner cogió el librito y lo abrió—. Le leeré la historia en voz alta. Esta noche es perfecta para eso y sería una pena que se perdiera ni una sola palabra. —Se la quedó mirando significativamente—. Hágalo por su tía.

—Deje a mi tía al margen de esto.

Brenner asintió con la cabeza y luego empezó a leer.

—«Tipsy no era ningún canario. Tampoco un *spaniel* alemán joven con largas orejas que parecían de seda cuando se las cepillaban. No era un potro, ni un gatito…»

—¡Ja! En realidad, Tipsy sería un buen nombre para una gata —le interrumpió Maxie y se recostó en su silla.

Brenner no se dejó despistar, continuó leyendo y su agradable voz llevó a Maxie muy lejos en el tiempo, a una época que parecía de cuento.

—«Era una jovencita que había nacido poco antes del cambio de siglo en una finca en Estonia…»

Y así fue como por fin Maxie Sommer conoció la historia entera de Tipsy, la heroína preferida de la señorita Paula Witzel, una joven que en la boda de su amiga tuvo un contratiempo embarazoso. Resulta que Tipsy, después del glamuroso baile, al que para su desgracia también había asistido «Bodo, el infame» —un conde arrogante que vivía cerca de ella—, advirtió que se había olvidado su diario en un rincón retirado del castillo y se levantó en mitad de la noche para ir a buscarlo. Salió de la cama, que compartía con su tía, abandonó el cuarto de invitados, encontró el diario y, al volver, se equivocó de puerta. Y de repente, estaba tumbada junto al conde, que se despertó encantado con aquella visita nocturna. Y al final resultó que Bodo, el infame, no era tan infame, sino el hombre al que Tipsy entregaría su corazón…

La voz de Brenner fue poniéndose más ronca. Al hacerse de noche, Maxie encendió una vela para que Henry pudiera seguir leyendo con su luz. Se quedó observando su bonita figura, cuyo perfil cada vez se desdibujaba más, y soñó con la historia que él le estaba leyendo. Una y otra vez le venía a la mente su tía. ¿Habría vivido una historia de amor tan particular con el investigador de murciélagos? Maxie, sonriendo, se imaginó un congreso sobre murciélagos, donde se confundían de puerta y se encontraban sus corazones.

Después de que Henry Brenner leyera la última frase, cerró el libro y se quedó mirando a Maxie. Había oscurecido, la vela titilaba encima de la mesa y una luna pálida inundaba el patio interior de una luz de ensueño.

—Qué librito tan maravilloso —dijo perdida en sus pensamientos—. Ahora me alegro mucho de conocerlo. Gracias por habérmelo leído.

Permanecieron allí sentados un rato más, en silencio. Ninguno de los dos quería romper la magia que reinaba en el ambiente: en el pequeño patio, en el fino abedul, en las hortensias donde se oía un susurro, en los gatos, cuyos ojos brillaban en la oscuridad, y en ella misma.

—¿No es extraño que justo cogiera de la estantería el libro preferido de su tía? —preguntó Henry al cabo de un rato.

Maxie asintió con la cabeza. Había pensado lo mismo aquella mañana.

—Sí, muy extraño —respondió y, durante un irracional instante, se preguntó si existirían las señales.

—¿Y cómo va a continuar nuestra historia, Maxie? —preguntó Henry en voz baja, cogiéndola de la mano.

—¿Se refiere a si la encantadora Maxie y el arrogante periodista al final se casan, como Tipsy y su conde? —dijo en broma, pero su corazón latía con tanta fuerza que estaba segura de que Henry podía oírlo.

—Sí, eso.

Se inclinó hacia ella y con un cariñoso movimiento le colocó un mechón de pelo detrás de la oreja.

—¡Espere!

Luego no supo decir por qué lo había hecho. Alzó las manos, y con un único movimiento se soltó el pelo y le sonrió mirándole fijamente mientras un aluvión de ondas doradas caía sobre sus hombros. Vio cómo se le abrían mucho los ojos. Unos ojos azul oscuro en los que Maxie se zambulló de cabeza como en el mar.

—¡Vaya! —exclamó él.

Y luego ya no dijo nada más durante mucho rato.

Maxie no sabía que Henry Brenner la había visto de esa forma en los sueños febriles de su gripe de verano. Solo sabía que quería besarla, de forma tan impulsiva, salvaje y cariñosa como era ella.

Y mientras se besaban y Henry la cogía en sus brazos de forma tan impetuosa que se agitó la mesa metálica y el librito de la estantería «con un final feliz» cayó al suelo sin que se dieran cuenta, a Maxie se le pasó por la cabeza la asombrosa idea de que la vida a veces no se aleja tanto de las novelas.

26

Susann Siebenschön había hecho su última compra con cierta tristeza. Por la mañana había ido una vez más en el autobús de Ischia Porto a Forio, su lugar preferido de siempre, mientras Giorgio se dirigía en dirección contraria a Ischia Ponte para abrir su negocio de antigüedades. En la preciosa tienda de cerámica en las afueras de Forio había admirado los jarrones, los cuencos y los azulejos pintados a mano, y había conversado durante unos instantes con el dueño. Había recorrido la tienda con aire soñador, había tomado esto y aquello y lo había vuelto a colocar en su sitio, con pesar. Le gustaban muchas cosas, pero su maleta ya pesaba suficiente y tenía la certeza de que esa no sería la última vez que visitaría Ischia. Al final eligió un cuenco con pájaros azules para la cocina y un azulejo pintado con una gata blanca, que le regalaría a Leonie, junto a la pulsera que había escogido en la tienda de Giorgio y que desde hacía tantas semanas guardaba en un estuche dentro de su maleta.

Se había dado un paseo por la calle principal, había comprado en una tienda de *souvenirs* dos botellas de *limoncello* decoradas al detalle —era el licor que le gustaba beber en Ischia—, cuatro jabones grandes de limón y tres bolsitas de aquellos caramelos redondos afrutados que estaban rellenos de polvos efervescentes y que, al chuparlos, uno sentía un estallido agradable en la boca. En la Pasticceria Calise —un pequeño bar y, al mismo tiempo, la mejor pastelería de la isla—, se había tomado un café y un magnífico helado de avellanas, y antes de marcharse había pedido una *torta al limone* para llevar, que quería compartir con sus amigas cuando regresara a Colonia.

Susann suspiró profundamente al pasear por el puerto, donde a las dos en punto la recogería Giorgio. Se sentó en la terraza del pequeño bar, pidió un Aperol Sour y se quedó mirando pensativa a las embarcaciones mientras estas se mecían. Recordaba perfectamente la primera vez que se había sentado allí después de su llegada a Ischia: la primera vez después de tantos años, sola, sin Bertold, con todos los recuerdos que hacían aflorar su melancolía, pero a la vez se había sentido feliz de volver a pisar la isla.

Algunos lugares tenían su propia magia y cierta familiaridad, que perduraba cuando las personas se habían perdido en el camino de la vida.

El mar, las palmeras, los olores y los colores, las casitas que se agazapaban en las suaves colinas del Epomeo, la amabilidad que parecía reinar siempre en el ambiente, toda la belleza pintoresca de aquella isla… Todo aquello le había vuelto a despertar los ánimos.

Tomó un sorbo de su bebida fría, que sabía a verano y a naranjas, sin poder creer aún todo lo que había sucedido desde aquel día de principios de mayo.

El verdadero motivo por el que entonces creía haber hecho su viaje —porque iba a ser el último— se había desvanecido misteriosamente en el aire. Susann se imaginaba con frecuencia la cara estupefacta del doctor Kugelmann cuando le dijera que ya no le dolían las caderas, sí, y que incluso había subido al Epomeo. Sin embargo, eso no lo pensaba repetir de nuevo, pues en los últimos metros se había quedado sin aliento y ya no era conveniente excederse, con setenta y tres años. Susann pensaba que el Epomeo también era precioso desde abajo. Los pensamientos podían volar hasta la cumbre. No obstante, se alegraba de haber estado allí arriba. Se había despedido de Bertold con unos pensamientos cariñosos y luego Giorgio le había declarado su amor.

Que hubiera encontrado a Giorgio Pasini lo había cambiado todo. Al principio, tal vez había sido tan solo un coqueteo, unos días bonitos, excitantes y despreocupados, al lado de un italiano galante que la cortejaba y la hacía reír y sentirse única. Pero pronto empezó a sentir cómo le latía más rápido el viejo corazón, se puso a hacer cabriolas de alegría, a volar por el cielo —mientras regresaba la ligereza a su vida—, y después, con paso sigiloso, llegó también el amor. Había tomado de la mano a Giorgio y se había dado cuenta de que no quería soltársela más. Pero entre Ischia y Colonia había más de mil kilómetros. Cada uno tenía un hogar al que no deseaba renunciar; Susann tenía una gata y Giorgio tenía alergia a los gatos. Aquello era mala suerte y sin duda lo complicaba todo. En sus sueños, donde todo era posible, Susann se había imaginado cómo podían repartirse los meses entre Ischia y Colonia. Cuando terminase la temporada en Ischia vivirían en Colonia, y en primavera regresarían a la isla. O cuando llegara el día en que Giorgio decidiera dejar su pequeño negocio, también podrían volver.

Susann tomó su copa, en la que se reflejaba el sol. ¿Qué le habría aconsejado su mejor amiga? Lo le habría dicho: «En serio, Susann, si tuviera que elegir entre un hombre y una gata, mi decisión estaría clara».

Pero Mimi no era una gata cualquiera. Mimi había estado en los peores momentos al lado de Susann. No podía deshacerse por las buenas de aquella criatura amorosa y ronroneante. Pero, por otro lado, Giorgio tampoco era un hombre cualquiera. Era el hombre al que amaba y con el que quería compartir su futuro. Y aquella era una gran alegría con la que no había contado en su vejez.

Susann se terminó el Aperol. No tenía sentido esconder la cabeza bajo el ala. Debía pensárselo muy bien. Toda su esperanza estaba puesta en una chica morena que llevaba boina, que por lo visto se había encariñado de Mimi. Leonie era la única persona que se le ocurría a Susann Siebenschön que podía darle un hogar a su gata. Pero ese era un asunto delicado y requería una conversación cara a cara, y, antes de aclarar nada, no debía crearle a Giorgio falsas esperanzas. Tenía que regresar a Colonia; no podía ser de otro modo, pero la inminente despedida se le hacía cada vez más difícil.

Al día siguiente tomaría el *ferry* de Ischia Porto a Nápoles y después se subiría al avión que la llevaría de vuelta a Alemania, a su piso en Colonia, y a Mimi.

Los billetes estaban encima de maleta, que ya casi estaba lista, y Giorgio la observó con mirada afligida al entrar en el dormitorio de su casa.

Hasta el último momento había intentado convencerla de que se quedara en Ischia, durante un tiempo más o para siempre, pero Susann, apenada, se había limitado a negar con la cabeza.

—No, Giorgio. Ahora tengo que volver a casa, he estado fuera mucho tiempo, y además no puedo continuar exigiéndole a Leonie que cuide de Mimi. Ha tenido vacaciones y, si le ha sido posible, habrá tenido que aplazarlas. Tengo que pensar qué hacer con Mimi, con mi piso, con todo. Tenemos que encontrar una solución a largo plazo, ¿entiendes?

—Pero ¿qué solución a largo plazo será esa? —le había preguntado desesperado Giorgio—. Suena a que no vas a volver en mucho tiempo. No lo podré soportar.

—Tú confía en mí. Se tienen que arreglar las cosas. Encontraré la manera.

Susann se había mostrado muy optimista, pero al ver pasar ahora el pequeño coche rojo de Giorgio a toda velocidad por el paseo marítimo y detenerse delante de Villa Carolina, donde habían quedado, se le encogió el corazón.

Por la tarde habían ido otra vez al Castillo Aragonés por deseo de Susann. Subieron los estrechos escalones de piedra de color ocre que iban de la cafetería —a la que se podía llegar en ascensor—, pasando entre varios naranjos y olivos, hasta la terraza superior, desde la que se podía contemplar el Vesubio, que se alzaba a lo lejos en un tono azul claro. Pidieron vino tinto de Ischia y algo para comer, pero después apenas tocaron el plato.

—No puedo creerme que mañana te vayas, Sussanna —dijo Giorgio.

Permaneció con la vista clavada en el mar resplandeciente, en dirección a Nápoles, y se secó una lágrima furtiva en el rabillo del ojo.

Susann también estaba a punto de romper a llorar, pero trató de transmitir esperanza.

—Nos volveremos a ver, Giorgio.

—Sí, *ma* ¿cuándo será eso?

—Pronto. Pero antes tengo que arreglar un par de cosas, por favor, compréndelo.

Giorgio negó con la cabeza y los ojos se le oscurecieron de la preocupación.

—No sé, Sussanna. Cuando vuelvas a casa, me olvidarás.

—Pero Giorgio, cómo voy a olvidarte con lo que yo te quiero.

Le tomó de la mano y se la estrechó cariñosamente.

—Pero el amor es frágil —insistió Giorgio—, sobre todo en la vejez, donde todo cuesta tanto. Ahora en Ischia me quieres, pero cuando estés en Colonia con tus amigos, tu Mimi, tu Rin y tu catedral, tu Giorgio te parecerá que está muy lejos, y cada vez lo estará más, hasta que al final no sea más que un puntito en la distancia y nuestro *amore* un bonito recuerdo.

—Eso no ocurrirá, Giorgio. Eres mi último gran amor y no te convertirás en solo un recuerdo bonito. Ya he tenido suficientes recuerdos estos últimos años. —Susann miró a Giorgio fijamente a los ojos—. Puede que sea cierto que en la vejez todo es más difícil, pero cuando alguien vuelve a sentir la felicidad plena, como ha sido nuestro caso, sería un auténtico disparate renunciar a ella. Nos volveremos a ver, Giorgio, te lo prometo.

Como despedida, él le había regalado un fular de Dolce & Gabbana.

—Para que no te resfríes en la fría Alemania.

Todavía en la terraza del castillo, Susann le dio las gracias, conmovida, y se colocó sobre los hombros el caro pañuelo con un estampado de mayólica en amarillo y azul.

Y cuando Giorgio la llevó al *ferry* a la mañana siguiente, le puso sobre la mano, en el último segundo, y tras el último abrazo, una cajita de joyería.

—¡No me olvides, Ssussanna! —le dijo con la voz entrecortada—. Llámame cuando llegues a Colonia.

—Nos veremos pronto —le había dicho ella antes de darse la vuelta, con lágrimas en los ojos, para subirse al *ferry*.

Se habían despedido con la mano, hasta que Giorgio se fue haciendo cada vez más pequeño y acabó convirtiéndose en un minúsculo punto, perdido entre las casitas de Ischia Porto.

Al sentarse en su asiento junto a la ventana, en cuanto el barco tomó velocidad, Susann abrió la cajita y, sobre un cojín de terciopelo de color azul oscuro, vio un anillo de oro con un antiguo rubí en el centro. Susann se lo puso. Le quedaba como si estuviera hecho a medida.

27

Aquella tarde se descubriría definitivamente la farsa. Allí, en Pane e Cioccolata, donde todo había empezado.

Leonie se quedó mirando las flores azul turquesa y las hojas que trepaban por el espejo veneciano colgado en su vestíbulo. Era un regalo de su padre, que le había llevado de Venecia a su hija de catorce años, cuando todavía vivían todos en París. «Ya eres una mujercita», le había dicho guiñándole el ojo, y su madre había sonreído, indulgente. Leonie había quedado profundamente impresionada por aquel tesoro de filigrana. De hecho, el espejo la había acompañado a lo largo de su vida en todos los pisos en los que había estado.

Se retocó los labios y se miró a los ojos. «Los ojos castaños son peligrosos pero sinceramente amorosos», se dijo. Y luego se preguntó por qué pensaba esa tontería. «En el amor siempre se quiere ser sincera, pero ¿y con la señora Siebenschön?» Leonie intentó que desapareciera de su cabeza aquella vocecita pertinaz. Agarró el cepillo y se lo pasó con energía por el pelo. Al parecer, había llegado el momento de la verdad. Definitivamente. Iba a tener que contarle ya a su vecina que, en primer lugar, su querida Mimi hacía mucho tiempo que no vivía con ella, en segundo lugar, que vivía en una cafetería —junto a sus hijos, por cierto—, y, en tercer lugar, que su amiga estaba realmente triste porque no quería desprenderse de Mimi.

—Por favor, Leonie, tienes que convencer a la señora Siebenschön para que pueda quedarme con Mimi. Podrá venir a la cafetería siempre que quiera verla, y está invitada a tomar café en La señorita Paula hasta el fin de sus días. Sería un trato justo...

—No sé, Maxie —le había respondido Leonie, dudando—. Ya tienes a los otros gatos. ¿No te basta con eso?

—No. A los otros gatos los regalaría si fuera necesario, a excepción de Tiramisú, tal vez, ¡pero a Mimi no! Mimi tiene que quedarse. Me siento muy unida a ella.

Leonie enarcó las cejas suspirando al ver que de repente a Maxie se le ponían los ojos vidriosos. ¿No iría a empezar a llorar?

—Madre mía, Maxie, no hagas un drama de esto. ¡Es una gata!

Había estado a punto de decir «una simple gata». Sí, Mimi era un encanto cuando no se colgaba de las cortinas, no volcaba las botellas de vino tinto ni estropeaba los muebles o los zapatos, pero aquellas atrocidades, por lo visto, solo las había cometido en el apartamento de Leonie. Con su amiga, Mimi había estado muy tranquila desde el primer momento.

Maxie se la había quedado mirando con aire de reproche.

—¿Qué sabrás tú? A ti no te gustan los gatos. No tienes sensibilidad ninguna con ellos.

—No me digas eso. Sí me gustan los gatos y también me gusta Mimi, pero no en un piso de dos habitaciones sin balcón. —Vio que Maxie tenía cada vez peor cara—. Muy bien, lo intentaré, tengo que confesárselo todo a la señora Siebenschön. Pero, por favor, piensa que la anciana está tan apegada como tú a la gata.

Leonie dejó el cepillo a un lado y mientras se miraba en el espejo, que mostraba un rostro sonrosado con ojos brillantes, recordó de nuevo aquel día de hacía una semana, cuando Susann Siebenschön le escribió por sorpresa. Durante las últimas semanas la anciana solo le había enviado mensajes de forma muy esporádica. Era sábado por la tarde y Leonie estaba poniendo ya la mesa. Había preparado *coq au vin* siguiendo la receta de su madre, una proeza que Leonie llevaba a cabo como mucho una vez al año. Había puesto a enfriar el Crémant de Limoux, había cortado la *baguette*, y, cuando sacó al salón el cesto con las rebanadas de pan crujiente y el plato con mantequilla salada, sonó de repente su móvil.

Al ver el nombre de Susann Siebenschön en la pantalla, por poco no se le cayó el teléfono de las manos por el susto. No era buena señal que su vecina la llamara, porque la señora Siebenschön pertenecía a una generación que evitaba las llamadas internacionales a toda costa, ya que en su juventud suponían un dineral. Aquello solo podía significar que iba a volver. Y justo eso fue lo que le dijo.

Susann Siebenschön le anunció su llegada a Colonia el próximo sábado. Sin duda sonaba muy entusiasmada.

—Podríamos vernos a las siete y media de la tarde en el italiano —le había gritado al teléfono— para celebrar nuestro reencuentro, después de todas estas semanas. ¿Qué tal está Mimi? Ay, mi querida Leonie, si usted supiera todo lo que ha pasado... Han pasado tantas cosas... ¡Madre mía! Tengo la sensación de que mi vida se encuentra ahora mismo patas arriba... —La anciana se calló por un instante, con el corazón en un puño, mientras Leonie atendía aturdida. De algún modo, durante las últimas semanas, se había olvidado de que su emprendedora vecina no iba a alargar sus vacaciones para siempre—. Tenemos muchas cosas que contarnos —dijo la señora Siebenschön sin aliento.

Desde luego tenía razón. Leonie no llevaba nada bien la idea de revelarle toda aquella información.

—Mimi está fenomenal —le había dicho—. Que tenga buen viaje de vuelta, señora Siebenschön. Estaré encantada de verla el próximo sábado.

Después de aquella llamada, Leonie se había sentado en el sofá, bastante aterrada. Tenía que tranquilizarse antes de que llegara Paul Felmy. No quería pensar justo en ese momento en «la hora de la verdad», ni en la reacción de la señora Siebenschön, ni en Mimi, que estaba en casa de Maxie. Al menos no durante aquella preciada noche que solo les pertenecía a Paul y a ella. Caminó hasta la mesa y se sirvió una copa de vino tinto.

«Han pasado tantas cosas», había dicho Susann Siebenschön, que por lo visto en su último viaje se había enamorado perdidamente. Leonie bebió un sorbo de vino y se recostó. «¿Y por qué no?», pensó con tolerancia. Quizá el entusiasmo de la anciana atenuaría el engaño de la cuidadora de su gata. Después de todo Mimi estaba viva, no se había escapado, le iba bien, pronto volvería a dar paseos por la terraza del ático y Maxie tendría que conformarse con los demás gatos.

Leonie, pensativa, hizo girar el vino tinto de su copa. No solo habían pasado muchas cosas en la lejana Ischia, sino también en la Colonia estival. Su vida también había cambiado de forma drástica. Desde hacía poco tiempo estaba con un hombre de los buenos: un abogado de ojos castaños y sinceros que se encontraba muy lejos de engañarla. De eso al menos sí que se alegraría la señora Siebenschön.

El corazón de Leonie volvió a acelerarse, esta vez lleno de ilusión. Le echó un vistazo rápido a su reloj de pulsera, donde el minutero hizo un leve movimiento. Y cuando un minutero avanza justo cuando, por casualidad, alguien mira el reloj, las personas se encuentran con quien aman. Eso al menos era lo que siempre decía su madre, a quien se acercó el que más tarde sería su marido bajo el reloj de pie al final de Königsallee cuando esperaba allí a otro admirador que entonces llegaba tarde.

—Espero no llegar demasiado tarde —dijo Paul Felmy cuando dos semanas antes apareció de repente en su puerta junto a Emma con un ramo de flores tan enorme que hizo que a Leonie se le sonrojaran las mejillas.

—Oh —había dicho ella susurrando—. ¡Menuda sorpresa! Pero ¿demasiado tarde para qué?

—Bueno... —Paul Felmy parecía bastante avergonzado—. He tardado muchísimo más de lo debido, pero quería darle por fin las gracias... por todo —explicó, a la vez que se ponía muy colorado—. Si no le viene bien, dígamelo, pero ¿le apetecería venir conmigo y con Emma...?

Y antes de que Paul Felmy pudiera terminar su frase, Leonie ya había respondido que sí.

Habían acudido juntos a un bistró de la calle Landmann, donde era posible comer en la terraza. Emma había hablado sin cesar de Lavanda y también de su madre, que de nuevo había salido de viaje. En ese momento, Paul Felmy le había lanzado a Leonie una mirada significativa, como si quisiera hablar con ella más tarde sobre eso con calma.

No había duda de que Emma estaba disfrutando en el restaurante sentada al lado de su padre y de su querida señora *Bomar-schä*. No dejaba de parlotear, con las mejillas encendidas, sobre la siguiente semana que pasaría en una granja de ponis en Eifel.

—Voy a ir con Maja —dijo contenta, moviéndose emocionada en su silla.

—¡Vaya, es fantástico! —exclamó Leonie.

—¿Y usted... también se va de vacaciones? —le preguntó Paul Felmy en un momento en que Emma se había marchado al lavabo.

—Todavía no lo sé —respondió Leonie—. Mi mejor amiga acaba de enamorarse. —Puso los ojos en blanco—. Y apenas tiene tiempo para mí. —Se limpió la boca con la servilleta—. Podría ir al sur de Francia con mi padre. Cada año alquila una casa grande en Ramatuelle y siempre me recuerda que debería ir allí acompañada de mi madre.

—Conozco Ramatuelle —comentó Felmy—. Estuve una vez... Es una zona preciosa.

—Sí, es cierto. Pero mi padre hace unos años que volvió a casarse y con su nueva esposa vinieron dos hijos más, y… No sé. —Se calló—. Disculpe, no quiero importunarle con mi caótica familia numerosa.

—No diga tonterías —dijo Paul Felmy—. Mi situación familiar no es que sea… menos caótica. —Se aclaró la garganta—. Como ha podido comprobar usted misma.

—Ah, sí.

Leonie sonrió. Se miraron un momento y los dos se acordaron de la aparición de la furiosa mujer pelirroja en el café de los gatos.

—¿Sabe? Me hubiera pasado antes a verla, pero tenía que… —Paul Felmy pensó en cómo decirlo— aclarar antes un par de cosas. No siempre es fácil con mi exmujer.

—Sí, me lo puedo imaginar —dijo Leonie—. ¿Y? ¿Ha podido entonces aclararlo todo, Paul?

Paul Felmy había asentido.

—Creo que sí. —Pareció vacilar—. Leonie, que usted estuviera allí conmigo todo el tiempo, aquella tarde espantosa, mientras buscábamos a Emma, fue… Para mí significó mucho. He querido decírselo desde entonces, pero no quería ir a verla hasta no… hasta no…

—¿Haber cerrado la puerta del pasado? —sugirió Leonie.

Él se había sentido aliviado.

—Sé que puede resultar extraño, pero cuando estuvimos allí sentados en esa casa del árbol mientras llovía, junto con Emma, tuve de pronto la sensación de…

No continuó hablando porque en ese instante llegó Emma a la mesa, saltando.

Pero Leonie creía saber lo que Paul Felmy había querido decirle.

—No resulta nada extraño —se apresuró a decir—. Yo también tuve la misma sensación.

Él la había mirado y de repente sus ojos se habían iluminado.

—¿Qué sensación? —preguntó Emma, que había oído la última frase.

—No seas tan curiosa, Emma —la reprendió Paul Felmy, riéndose.

—Tu padre y yo tenemos la sensación de que ha llegado el momento de tutearnos —respondió Leonie sonriendo.

—Ya iba siendo hora —dijo Paul, y sonrió también.

Desde aquel almuerzo habían estado viéndose constantemente. También sin Emma, cuando la niña se fue a la granja de ponis en Eifel. Habían ido a pasear por el mismo parque donde un día buscaron desesperados a la niña y, al llegar a los columpios, Paul hizo un gesto con la cabeza y le preguntó:

—¿Te acuerdas?

—Claro —le contestó Leonie, que acto seguido se sentó sobre el columpio. Se impulsó con los pies y empezó a balancearse ligeramente, algo que no hacía desde su infancia. Fue tomando cada vez más impulso y entonces gritó como antes—: ¡Cuidado, que salto!

Aterrizó sobre la arena y cayó hacia atrás. Y Paul, que había querido levantarla, perdió entonces el equilibrio y cayó junto a ella, a su lado. Permanecieron sobre la arena, riéndose como dos niños, con el cielo sobre sus cabezas, grande y azul. Entonces Paul se había girado hacia ella, se había apoyado sobre los codos y se la había quedado mirando con ojos inquisitivos. Ella le devolvió la mirada y le sonrió. Segundos después, él la besó.

Habían estado en la heladería Liliana y habían averiguado que a ambos les gustaba ir a los mismos sitios. Paul la había llevado una noche al Wolkenburg y allí le había hablado con entusiasmo de sus vacaciones en Francia. A Leonie le sorprendió que tuviera tan buen nivel de francés. Otro día fue ella quien se acercó en bici al barrio belga; acudió a buscarlo al bufete y fueron a una cervecería en el parque municipal, donde podías sentarte bajo los viejos castaños de los que colgaban lámparas esféricas como pequeñas lunas. Leonie no le había contado que lo había visto con su exmujer en la calle Brabanter, pero sí cómo había terminado confiándole a Mimi a su amiga Maxie y cómo se había convertido aquella cafetería en el café de los gatos.

Paul llegó a llorar de la risa mientras Leonie le relataba todas aquellas trastadas con las que Mimi la había llevado a la desesperación.

—Ay, Dios mío, ¡qué gracioso! —exclamó—. Yo tampoco lo habría soportado.

Al poco tiempo, Leonie había descubierto que el discreto Paul tenía bastante sentido del humor.

—Un colonés callado, ¿pero eso existe? —había bromeado ella, aunque en realidad le gustaba que no hablara demasiado, porque cuando lo hacía siempre era para decir cosas con sentido.

Paul pensaba que la mayor desgracia de la humanidad era preocuparse demasiado por todo. Lo sabía muy bien como abogado que era.

—Se habla demasiado —le había explicado más tarde aquella noche cuando la llevó a casa.

Se había bajado del coche para abrirle la puerta y al quedarse de pie bajo los árboles de la calle, Leonie recordó aquella tormentosa noche, cuando se quedó mirando el Saab azul oscuro con nostalgia.

—¿En qué piensas? —le había preguntado, y acto seguido la había abrazado.

—En nada —le respondió ella.

—No me lo creo. —Los labios le rozaron ligeramente la oreja y a Leonie le recorrió la espalda un escalofrío—. ¿Quieres saber en qué estoy pensando yo? —le había preguntado él, y permaneció mirándola durante unos instantes.

Se contemplaron el uno al otro con las pupilas tan grandes como ruedas de coche.

—Sí —susurró la chica.

El corazón le iba a toda velocidad, porque sabía... porque sabía muy bien que se encontraba en mitad de uno de esos momentos existenciales.

—Que te quiero —respondió él.

Sin mediar palabra, ella lo había agarrado de la mano y él había hecho lo propio con una seguridad intuitiva, por la oscuridad de las escaleras del edificio y por el pequeño y ordenado apartamento, en dirección a su cama francesa.

La tarde siguiente, después del trabajo, ella había ido a su piso, que era el doble de grande que el de Leonie y que contaba con un balcón que daba a un patio trasero extenso, donde colindaban los muros de ladrillo de otros edificios. Habían comido en un amplio banco con suaves almohadones, habían bebido vino y contemplado cómo las luces de las casas de enfrente poco a poco se iban encendiendo, y el mundo entero parecía de repente un acuario gigantesco iluminado que flotaba en la noche.

Bien pasada la medianoche, les entró de pronto un hambre terrible y Paul había decidido cocinar unos espaguetis con pesto rojo, que se comieron en la cama.

Y a la mañana siguiente, Leonie propuso:

—Esta noche cocino yo.

Sin duda aquello fue una gran declaración de amor, aunque Paul Felmy naturalmente no pudiera saberlo, ya que pensaba que era la mejor cocinera de todos los tiempos debido a sus genes franceses.

ERA SÁBADO, A última hora de la tarde, y tenían un espléndido fin de semana por delante antes de que Emma regresara de sus vacaciones el lunes siguiente. Leonie había caminado hasta la mesa, había encendido una vela e intentado quitarse de la cabeza el inminente regreso de la señora Siebenschön.

Poco después, Paul llamó al timbre con un ramo de rosas en la mano. Le había celebrado lo bonita que estaba puesta la mesa, con su vajilla provenzal y su vistosa cristalería incluidas, y apostilló que en la escalera ya olía de maravilla. Leonie recibió las rosas agradeciendo el detalle y le sonrió algo distraída, lo que a él no le pasó desapercibido.

—Oye, ¿qué te pasa? ¿Hay algún problema? —le había preguntado.

—Ahora no. Pero me temo que pronto sí lo habrá —respondió Leonie.

—¿Entre nosotros? —La miró con preocupación—. ¿Es porque Emma vuelve mañana?

—No, no —se había apresurado a decir Leonie—. No es por Emma. Es por mi vecina, que me ha llamado para avisarme de que vuelve la semana que viene y quiere recuperar a Mimi. Se va a descubrir todo el pastel y yo soy la responsable.

—*In dubio pro reo* —había dicho Paul levantando las cejas, divertido—. Me ofrezco como abogado defensor.

—Gracias, pero me temo que he de pasar por esto yo sola.

Y entonces llegó el momento de la verdad. Leonie se echó un último vistazo en el espejo. Faltaba poco para las siete y media. En pocos minutos estaría sentada delante de Susann Siebenschön. Quizá sí que debería haber aceptado el ofrecimiento de Paul.

—¡Terminemos con esto! —le dijo a su reflejo.

Luego cogió el bolso y cerró la puerta del piso tras de sí para recorrer el corto camino a Pane e Cioccolata.

28

Susann Siebenschön tenía un aspecto deslumbrante. Estaba sentada en la terraza del local, que se encontraba decorada con lucecitas de colores, charlando con el camarero. Al cruzar la calle, Leonie ya la había visto bajo el toldo rojo que cubría la terraza y difuminaba los colores de las luces.

Permaneció un instante en la entrada observando a la mujer de pelo oscuro que parecía una artista con aquellos labios pintados de rojo y luciendo un magnífico pañuelo con estampado de mayólica en amarillo y azul, que se había dejado caer por los hombros.

Aquellos colores vivos realzaban su bronceada piel. A Susann Siebenschön le resplandecían los ojos y el brillo cansado de un día lluvioso de abril había desaparecido por completo. Y mientras se ponía derecha y saludaba a escasos metros con la mano a Leonie, esta pudo apreciar una silueta más delgada que antes.

Leonie se sorprendió tanto que por un instante se olvidó de la incómoda verdad que tenía que anunciarle.

—¡Hola, señora Siebenschön! ¡Está fantástica! Casi no la he reconocido.

Ambas mujeres se saludaron con un beso en la mejilla.

—¡Hola, querida Leonie!

Susann Siebenschön sonrió y, satisfecha, se le fue la mirada al vestido rojo de tirantes finos y a los pendientes de perlas colgantes que Leonie se había puesto aquella tarde.

—Le devuelvo el cumplido. Usted también está despampanante. ¿Qué ha pasado?

Leonie se sentó.

—Oh, un montón de cosas —respondió sin precisar y colocó el bolso en la silla de al lado—. Pero ¿qué tal usted? ¿Tuvo un buen viaje? Qué bien que esté de vuelta.

Susann Siebenschön no se dejó distraer. Se inclinó hacia Leonie y la miró detenidamente. Después se echó hacia atrás y sonrió consciente de todo lo que había vivido con setenta y tres años.

—Está enamorada, lo veo claro.

Leonie se rio con timidez.

—Bueno, eso... —Toqueteó la servilleta—. Sí, tiene razón —admitió al final con franqueza—. Imagínese, la verdad es que he conocido a un buen hombre, como usted predijo. Es un abogado separado, con una hija pequeña que casualmente es mi alumna.

—¡Eso es maravilloso, cariño! Suena bastante serio. Un abogado. —Asintió contenta—. Y por lo que veo, parece que les va muy bien.

El camarero se acercó a la mesa a llevarles la carta. Ambas se decantaron por la pasta y la señora Siebenschön pidió una botella de *prosecco*.

—¡Por el amor! —exclamó instantes después levantando la copa—. Y por nosotras, claro.

—¡Por el amor! —repitió Leonie y, tras chocar las copas, pegó un buen trago de vino. Y después otro. No venía nada mal hacer aquello para poder armarse de valor.

La señora Siebenschön también bebía el vino espumoso como si fuera limonada.

—Hmmm... Qué bueno —dijo—. Bertold nunca soportó esta bebida, pero una copita de espumoso tiene algo muy inspirador y siempre te hace sentir bien, ¿no cree?

Leonie asintió con la cabeza. Pensó un momento en Mimi y se preguntó cuánto le duraría el buen humor a su vecina. Decidió dejar la gran confesión para después de la cena. No hacía falta estropear aún el buen ambiente.

—Bueno, ¿qué voy a decirle yo? —continuó la señora Siebenschön bajando un poco la voz—. También me ha sorprendido el amor... precisamente en Ischia.

Se quedó mirando a Leonie, contenta, aunque sus ojos parecían albergar cierta duda.

—Sí, lo sé —dijo Leonie—. El pescador que tenía una barca.

—¿Qué pescador?

Susann Siebenschön la miró extrañada.

—Oh, pero... ¿no me dijo que se había enamorado de un pescador?

—No, no, debió de entenderme mal. —Susann Siebenschön se rio desconcertada—. Giorgio efectivamente tiene una barca, eso es verdad, pero no es pescador. Es el dueño de una tienda de antigüedades maravillosas en Ischia Ponte.

Le tendió la mano a Leonie para que viera el valioso anillo de rubí que brillaba sobre su dedo.

—¡Oh! —exclamó Leonie y se sintió bastante avergonzada—. Es precioso.

—Sí. —Una sombra se deslizó por el rostro de la señora Siebenschön—. Me lo regaló Giorgio como despedida.

Suspiró y de pronto pareció algo afligida.

Leonie permaneció en silencio, discreta. No quería inmiscuirse en los asuntos amorosos de su vecina, pero entonces, al ver que esta no continuaba, decidió preguntarle .

—¿Significa eso que... no volverán a verse? ¿O vendrá Giorgio pronto a visitarla?

—Bueno, eso depende... —Susann Siebenschön bebió otro sorbo de *prosecco*—. De eso quería hablar con usted.

—¿Conmigo? —preguntó Leonie sorprendida.

¿Qué tenía que ver ella con el novio italiano de su vecina? ¿Quería tal vez la señora Siebenschön que la aconsejara sobre ese asunto? No sabía gran cosa sobre los italianos...

—Sí, sí, querida, pero ya hablaremos de eso más tarde. —Susann Siebenschön hizo un gesto negativo con la mano. Había recuperado el buen humor y le dedicó una sonrisa radiante—. Antes voy a hacerle un obsequio en señal de agradecimiento por haber cuidado tan bien de mi Mimi. —Revolvió nerviosa en su gran bolsa de tela y sacó un par de paquetitos. Uno grande y otro pequeño—. Tenga. Espero que le gusten.

Leonie se movió, apocada, en su silla.

—Ay, señora Siebenschön, no era necesario —recitó la más antigua de las fórmulas de cortesía—. Pero si... si yo no he hecho nada —añadió sin mentir.

—¡No diga eso! Ha tenido a Mimi durante muchas semanas en su casa y eso jamás lo olvidaré. Y por supuesto yo correré con todos esos gastos.

Leonie se quedó mirando el mantel, cohibida, lo que al parecer Susann Siebenschön interpretó como falsa modestia.

—Sí... Bueno. Yo... —balbuceo. «¡Díselo ya, gallina!»

—Bueno, ¡ábralo! —exclamó la señora Siebenschön.

Leonie, con mala conciencia, abrió el más pequeño de los dos paquetes, en el que había una etiqueta pegada donde se podía leer: *Antichità*. De una bolsita de terciopelo azul oscuro sacó una pulsera de oro antigua, de la que colgaban varios corazones de diferentes tamaños. Se quedó sin palabras.

—¿Le gusta? —preguntó Susann Siebenschön.

—Es preciosa —contestó Leonie—. Pero no puedo...

—¡Chsss, chsss, chsss! —dijo la señora Siebenschön—. Claro que puede aceptarla. Déjesela puesta. Espere, que la ayudo.

Leonie permaneció allí algo aturdida. La situación no dejaba de empeorar. La señora Siebenschön se pondría furiosa. Y además con razón. Ahora se arrepentía de no haberle contado la verdad al momento.

—Y ahora el otro —ordenó Susann Siebenschön.

Leonie, dudando, cogió el paquete grande, que pesaba bastante. Retiró el bonito papel de regalo y clavó la vista en un azulejo pintado a mano en el que se podía ver a una gata blanca que se estiraba bien a gusto.

—Oh, qué bonito, gracias —susurró.

—¿A que se parece a Mimi? —dijo la señora Siebenschön—. Seguro que no es fácil para usted devolvérmela, ¿verdad?

Se quedó mirando a Leonie con curiosidad, de manera algo inquisitiva, y esta de repente tuvo la sensación de que la anciana tal vez sabía la verdad desde hacía tiempo.

—Sí... Bueno... —tartamudeó—. Mimi es una gata muy especial. —Se preguntaba cuándo haría alusión su vecina a la entrega del animal. Era extraño, aún no habían hablado de eso.

Llegó la pasta, una pequeña prórroga.

Susann Siebenschön envolvió el tenedor de espaguetis con marisco y empezó a contar maravillas de Procida, Positano y, naturalmente, de Giorgio Pasini.

—No es solo un romance de vacaciones, ¿sabe? Creo que he encontrado a alguien con quien quiero envejecer... envejecer más, quiero decir. Quiero mucho a mi Mimi, pero un hombre es algo muy distinto a una gata —añadió.

Leonie asintió con la cabeza. Lo entendía bien. Se alegraba por Susann Siebenschön, pero cada vez que oía el nombre de Mimi, sentía una punzada en el estómago.

—Me alegro muchísimo por usted, señora Siebenschön, de verdad. —Se dio cuenta de que sonaba como un autómata.

Sin embargo, la señora Siebenschön no pareció advertir nada extraño.

—Ay, ¿sabe qué, querida? Dejémonos ya de formalidades y... llámame Susann. Somos amigas. Y además sin su ayuda no habría llegado a conocer bien a Giorgio, y eso habría sido una auténtica lástima. —Susann levantó de nuevo su copa—. ¡Por la mejor cuidadora de gatos de Colonia! Apuesto a que Mimi se ha enamorado de ti.

Sonrió. ¿Eran solo imaginaciones suyas o había algo tras la mirada de Susann?

Leonie alzó también su copa y le devolvió la sonrisa. Su nueva amiga explotaría en breve. Decidida, dejó la copa encima de la mesa.

—Deberíamos hablar de Mimi —dijo Susann.

—Sí, deberíamos —respondió Leonie agarrando su copa con tal ímpetu que casi llegó a romperse.

Se produjo una pausa incómoda.

—¡Tengo que contarte algo! —soltó por fin Leonie.

Susann se la quedó mirando sorprendida.

—Yo también a ti, Leonie… Yo también a ti.

FUERON LAS ÚLTIMAS clientas en marcharse del Pane e Cioccolata. El camarero les hizo una seña a las dos mujeres ligeramente achispadas, a la *signora* y a la *signorina*, que habían mantenido durante todo el tiempo una animada conversación y que ahora salían del restaurante tambaleándose, agarradas del brazo.

Como Leonie había temido, en un principio Susann Siebenschön se quedó atónita al enterarse de que Mimi, a los pocos días de su marcha, había dejado su domicilio en la calle Otto.

—¿Qué? ¡No me lo creo! ¿Mimi no ha estado todas estas semanas contigo? Pero ¿y todos los mensajes, y las fotos…? No entiendo nada… —balbuceó desconcertada.

Leonie le aclaró el asunto de las fotos y a la vez se sintió bastante miserable. ¡Tomarle el pelo así a una anciana!

—Entonces ¿todo era mentira? —le preguntó Susann Siebenschön enfurecida, con el entrecejo fruncido.

—Bueno, todo no —contestó Leonie, apocada—. Mimi ha estado muy bien atendida durante todo este tiempo. Se ha quedado con mi amiga, que está muy encariñada con ella. Y cuando Mimi tuvo a los gatitos…

—¿Que Mimi qué? —Susann Siebenschön estaba a punto de desmayarse.

Entonces Leonie le contó la historia al completo de los gatitos en el armario, del café de los gatos, del artículo en el periódico y de que su amiga se sentía realmente triste al pensar que tenía que desprenderse de Mimi.

—En algún momento el asunto se me fue de las manos —reconoció Leonie al llegar al final—. Desde el principio me di cuenta de que no me entendía con Mimi en absoluto. No quería estar encerrada en mi pequeño apartamento y se puso como una furia. Y yo no quería estropearte las vacaciones. Por eso no te conté nada y decidí buscar una solución. Pero cuanto más tiempo pasaba, más complicado me resultaba decir la verdad. Quería aclarártelo todo personalmente, aunque por supuesto eso no mejora el asunto. Lo siento muchísimo, Susann.

Susann Siebenschön se había recostado en su silla y parecía pensativa.

—Y tu amiga… ¿cómo es? —quiso saber.

—¿Maxie? Es la mejor. Tiene un corazón de oro. Quiere mucho a Mimi. Y Mimi también la quiere a ella, si me permites decirlo, sin intención de hacerte daño. Tu gata se siente muy a gusto en el café de los gatos. Allí es algo así como una pequeña celebridad.

La señora Siebenschön permaneció callada.

—¿Y ahora dónde está Mimi? —preguntó con cara seria.

A Leonie se le cayó el alma a los pies. Por supuesto pensaba que Susann no estaba preparada para renunciar a Mimi.

—Bueno, sigue con Maxie. Pero mañana a primera hora puedo ir a recogerla y llevársela a la calle Eichendorff.

Susann Siebenschön sonrió.

—Creo que tengo una idea mejor —dijo entonces—. ¿Sabes, Leonie? Yo también tengo algo que contarte.

Al día siguiente —una mañana de domingo—, Susann Siebenschön llamó a Giorgio Pasini para contarle que había encontrado un nuevo hogar para Mimi y que su querido dueño de la tienda de antigüedades debía subirse a un avión tan pronto como fuera posible para ir a su casa, porque le echaba muchísimo de menos.

Maxie recibió también una llamada de su amiga que la hizo enormemente feliz.

—¡Mimi se queda! —gritó de alegría y se puso a bailar por el dormitorio, por el que se filtraban los primeros rayos de sol—. ¿No es maravilloso?

Tomó a la gata blanca en brazos, que justo entraba allí en ese instante, y la acarició cariñosamente.

—Sí, maravilloso —gruñó Henry Brenner somnoliento—. Ya veo que tengo una fuerte competencia.

Leonie se despertó con una resaca considerable, pero se sentía contenta y aliviada porque definitivamente todo hubiera salido de maravilla. Después de transmitirle la buena noticia a Maxie, pasó un gran día en compañía de Paul y Emma, y cuando su padre llamó al teléfono esa misma tarde y le habló entusiasmado de lo bonito que era Ramatuelle y de que solo le faltaba ella para ser feliz, le contestó:

—¿Sabes qué, papá? Me lo he pensado y voy a ir. ¿Puedo llevar a alguien?

Final feliz en la librería café de los gatos

Un epílogo

A FINALES DE verano se había reunido en el café de los gatos un grupo animado. Era un día soleado y en la puerta de La señorita Paula había colgado un cartel donde se podía leer: «Cerrado hoy por fiesta privada».

Mimi ocupaba el trono en el sofá azul de terciopelo, como una reina, y no perdía de vista a las personas que ese día ocupaban su pequeño reino.

En una mesa estaba sentada Susann Siebenschön, de cuya voz grave todavía se acordaba vagamente, al igual que de la gran terraza del ático con el olivo y las mimosas, a la que había llegado una tarde después de un salto arriesgado desde el tejado del edificio de al lado.

La anciana se había dejado ver por la cafetería a menudo durante las últimas semanas. Se sentaba siempre al lado de Mimi para poder acariciarla. Había suspirado y le había contado algo acerca de un hombre que tenía alergia a los gatos. Ahora se reía alegremente y le apretaba la mano a un señor mayor bien vestido, que estaba de pie detrás de ella y que de repente empezaba a estornudar con ímpetu. No podía dejar de hacerlo, a la vez que se le ponían los ojos muy rojos. Al final murmuró «scusi» y desapareció rápidamente en el patio interior.

—Giorgio, pobrecito mío, ahora voy —le dijo Susann Siebenschön.

Leonie, la dueña de la almohada en la que Mimi decidió dormir durante unos pocos días y que siempre olía a rosas iceberg, se encontraba sentada y agarrada del brazo de un hombre moreno, al lado de la repisa de la ventana. A sus pies una niña jugaba con un gatito atigrado. Neruda pasaba junto a la barra y Tiramisú dormía en la estantería.

La puerta de la cocina se abrió, y Maxie, el radiante corazón de la cafetería y gran amor de Mimi, salió con un pastel de chocolate. En su dedo brillaba un anillo de compromiso dorado. Troceó el pastel en el plato bajo un sinfín de «Aaahs» y «Ooohs», mientras Anthony descorchaba la siguiente botella de champán y llenaba las copas de nuevo.

Un hombre delgado de cabello rubio oscuro y flequillo rizado abrazaba a Maxie desde atrás y le daba un beso en la nuca.

—Si me caso contigo es solo por tus gatos —le dijo con tono de suficiencia.

—Y yo que pensaba que era por mis rollos de canela —respondió Maxie sonriendo.

Todo era perfecto y estaba en armonía, como Mimi prefería en su pequeño reino. Parpadeó y notó de pronto la mirada de Leonie clavada en ella. La joven de los ojos grandes y castaños había inclinado la cabeza y la contemplaba desde el otro lado con atención.

Y aunque Leonie, de entre todas las personas, no fuera la que más sabía de gatos, de repente le vino a la cabeza:

—Mirad lo majestuosa que está Mimi. Cualquiera podría pensar que el negocio es suyo.

Todos se rieron y Mimi se enroscó, contenta, colocando la cabeza sobre sus patas. Así era en realidad. Sin duda la cafetería era suya.

Pero ¿qué sabían los humanos?

A mis lectoras y lectores

Yo MISMA TENGO una gata que me aporta mucha alegría, aunque desgraciadamente consiga abrir todas las puertas. Cuando empecé a escribir este libro, la idea era mostrar cómo les cambiaba la vida a tres mujeres muy diferentes gracias a una gata.

Aunque con el tiempo han ido apareciendo en muchas ciudades cafeterías con gatos que se han hecho famosas, que la librería cafetería de mi personaje Maxie se convirtiera en el café de los gatos fue gracias a una casualidad (o, mejor dicho, a un gato desconocido con el que se mezcló Mimi en una noche bajo el brillo de la luna), ya que yo no tenía en mente ninguna cafetería en concreto.

Por supuesto, sería maravilloso que pudiéramos ir a La señorita Paula a tomar café, a acariciar a los gatos, a leer un libro viejo o a disfrutar de los buenos pasteles de la tía Paula. Sin embargo, esa pequeña cafetería cerca de la plaza Lenau es solo producto de mi imaginación, al igual que todos los personajes que aparecen en la novela. Pero sí que existe el *Kölner Stadt-Anzeiger*, que saco todas las mañanas de mi buzón, así como muchos de los restaurantes y cafeterías que se mencionan en el libro. Espero sinceramente que en el periódico no trabaje ningún señor Burger ni ningún señor Brenner, y, si así fuera, sería una de esas coincidencias increíbles que a veces nos depara la vida. Pero, por favor, ¡sepan que no me refería a ustedes!

Las recetas de los pasteles, en cambio, sí existen en realidad y he añadido las mejores al final de este libro, para que uno pueda empezar a hornear después de la lectura, si así lo desea.

Mientras escribía la novela me percaté de que, en Colonia, de hecho, había muchas pequeñas cafeterías —seguramente al igual que en otros muchos lugares— que llevaban el nombre de tías, abuelas u otras señoritas, como La señorita Paula. Me apasiona la idea de que esos locales tal vez se llamen así por una tía preferida, por una abuela maravillosa o por una encantadora señorita chapada a la antigua, para honrarlas y recordarlas. Realmente el recuerdo de los seres queridos jamás tendrá un precio, ya que sin duda es algo especialmente tierno, y más cuando se trata de recuerdos que se pueden compartir.

Para mí fue toda una suerte escribir esta novela, aunque surgiera en una época extremadamente complicada para todos nosotros, o tal vez surgiera justo por eso. La historia sobre tres mujeres y una gata blanca me hizo reír en multitud de ocasiones, me hizo soñar con un lugar donde florecían los limoneros y me regaló las herramientas necesarias para superar el día a día.

A diferencia de la vida real, como autora he de tenerlo todo controlado, y así concebí a cada una de mis protagonistas femeninas con lo que cada una de nosotras deseamos en el fondo y lo que yo deseaba de todo corazón para ellas: un final feliz.

Los pasteles más ricos del libro de recetas azul de la tía Paula

BIZCOCHO MARMOLADO
«CON MANTEQUILLA DE LA BUENA»

Ingredientes:

- Entre 200 y 250 gramos de buena mantequilla
- 150 gramos de azúcar
- Entre 3 y 4 huevos
- Una pizca de sal
- Un sobre de azúcar avainillado
- 375 gramos de harina
- 125 gramos de maicena
- 1 sobre de levadura en polvo
- 1/8 litros de leche

Para la masa de chocolate:

- 100 gramos de azúcar
- 50 gramos de cacao negro
- Un par de gotas de aceite de almendras amargas
- Entre 1 y 2 cucharadas de leche

Batir la mantequilla, el azúcar y los huevos. Después añadir la pizca de sal, el azúcar avainillado, la harina, la maicena, la levadura en polvo y la leche, y remover hasta conseguir una masa densa.

Echar la mitad de la masa en otro cuenco y añadir el azúcar, el cacao, el aceite de almendras amargas y la leche, y mezclarlo todo.

Engrasar un molde concéntrico en el que se haya vertido la masa clara; añadir la masa con chocolate.

Pinchar la masa con un tenedor y darle vueltas en el molde con movimientos circulares (girando el tenedor sobre sí mismo).

Meter en el horno el pastel a 190 grados entre 50 y 60 minutos.

Dejar enfriar un poco. Volcarlo todo en un plato y espolvorear con azúcar glas.

BIZCOCHO DE MANZANA CON NUECES

Ingredientes:

- 125 gramos de mantequilla
- 125 gramos de azúcar
- 2 huevos
- 250 gramos de harina
- 1 sobre de azúcar avainillado
- ½ sobre de levadura en polvo
- 1 kilo de manzanas ácidas
- Nueces para la cobertura
- Un chorrito de ron

Batir la mantequilla, el azúcar y los huevos. Después añadir la harina, el azúcar avainillado y la levadura en polvo. Mezclarlo todo hasta conseguir la masa del bizcocho y verterla en un molde desmontable engrasado.

Pelar las manzanas, partirlas en cuartos y cortarlas a lo largo por la parte superior con un cuchillo de cocina. Colocar después los trozos de manzana en la masa y poner las nueces por encima, hundiéndolas un poco.

Hornear a 200 grados entre 35 y 45 minutos. El pastel estará listo cuando se pinche con un cuchillo y este no se manche de masa.

Si las nueces se doran antes de que esté listo el bizcocho, tapar con papel de aluminio.

Después de dejarlo enfriar, desmoldar y espolvorear azúcar glas.

TARTA DE CIRUELAS AMARILLAS CON CREMA

Ingredientes:

- 150 gramos de mantequilla
- 1 yema de huevo
- 25 gramos de azúcar
- 2 cucharadas de agua
- 250 gramos de harina

Para el relleno:

- Un bote de ciruelas amarillas (o 700 gramos de ciruelas amarillas frescas que antes deberían deshuesarse)
- 200 gramos de nata fresca
- 4 huevos
- 75 gramos de azúcar
- Zumo de medio limón
- 75 gramos de azúcar
- 2 sobres de azúcar avainillado
- ½ sobre de pudin de vainilla

Mezclar la harina, la mantequilla, la yema, el agua y el azúcar, y dejar enfriar la masa quebrada 30 minutos en la nevera. Extender la masa sobre la base y el borde de un molde engrasado. Pinchar la base varias veces con un tenedor.

Hornear a 220 grados durante 20 minutos. Sacar el molde y colocar las ciruelas amarillas sobre la base de la tarta.

Batir suavemente la nata fresca, los huevos, el azúcar y el azúcar avainillado, y verter sobre las ciruelas amarillas.

Hornear a 190 grados unos 40 minutos. La cobertura sobre la masa debería quedar cuajada.

Dejar enfriar la tarta, desmoldar y espolvorear con azúcar glas.

TARTA DE MERENGUE CON GROSELLAS ESPINOSAS

Ingredientes:

- 100 gramos de mantequilla
- 150 gramos de azúcar
- Una pizca de sal
- 200 gramos de harina
- 2 cucharaditas de maicena
- 3 cucharadas de agua fría
- 3 claras de huevo
- 700 gramos de grosellas espinosas

Mezclar la harina con la mantequilla derretida, una pizca de sal y tres cucharadas de agua fría. Dejar enfriar la masa durante 30 minutos en la nevera.

Mientras tanto lavar y limpiar las grosellas espinosas.

Extender la masa sobre la base y el borde de un molde engrasado. Pinchar la masa en la base con un tenedor y hornear a 220 grados durante veinte minutos.

Sacar el molde y rellenar con las grosellas espinosas. Mezclar 100 gramos de azúcar con la maicena y verter el resultado sobre las grosellas espinosas.

Volver a meter en el horno durante otros veinte minutos.

Batir las claras con el resto del azúcar y verter sobre las grosellas espinosas. Hornear a 250 grados unos diez minutos más.

BIZCOCHO DE LIMÓN CON AZAFRÁN

Ingredientes:

• 200 gramos de harina
• 230 gramos de azúcar
• 200 gramos de crema agria
• 120 gramos de mantequilla derretida
• 3 huevos
• Una pizca de sal
• ½ sobre de levadura en polvo
• 2 sobres de azúcar avainillado
• 1 limón ecológico grande
• 1 sobre de hebras de azafrán

Precalentar el horno a 180 grados.

Rallar y mezclar en un cuenco la ralladura con el azúcar. Añadir el zumo de limón, el azúcar avainillado, la crema agria y los huevos, y batirlo todo.

Mezclar la harina con la levadura en polvo, el azafrán y la pizca de sal en un cuenco. Luego añadir la mezcla con el limón y darle vueltas. Verter con cuidado la mantequilla derretida y poner la masa en un molde cuadrado forrado con papel de horno.

Espolvorear la superficie con dos cucharadas de azúcar.

Hornear a 180 grados entre 50 y 60 minutos.

Servir el bizcocho con nata recién montada.

ROLLOS DE CANELA CON PASAS

Ingredientes:

- 500 gramos de harina
- 30 gramos de levadura fresca
- 40 gramos de azúcar
- 1 huevo
- Una pizca de sal
- 1/8 litros de leche
- 40 gramos de mantequilla

Para el relleno:

- 100 gramos de mantequilla derretida
- 100 gramos de azúcar
- 2 cucharadas rasas de canela
- Pasas para rociar al gusto

Para el glaseado:

- 150 gramos de azúcar glas
- Zumo de un limón

Hacer una montaña con la harina y abrir un agujero en el centro. Echar ahí la levadura (desmenuzada), el azúcar y dos cucharadas de agua templada, y mezclarlo todo. Repartir la mantequilla cortada en trozos pequeños por la parte exterior donde está la harina.

Mezclar la levadura con el huevo, la leche y la pizca de sal hasta conseguir una masa. Dejar la masa en un cuenco tapada con un trapo e introducir en el horno caliente (a 50 grados) durante veinte minutos.

Volver a espolvorear harina en esa masa caliente y amasar bien. Luego extender en una superficie cuadrada y untar la mantequilla derretida. Mezclar el azúcar y la canela, y esparcir también por encima de la masa. Añadir las pasas al gusto.

Después, formar con cuidado un rollo con la masa. Cortar, de ese rollo, trozos de tres dedos de ancho y colocar los trozos con el lado del corte hacia arriba sobre una bandeja de horno engrasada.

Hornear a 200 grados unos veinte minutos.

Cubrir los rollos con el glaseado de azúcar que se habrá hecho con el azúcar glas y el zumo de limón.